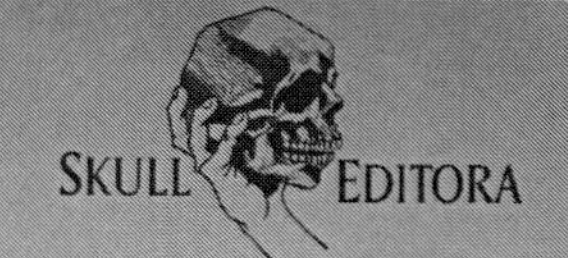

AMOR E ÓDIO NO PURGATÓRIO

ROBERTO ALBUQUERQUE DOS SANTOS

AMOR E ÓDIO NO PURGATÓRIO

Esta é uma obra de ficção.

Editor Chefe: Fernando Luiz
Produção Editorial: Editora Skull
Capa: Jean Souza
Revisão: Nadja Moreno
Diagramação: Cris Spezzaferro

Dados Internacionais de Catalogação na Publicação (CIP)
(Ficha catalográfica feita pela Editora.)

Santos, Roberto Albuquerque dos
Amor e ódio no purgatório / Roberto Albuquerque dos Santos;
1 ed. SP-SP: Skull Editora
279p
ISBN: 978-65-86022-18-6
1- Literatura Brasileira. 2. Suspense. Titulo
CDD:869.3

Caixa Postal: 97341 - Cep: 00201-971
Jardim Brasil – São Paulo SP
Tel: (11)95885-3264
www.skulleditora.com.br

Capítulo I

Heyra: Entre o mar, a vida e a morte

A violência com que as ondas surravam o galeão, balançando-o de um lado para outro, sem direção certa, fazia com que Heyra sentisse seu estômago revirar. Ela não conteve a náusea e sujou de vômito o ombro de Tayrus, um homem cujos olhos pareciam com o verde das azeitonas ainda penduradas nos olivais. Ele aparentava ter trinta e cinco anos e seus cabelos amarelados e não tão curtos ornavam com sua barba ruiva e rala.

— Desculpe-me — disse ela, com o olhar de quem havia ingerido muita bebida barata.

— Não há muito o que fazer nesse inferno! Se continuar assim logo estaremos todos mortos! — gritou ele, tentando disputar com o barulho das ondas que se mostravam cada vez mais ferozes naquela noite. O mar estava agitado e o som dos trovões se confundia com os mastros que caíam no convés.

Junto a eles, no porão, havia inúmeros condenados que partilhavam a mesma corrente que passava em seus pés e os prendiam como uma carga que não poderia ser perdida. Um buraco no casco do navio foi o bastante para que todo o lugar onde estavam aqueles homens e mulheres condenados por causa de suas crenças, fosse quase todo inundado.

— Vamos morrer! — gritou uma jovem, cujos lábios estavam rachados pela sede.

O tom de sua voz atordoou os demais prisioneiros que se juntaram em um só clamor dramático ouvido pelos tripulantes que, mesmo alvoroçados, relataram ao comandante o que estava se passando no porão do navio, já prestes a naufragar.

— O que importam as vidas daqueles condenados? — disse ele. — O juízo divino os alcançou e infelizmente estamos sendo julgados junto com esses infelizes.

O som da queda do mastro central se fez ouvir quando foi quebrado pelo meio como um graveto quando uma onda imensa se lançou sobre o navio, levando-o a pique. Enquanto os tripulantes agonizavam sendo arrastados para o fundo do mar junto com parte da carga, os prisioneiros sentiram que a corrente de ferro havia se quebrado ao meio com o solavanco que o mastro central proporcionou ao cair sobre todos, dilacerando muitos dos prisioneiros.

Tayrus, com grande habilidade, se livrou dos grilhões que lhes prendiam os pés. A água já lhe alcançava a cintura, mas ao tentar fugir, ouviu a voz de Heyra, que aos poucos, se desfazia junto com as demais pessoas que se calavam afogadas. Ele voltou e mergulhou onde ela estava e puxou a corrente libertando-lhe os pés. Ele a pegou pela cintura e a pôs sobre os ombros enquanto escapava das inúmeras mãos anônimas de homens e mulheres que tentavam encontrar nele uma forma de apoio para não serem tragadas juntamente com o navio que era puxado para o fundo do oceano.

O entoar da lamúria da morte se abateu sobre todos naquela noite. Poucos sobreviveram agarrados em partes do navio, levados à deriva, longe uns dos outros. Tayrus manteve Heyra perto de si, agarrado em três barricas que conseguiu amarrar com uma corda.

Aos poucos, o som dos gritos desesperados das pessoas foram silenciando e apenas os horrores da destruição provocada pelo temporal continuavam insistindo em permanecer sobre as águas pirracentas e indomáveis, descontroladas pela ação do vento que as cavalgava e as forçava a produzir inúmeras ondas, umas após as outras, afogando o que restava da antiga tripulação do galeão que levava ao destino final aquelas pessoas condenadas.

O amanhecer não trouxe consigo o mesmo panorama de destruição que parecia ter sido pintado em um grande quadro negro onde os personagens principais estavam submersos nas águas salgadas e frias do oceano. Ao contrário, o céu estava azul e em lugar da escuridão, o sol, em vez dos gritos de horror, a cantoria das gaivotas se assemelhava a uma sinfonia calma e tranquila.

O calor do sol somado ao canto dos pássaros acordaram Tayrus, que insistia em manter seus olhos fechados. Aos poucos ele sentiu que estava sobre terra firme, pois a areia sob seu peito e sobre seus olhos lhes deram a notícia de que ele não havia se afogado. Preguiçosamente, começou a se levantar e olhou em redor. Antes mesmo de considerar onde estava, sua primeira indagação foi:

— Onde está a moça? Será que ela sobreviveu? E os outros condenados? O mulçumano, o judeu, o cigano... os druidas?

Tayrus se abaixou e pegando água do mar, jogou no rosto. Limpou a areia e sentiu o sal do oceano a lhe ferir os lábios. Ignorando sua própria situação, ele se pôs a caminhar pela praia, cuja extensão lhe fazia perder de vista seu fim. Usando uma das mãos para obstruir a claridade do sol, ele lançou o olhar para o lado esquerdo e direito e também em direção ao mar, mas o que viu não satisfez a sua procura. Desapontado, seguiu em direção à selva que rodeava a praia. Antes que chegasse à vegetação encontrou inúmeros coqueiros, dos quais, pôde se dessedentar. Um pouco mais adiante, não foi forçoso a que encontrasse árvores frutíferas. Aquele seria um bom lugar para se alojar antes que se aventurasse a explorar o local. Assim, juntou madeira e com folhas de coqueiro, armou para si uma pequena tenda.

Não muito longe dali, porém, ainda desacordada, Heyra estava sendo observada por olhos curiosos e ameaçadores. O homem, ainda jovem, sobre as árvores, se movimentava, mas não ousava descer para se aproximar da moça que estava inerte próxima a uns pedregais. Embora seu rosto estivesse sobre a areia, seu corpo se mantinha dentro da água.

A constante movimentação das pequenas ondas fez o estranho perceber que a moça seria levada novamente para dentro das águas, assim, ele desceu até onde ela estava e a ficou observando. O aspecto frágil dela lhe chamou a atenção, tocando seu afeto. Ele a retirou das águas levando-a sobre os ombros para uma tenda feita de madeira e coberta com folhas de árvores. Com água fresca, ele lhe molhou os lábios e o rosto.

Ao sentir o frescor da água, Heyra balbuciou palavras ininteligíveis. Ela abriu os olhos lentamente e viu à sua frente um rosto desconhecido cuja face era de um vermelho produzido por algum corante vegetal. Sobre sua cabeça, o homem tinha enfeites coloridos produzidos com penas de aves e seus braços eram adornados por pulseiras à altura dos bíceps. Ele estava seminu e as poucas roupas sobre o corpo eram adicionais a alguns colares que tinha em seu pescoço e que lhes desciam até abaixo do peito. Da mesma forma, seus cabelos eram negros e longos e atados por pequenos fechos que lhes mantinham as tranças individualizadas.

— Onde estou? — perguntou ela.

O homem de olhos negros apenas a olhava. Ele se afastou e a ficou observando de fora da tenda. Ela continuou deitada. Pouco depois, ele voltou e se agachou próximo a ela. Mexeu em seus cabelos claros e depois passou as costas de sua mão em sua face. Heyra apenas o observava inerte, pois não sabia qual seria a reação daquela criatura da qual ela havia ouvido tanto falar quando ainda era criança, junto com sua irmã, Liv.

Na infância, treze anos antes do naufrágio.

— Eles são bestas que se alimentam de carne humana! — falou o velho marujo, bêbado, com uma jarra de vinho em uma das mãos.

— É mentira dele, Liv! — disse Heyra, com seus doze anos, tentando acalmar sua irmã que havia completado nove.

— Mentira? — gritou o velho. — Eu não estou mentindo, menina. Aqueles selvagens devoraram meu amigo quando nos perdemos dentro das florestas daquelas terras malditas.

Heyra! Liv! — A voz rouca, porém forte de um homem se fez ouvir próximo ao mercado onde as meninas estavam.

— Sim, pai. Estamos aqui! — respondeu Heyra, segurando a mão de Liv.

— Ah, encontrei vocês. Venham comigo e deixem o Sr. Lars em paz.

O velho, ainda sentado ao chão, limpou a barba amarelada e suja com a bebida. Ele levantou-se e falou firme:

— Fale para elas sobre as embarcações. Diga que você não é um recrutado em um daqueles navios que vai para os mares desconhecidos. Àqueles lados de mundo...! Reze muito para que outra corrente marítima e outra tempestade não o leve para próximo do continente, certamente, dessa vez, não sairá de lá com vida.

— Vou lhe pedir mais uma vez, Sr. Lars, não fale com minhas filhas sobre assuntos que não lhes dizem respeito. São apena crianças, não entendem o que o senhor diz.

— Você devia ao menos deixá-las cientes por onde passa o navio que comanda e qual sua carga, vamos, diga a elas que os longos meses que vive longe de sua mulher e delas é porque está...

Em um movimento rápido e descontrolado, Telbhus, pai de Heyra, homem com cerca de quarenta e cinco anos, barba rala, olhos claros e de dura cerviz, golpeou o velho na face, fazendo-o cair desacordado.

— Ele está morto, papai? — perguntou Liv.

Antes de responder à filha, Telbhus notou a desaprovação de alguns frequentadores da taverna construída a beira mar, não muito longe do ancoradouro.

— Não, filha, ele ficará bem, vamos embora.

Pai e filhas subiram na carroça e seguiram até um pequeno vilarejo onde cerca de dez famílias dividiam a região ao pé das montanhas. Era um lugar de vasta vegetação e com árvores frutíferas.

Mas nem toda região era assim. Além do lago cercado por montanhas, ficava um território inóspito de pedregais que servia de refúgio e esconderijo para mercadores de pessoas, também havia gente procurada pela justiça local e ladrões de todo tipo. A fama daquelas pessoas antecedia sua própria maldade.

Telbhus entrou em casa e Mayla, sua esposa, o recebeu com um sorriso que quase o fez esquecer o acontecido. Ele a abraçou e depois foi até o fogão mexer na comida.

— Espere um pouco, estou pondo a mesa. Depois quer reclamar os maus hábitos de suas filhas! — disse ela, sorrindo.

Ele pegou um pedaço de faisão e sentou-se à mesa. No entanto, seu semblante denunciava preocupação. Mayla se aproximou dele e colocou o braço sobre o seu ombro, enquanto as meninas entravam pela porta, sorrindo e despreocupadas.

— Lavem as mãos, vamos! — insistiu Mayla com elas. Depois, perguntou para Telbhus:

— O que o está preocupando?

Telbhus fechou os olhos e balançou docilmente a cabeça como forma de dizer que estava tudo bem, mas ela insistiu:

— Conheço você melhor do que você mesmo, seu coração não está em paz!

O homem deixou transparecer seus dentes brancos entre os lábios quando falou:

— Terei que partir novamente no navio, a economia que juntei do último trabalho chegou ao fim e os mantimentos que trouxe hoje, bem, já os estou devendo.

— Mas você não precisa ir para a embarcação! Há outras formas de sobrevivermos...

— Como? — interrompeu ele. — Acha que é fácil fazer o que faço?

Ele falou alto e Liv, que chegava junto com Heyra, perguntou:

— Está com problemas, papai?

— Não, querida, seu pai está bem! — respondeu Mayla.

Heyra não disse nada, mas ficou olhando para o semblante do pai, guardando aquela imagem de um homem que não conseguia esconder a angústia dentro de si. Ele ergueu a cabeça e esboçou um sorriso forçado, mas sem que seus lábios se movessem. Cada cena do que ocorreu naquela noite ficou na memória da jovem menina de doze anos.

— Vai ficar tudo bem! — disse ele. — Desta vez o navio não vai demorar.

— Da última vez que você partiu Liv tinha apenas cinco anos, e ainda não faz um ano que você voltou.

— Eu já devia aquele dinheiro quando fui, não foi fácil adquirir essa casa e o que há dentro dela... E o seu tratamento? Essa enfermidade não é simples.

— Isso não é tão importante, você sabe — disse a mulher tentando consolar o marido. Mas ele não concordava com ela.

— Saber que vocês têm um lugar próprio me deixa mais tranquilo no mar, pois se o galeão for preso...

— Temos mesmo que falar sobre isso na frente de nossas filhas? — perguntou ela.

Heyra escutava, mas não entendia com clareza o que eles falavam. Quando era mais nova, apenas ouvia seus pais discutirem e por muitas vezes achou que ela seria a causa das brigas.

Naquele momento, na mesa, sob o brilho da luz de lamparina, considerou que seu pai se arriscava quando se ausentava de casa para dar-lhes algum conforto, e isso seria para ele como uma missão prazerosa.

— Não se preocupe, mãe! — disse Heyra. — Meu pai voltará para casa. Não é papai?

A fala de Heyra fez uma lágrima brotar dos olhos de sua mãe, enquanto o pai colocava as mãos sobre a dela, tão pequena, ainda, em relação à dele.

— Claro, eu sempre volto, não é?

— Sim, papai, você sempre voltou!

Heyra respondeu olhando direto nos olhos do pai, enquanto seus próprios olhos percebiam a penumbra de sua m servindo a ceia. Naquela noite, eles comeram em silêncio.

Ao raiar do sol do outro dia, a névoa que ainda insistia em permanecer sobre o povoado aos poucos foi se dissipando. Liv brincava com seu gato no pomar que ficava em frente à casa, enquanto Heyra, da janela, observava seu pai sair rumo às montanhas além do lago. Ele entrou no barco e remou até que sua silhueta se tornasse pequena, como um simples ponto no meio da água. Horas depois, retornou com um corte no canto da boca e a face machucada. Não demorou para que sua mãe, chorando, começasse a discutir com ele. Liv entrou e se apegou a ela.

— Eles estão discutindo por nossa causa, Hey? — perguntou Liv.

— Não, não é por nossa causa, o papai precisa partir... Ele precisa de dinheiro e não podemos fazer nada. Nossa mãe também está doente...

— O que você fez, o que você fez? — gritava Mayla com Telbhus. Ele a abraçou e percebeu o olhar de Heyra o olhando da porta. — Aquelas pessoas não prestam — disse Mayla, soluçando.

O restante daquele dia foi como viver dentro de um cemitério desolado pelas amarguras e pelo silêncio. A noite chegou e não houve muitas palavras na ceia. As meninas dormiram e quando acordaram, não encontraram mais Telbhus na casa.

Heyra se levantou e foi até a cerca que guardava a propriedade. Ela abriu o portão e correu até o precipício próximo ao mar, a fim de ver o navio em que seu pai pudesse estar, mas nada viu. Ela permaneceu muito tempo lá, sentada, até que o sol chegou ao centro do céu, em seu pleno ardor. Desiludida, ela voltou para casa e não encontrou Mayla, sua mãe, nem sua irmã Liv. Elas haviam partido.

Mas o que está acontecendo? Pensou ela.

Um som no portão a fez ir até a porta da casa. Pensando ser sua mãe, ela gritou:

— Mamãe? Liv?

Heyra parou no batente da porta e arregalou os olhos quando viu que dois homens e uma mulher se aproximavam dela.

— Essa é uma delas... Onde está a outra, a mais nova? — falou o homem de barbas negras com os olhos da mesma cor. Ele tinha cerca de quarenta anos e seu hálito cheirando a bebida deixou Heyra enjoada.

— Quem são vocês? — perguntou ela.

— Somos sua nova família! — disse o homem, quase cuspindo nela. — Seu pai não lhe contou que viríamos buscar você e sua irmã?

Heyra se sentiu como se não houvesse terra sob seus pés. O mundo parecia girar a sua volta e o dia, que nascera com o sol tão brilhante, se transformou em densas trevas. Ela desmaiou e ao despertar, sabia que não estava mais em sua casa.

— Onde estou? — perguntou Heyra sentindo sua cabeça doer e seu estômago a ponto de lançar tudo para fora.

Uma mulher de fisionomia amigável, cercada de outras tantas, mexia freneticamente em tachos cheios de roupas. Ela deixou o que estava fazendo e se aproximou da jovem, dizendo:

— Que bom que despertou. Esteve desacordada desde ontem à tarde. Cuidei de você! Vamos, vamos, levante-se e coma. Depois me ajude com essas roupas. Há muita coisa a se fazer nesse lugar.

— Onde estou? — Heyra perguntou novamente, segurando a própria nuca.

— Não me diga que não sabe onde está, mocinha!

— Não, eu não sei.

— Você está na terra de ninguém! A comunidade dos malfeitores.

— Não, não é possível! Minha casa, minha mãe...

Enquanto Heyra lutava consigo tentando se convencer que não estava vivendo a realidade, uma mulher gritou da porta da grande tenda:

— Tragam-na aqui!

Heyra foi levada para fora da tenda onde uma mulher com sorriso jovial a esperava. Ela tinha os cabelos negros encaracolados que iam até o meio de suas costas. Seus olhos azulados entre as franjas lhe davam uma beleza inigualável, combinando com seu vestido comprido cor de anil, ornado com um manto branco como o algodão no campo.

— Foi você que estava com os homens em minha casa? — disse Heyra. — Por que estou aqui?

Sem querer enganar a jovem e sendo muito direta, a mulher falou de uma só vez:

— Não, não era eu! Seu pai deu você e sua irmã como pagamento pelo ouro e prata que devia ao líder desse lugar. Ele foi até sua casa, mas só encontrou você. Me diga, onde está a mais nova, Liv, não é esse o nome dela? Você deve ser Heyra, a filha primogênita — disse ela, abruptamente.

Heyra não suportou saber de tanta coisa ao mesmo tempo. Ela se agachou e começou a vomitar. Seu estômago doía e a respiração parecia que a deixaria a qualquer momento. Um homem de cabelos castanhos e olhos da mesma cor, forte, sem barba, se aproximou dizendo:

— Cuide dela, Mazhyra — disse ele à mulher de olhos azulados.

— Pobre menina! — disse ela. — Eu a levarei até minha tenda. Depois a trarei para trabalhar.

— Não se apegue a ela, pois não passa de uma mercadoria. Assim como você também o é... Embora aquele sujeito não a queira considerar assim.

Ela ignorou o que ouviu e depois levou Heyra para sua tenda onde lhe deu remédios à base de plantas. Ela bebeu, mas sem deixar de questionar:

— Não é certo cozinhar folhas e beber, isso é bruxaria.

— Não nesse pedaço de chão. Pode ser entre aqueles que seguem a religião romana. Os cristãos têm muitas crendices e temem a simplicidade de uma folha dentro da água em um vaso sobre o fogo.

— Minha mãe disse que os cristãos são estranhos e inimigos de todos.

— Então vocês não eram cristãos? — Mazhyra perguntou, embora parecesse já saber a resposta.

— Não! Meu pai sempre nos afastou deles.

Após beber o chá de ervas, Heyra ficou deitada dentro da tenda. Como Mazhyra havia retornado aos seus afazeres, a jovem recém chegada sentou-se perto da entrada da tenda, observando o imenso lago que fazia fronteira com o mar, e nele, vários barcos pequenos de pesca e outros tantos de porte médio para longas viagens em seu constante vai e vem.

Naquele lugar havia pequenas casas, embora a maioria das pessoas morasse em tendas de couro. Também em algumas choupanas quase caindo ou pequenas habitações construídas com barro e forradas com palhas. Um pouco acima da turbulenta vila, havia uma construção singular. Era feita de pedras e coberta com telhas. Era rodeada por uma cerca de madeiras e homens vigiavam com armas sobre os ombros.

Ao anoitecer, Mazhyra retornou levando consigo pão e carne. Ela acendeu uma lamparina e após cozinhar a carne e comerem com o pão, Heyra disse:

— Até que não estava ruim!

— Que bom que você gostou. Isso é sinal que melhorou do mal-estar.

A Jovem ficou olhando a vela dentro da lamparina. Mazhyra percebeu o olhar distante da menina e comentou:

— Sei que está com saudades de casa.

— Sim, a essas horas eu estaria ao redor da mesa com meu pai e minha mãe, e também minha irmã.

Heyra desconfiou do silêncio de Mazhyra em relação a sua família, então inqueriu:

— Não quer saber de meus pais? Quem eram ou…

— Todos aqui conheciam seu pai. — Interrompeu Mazhyra.

— Como? Ele sempre estava viajando nos navios. Chegou a ficar anos lá fora, mar adentro…

— Sim, todos sabem disso!

— E como sabem? Vocês vivem desse lado do lago salgado, são proibidos de irem à cidade.

Procurando findar o assunto, Mazhyra mexeu nos longos cabelos e se levantou. Pegou os pratos e os levou até uma bacia posta sobre uma mesa de madeira, onde havia uma tina com água.

— Levante-se e lave os pratos, depois vá se deitar. Durma! Amanhã você estará pronta para os afazeres a que será destinada.

— Eu não vou fazer nada! Quero voltar para casa, para minha mãe e minha irmã! — gritou Heyra, irredutível.

Mazhyra lhe bateu na face e disse:

— Faça o que eu digo e esqueça sua antiga família! Viverá nesse lugar até que seja vendida.

Ainda com a mão no rosto e soluçando, a jovem menina lavou os pratos de qualquer forma e deitou-se chorando. Enrolada em um canto, soluçando baixinho, ela adormeceu. Ainda muito cedo foi acordada, não mais por Mazhyra, mas pela mulher de aspecto dócil que havia visto anteriormente, quando chegou.

— Vamos, levante. Temos muitas roupas para lavar — disse a senhora.

Na juventude, sete anos antes do naufrágio.

A noite estava clara e a vila colorida, tudo parecia conspirar para que Heyra estivesse feliz. Ela completava dezoito anos e estava radiante. Não foi fácil a adaptação no meio daquela gente mesclada por pessoas que chegavam e deixavam a região. Os constantes rumores de conflitos com os moradores de cidades circunvizinhas àquele território de difícil acesso, cercado por colinas montanhosas e pelo oceano, perturbavam a paz que, geralmente, voltava a reinar no meio daquela comunidade.

Heyra havia conquistado a simpatia de todos e logo a amizade com as moças e moços do lugar lhe fizeram influente. Mazhyra acabou por lhe adotar e, de certa forma, aplacou assim o ímpeto de Rayner em vender a jovem logo que ela havia chegado à vila, esperando vencer certo contrato que tinha com seu pai.

— Olhe, o próprio Rayner veio à sua comemoração — disse Mazhyra para Heyra, que segurava a mão de Singrid, filha de Mazhyra. Quando Heyra chegou, Mazhyra não sabia que estava grávida da menina.

Rayner se aproximou e todos se calaram. Ele não tinha presente algum nem tampouco sorriu. Aquele homem não transparecia simpatia e a dureza de sua cerviz mantinha a sua testa sempre enrugada. A moça o olhou e sentiu um arrepio tomar conta de sua espinha. Rayner, sob o olhar de todos, disse para Mazhyra:

— Prepare-a e a leve para meus aposentos. Hoje é o dia da comemoração!

Ninguém tinha coragem de enfrentar Rayner ou opor-se às suas decisões. Após ter falado, ordenou que todos se alegrassem e festejassem, enquanto se dirigia para a casa construída de pedras e coberta com telhas de barro.

— Venha comigo! — disse Mazhyra.

— Eu não posso deixar meus amigos aqui, eles...

— Eu sempre lhe disse que você não tem amigos aqui... Ninguém tem!

Mazhyra, próximo à sua morada, falou:

— Esqueceu o que aconteceu com Berggren por ter se aproximado de você? Eu te avisei para não se enamorar de nenhum jovem, mas você não me deu ouvidos. O moço apareceu morto na beira da praia.

— Mas ele foi atacado por feras...

— Não, não foi! Ele foi morto pelos homens da comunidade. Eu, você e muitos outros somos apenas propriedade de Rayner. Acaso não percebe que os Românis chegam e logo desparecem dessa vila? Somos vendidos ou entregues para as autoridades que buscam atrações para queimarem nas fogueiras inquisitórias ou para deleites nas casas dos abastados afortunados das grandes cidades.

Heyra nunca tinha visto Mazhyra tão agitada. A bela mulher, segurando a filha com cerca de seis anos, não demorou a responder à sua pergunta:

— Mas você pertence ao povo Romàni e ele nunca fez menção em lhe vender.

— Por que você não consegue ver que sou uma mercadoria usada por ele para lhe dar lucro ou prazer? Onde acha que estou quando não durmo em casa? Que estou passeando? Eu não sou apenas uma Romàni... Sou muito mais do que você possa imaginar.

Heyra, embora soubesse o que acontecia, mentia a si mesma para sobreviver naquele lugar. Assim, mesmo sendo alvo de inúmeras molestações verbais dos homens da comunidade, nunca foi tocada, mas isso ela sabia que era por causa da proteção que Rayner lhe dava.

— Eu sei, mas não quero falar sobre o assunto — respondeu Heyra. Mazhyra disse:

— Eu não suporto mais esse inferno! — Ela começou a chorar copiosamente.

— Mamãe! — disse Singrid, se aproximando da mãe e lhe abraçando.

Heyra se sentiu constrangida e percebeu que apenas a comunidade se alegrava lá fora com seu aniversário. Seu coração ficou apertado dentro de seu peito e ela ouviu Mazhyra lhe dizer:

— Se banhe novamente e vista sua melhor roupa. Use meu bálsamo e faça seu melhor penteado. Você já se parece uma Români, como eu! Acho que fiz um bom trabalho!

— Por que está aqui? Como veio parar nesse lugar? — Heyra perguntou de repente. Elas seguiam as ordens do lugar, assim, não falavam de si mesmas para as outras pessoas. Mazhyra não esperava aquela pergunta, mas respondeu em baixa voz:

— Eu e meu marido fomos surpreendidos quando estávamos no caminho para um dos portos na Espanha... Lá, os marinheiros pagam bem por uma consulta sobre o futuro e adquirem nossos artesanatos e roupas feitas de lã ou couro. Então, de repente, fomos apanhados por uma companhia de padres inquisidores, eles nos prenderam e nos julgaram, depois nos separaram e eu não sei o que fizeram com ele, provavelmente foi morto enforcado ou queimado na fogueira...

Heyra apenas escutava, enquanto se banhava. Mazhyra fez um breve silêncio, mas depois continuou:

— Os religiosos cristãos dispersaram o grupo de quase trinta pessoas. Alguns foram mortos e outros não se teve mais notícias. Eu fui vendida como mercadoria para prostituição. Rayner faz aliança com Deus e com o diabo. Quem pagar mais fica com a vida que está sob as correntes de seu domínio. Ele compra pessoas e as vende, também empresta dinheiro tendo como garantia filhos e filhas e até esposas de quem toma emprestado.

— Como foi o meu caso? — perguntou Heyra, saindo do banho.

Mazhyra não respondeu, mas pensou: Sim, há muito mais coisa que você não sabe sobre seu pai e Rayner. Mas não acho que seja o momento de você saber, por enquanto.

No entanto, disse:

— Continue se comportando como sempre tem feito. Não pergunte nada e apenas obedeça. Fazendo isso, ficará viva ou continuará mais tempo conosco.

Heyra se sentiu presa àquela mulher que certamente carregava consigo muitos segredos. Já vestida como uma Români, ela olhou seu reflexo em um espelho de fino metal e falou:

— Minha mãe não me reconheceria agora! — Ela sorriu, mesmo estando triste.

— Você está linda! Sim, você se transformou em uma bela mulher.

— O que Rayner quer comigo? — perguntou a jovem.

— Você saberá quando chegar lá — respondeu Mazhyra com amargura.

— Acha que devo ir?

— Você não tem escolha. É certo que um dos motivos em ele lhe manter aqui foi para esse dia, para ele, será o pagamento da alta dívida de seu pai. Depois, você não passará de um objeto a ser vendido a quem pagar mais.

— Me prometa contar mais sobre o meu pai, quando eu voltar...

Antes que Mazhyra respondesse dois homens chegaram à porta:

— Vamos!

— Você sabe o que vai acontecer lá, na casa de Rayner? — Mazhyra perguntou encarando-a. Heyra deu de ombros e falou:

— Ele vai me dar uma festa!

Mazhyra meneou a cabeça enquanto os homens a levavam para a casa de pedras. O povo cada vez mais se embriagava e se divertia com danças e folguedos. Ela passou próximo a todos e esperava que os jovens a vissem vestida de forma deslumbrante, mas nenhum deles ousava olhar em sua direção. Depois que Berggren foi encontrado morto, nenhum moço se atreveu a se aproximar dela, mesmo que sua formosura fosse a maior entre as moças daquela vila.

Eles chegaram ao pé da escada de pedras que dava acesso à morada de Rayner. Heyra olhou para trás e subiu sendo escoltada pelos dois homens que lhe seguiam. Eles chegaram à porta e um deles a abriu para que a moça entrasse. Ao abrir a porta, um rangido pôde ser ouvido vindo das dobradiças. Ela não percebeu o som, pois sua atenção estava no interior da casa bem ornada e decorada com requinte. Na sala, havia três pares de cadeiras ricamente trabalhadas em madeira de lei. Ao centro, uma pequena mesa suportava apenas o peso de um jarro de metal de cor envelhecida com ornamentos modestos, no entanto, seu olhar não deixou de se fixar nos ricos detalhes entalhados na porta que dava acesso a uma biblioteca.

Ainda aflita com aquele momento, a moça se dirigiu a passos lentos para a segunda sala onde havia uma mesa comprida cercada com doze cadeiras em estofado vermelho tendo suas laterais douradas. As duas salas eram iluminadas com lustres pendurados no teto e por castiçais nos cantos finamente decorados com revestimentos em ouro.

— Gosta do que está vendo?

Heyra, assustada pela voz de Rayner, que estava atrás dela, falou:

— Desculpe, não o vi chegando, senhor — disse ela, desconfortável e sentindo sua face enrubescer.

— Sente-se, logo a ceia será servida — disse ele, tentando ser educado.

A moça hesitou um pouco, mas não teve como negar ao perceber que Rayner lhe ofereceu assento, puxando a cadeira próximo à cabeceira da mesa, onde ele se sentava.

— Você se tornou uma bela mulher — disse ele. Sua voz rouca parecia estremecer o coração dela, mesmo que ele hesitasse lhe olhar diretamente nos olhos.

— Sou apenas uma de suas criadas em meio a tantas outras, senhor. Não tenho do que me vangloriar — disse ela, temerosa e com a voz vacilante.

Ao levantar o olhar, ela percebeu que ele mantinha seus olhos fixos em seu decote, admirando o contorno de seus jovens seios. Ela ouviu o som de seu próprio respirar e se permitiu ser dominada pela vaidade que a beleza propõe. Assim, mesmo que aquele homem provocasse temor, ela sabia que, de certa forma, a atenção dele, naquele momento, estava nela.

— Mazhyra fez um bom trabalho, ela a deixou irresistível.

Após ele ter falado, Heyra percebeu que três mulheres entraram e serviram o jantar. Sem palavras, eles cearam enquanto ouviam o barulho do festejo no vilarejo. Ao terminarem a ceia, Rayner a levou para um ambiente cuja sala tinha nas paredes alguns quadros pintados de rostos que produziam certa nostalgia. As imagens pintadas pareciam que a observavam a cada movimento que fazia.

— Sente-se. Temos toda a noite! — disse ele.

— Não gastaria de me demorar a voltar para meu lugar. Mazhyra pode ficar preocupada...

— Você não tem ideia do que faz aqui, não é? — perguntou ele, levando uma taça de vinho à boca.

— Fui convidada a festejar um ano especial de minha vida.

— Como você é inocente! — respondeu ele. — O que sabe da vida, Heyra?

Heyra sentiu sua carne tremer ao ouvir seu nome pronunciado por ele.

— Apenas o que meu pai me ensinou e o que Mazhyra me fala. Não sei muita coisa a não ser que preciso estar viva a cada manhã que nasce.

— Você sabe que é bela e que será uma ótima esposa e mãe? — disse Rayner, olhando-a. — Em breve será dada em casamento e não mais estará conosco.

Ao ouvir aquela sentença, a jovem ficou confusa.

— Como assim? Dada em casamento a quem?

— Não me faça perguntas, pois não tem o direito de as fazer. Você já deveria saber disso. Se eu já não a dei por qualquer preço a um desses homens da vila é porque você não é uma jovem como as demais.

— O que está me dizendo? — perguntou ela.

Ele acendeu um cachimbo cuja fumaça irritou os olhos dela. Rayner ficou de pé e seguiu até próximo a umas prateleiras com alguns utensílios de louça e, virando-se falou para ela:

— Você é o preço de uma dívida! Sua vida, seu corpo, seu destino, estão em minhas mãos. Sabe disso desde que chegou.

Ele se aproximou da jovem e a levantou. Sentindo o cheiro do perfume dela, Rayner a abraçou puxando-a para si. De súbito, ela o empurrou, mas ele a puxou e a beijou passando a mão em seu corpo. Ela se afastou e assustada, disse:

— Afinal de contas, a que se refere essa dívida de que tanto falam?

Naquele momento, ela estava mais interessada em saber sobre o que ele havia falado do que mesmo proteger sua pureza.

— Não vem ao caso, Heyra. Você só precisa saber que sua pureza me pertence, mas não me culpe por isso — disse ele.

Ele a segurou com força e lhe rasgou a parte de cima da veste. Seu modo gentil havia se transformado em uma forma brutalizada de desejo e paixão. Após dominá-la e lhe deitar sobre um sofá de madeira, esculpido e aconchegante, ele se pôs sobre ela e falou, sussurrando, mas já sem forçá-la, pois Heyra se convenceu que não poderia lutar com ele:

— Esses homens do vilarejo dariam sua vida para ter você, mas você sempre foi minha desde que a trouxeram.

O barulho do festejo do lado de fora da casa abafou a última súplica de Heyra juntamente com seu gemido de dor ao ser possuída como uma moeda de troca. Não demorou para que Rayner satisfizesse seu desejo e se pusesse de pé. Após ter cuspido ao chão, mandou que ela saísse de sua casa.

— Volte para perto de Mazhyra e fique lá. Aproveite seus últimos dias perto dela... E de sua irmã!

Heyra estava profundamente angustiada pelo que havia acontecido para prestar atenção ao que ele dissera. Suas lágrimas a molhavam assim como o seu próprio sangue que estava grudado em sua coxa. Seu corpo ainda desnudo atraía o olhar de Rayner, que no entanto, se esforçava para não se apegar afetivamente a ela.

— Saia! — disse ele. — Pare de chorar e se vista.

Após ter se recomposto, ela chegou à porta da casa e os homens embriagados gritaram em tom de festejo como se fossem eles que a tivessem possuído. Envergonhada, ela correu pela lateral da casa e seguiu até onde morava com Mazhyra, que a esperava em claro. Heyra entrou aos soluços e Mazhyra a abraçou aconchegando-a perto de si.

— Calma, não chore, amanhã você estará bem melhor — disse Mazhyra, tentando ser gentil.

— Você sabia o tempo todo o que iria acontecer esta noite, não é?

Mazhyra deixou que uma lágrima descesse de seus olhos e falou:

— Sim, sabia, mas ainda há mais para acontecer.

Heyra saiu dos braços de Mazhyra e se distanciou dela. Seus olhos fizeram parte do desenho que sua face embrutecida tomou enquanto ela disse:

— Rayner me disse que sou pagamento de uma dívida e que tenho uma irmã aqui... De quem ele estava falando? Acaso Liv está por aqui também?

Ela estava agitada e Mazhyra fixou o olhar no vazio antes de responder:

— Singrid é sua irmã! Ela é filha de Telbhus, seu pai!

Heyra sentiu sua cabeça girar e seu estômago parecia ser só um com sua boca. Ela não conseguiu ficar de pé e caiu de joelhos vomitando e sentindo fortes dores estomacais. Mazhyra olhou para ela, mas não a levantou de cima de seu próprio vômito. Prostrada com a mão no ventre, Heyra ergueu o olhar e falou sentindo o gosto de fel:

— Eu preciso saber de tudo! Chega de tantos segredos.

— Quer mesmo saber? Acha que suporta a verdade?

— Eu não me importo mais com nada.

— Levante-se e se banhe, depois conversaremos.

— Não! Quero saber agora... E quero saber de tudo.

Mazhyra manteve seu olhar gélido e petrificado como um espelho quando começou a falar, tendo ao seu lado a luz do candeeiro. Heyra apenas sentou-se, no chão onde estava, sentindo o cheiro de seu vômito, mas não se importava. Ao longe, o som da festividade havia se emudecido e apenas o barulho das aves noturnas e dos grilos insistiam em ser ouvidos. Mazhyra começou a falar:

— Todos aqui sabem quem é seu pai, mas estavam proibidos de falar sobre ele, depois que você chegou. Seu pai se envolveu com Rayner há muito tempo. Ele vinha buscar dinheiro para investir em embarcações comerciais, no princípio, ele conseguiu bastante dinheiro e então se aventurou a comprar navios para ir a caminho de uma rota incerta em que muitos marinheiros diziam haver riquezas, mas nunca conseguiu chegar a esse lugar.

Heyra escutava atentamente. Mazhyra continuou:

— Alguns anos atrás, ele chegou sem trazer os navios de Rayner dizendo que havia sido vítima de uma grande tempestade e apenas uma pequena embarcação teria aportado em uma terra estranha, habitada por homens que eram mais ferozes que as bestas do campo e que comiam carne humana.

Heyra, sem nada dizer, lembrou-se das histórias do Sr. Lars sobre a realidade dessas terras e de homens que eram canibais. Mazhyra prosseguia em sua narrativa:

— Não sabemos como, mas ele disse ter escapado com alguns homens. Bom, Rayner não quis saber da justificativa que seu pai deu para o fracasso da empreitada no mar e deu certo prazo para o pagamento. Seu pai rogou que Rayner confiasse nele, pois ele havia visto nessa nova terra minas com muita prata e ouro. Ele pediu um prazo de dez anos para voltar com as riquezas, mas Rayner lhe deu a alternativa até a data em que você completasse dezoito anos. Caso ele não voltasse até esta noite, sua pureza seria dele e você, e Liv sua irmã, seriam vendidas como objetos aos nobres.

Heyra parecia não acreditar no que ouvia. Estava boquiaberta e seu coração acelerado. No entanto, Mazhyra não dizia toda a verdade.

— Meu pai me vendeu... Eu e minha irmã...?

— Infelizmente, sim!

Ela enxugou os olhos com as costas do braço e perguntou:

— Como você sabe de tudo isso?

— Porque foi seu pai que me contou, antes de partir! — Mazhyra respondeu incisiva. Ela sabia que junto com a verdade, também construía uma mentira para se esconder nela.

— Lhe contou?

— Onde você acha que ele ficava antes de sair para as viagens e onde ficava quando voltava? Ele ficava comigo! Não foram raras as vezes em que ele morou aqui entre uma viagem e outra... Na noite anterior de sua última partida, quando no outro dia fomos buscar você e sua irmã, ele dormiu aqui, comigo, assim, nove meses que você estava junto conosco, Singrid, sua irmã, nasceu.

— Não é possível! Você está mentindo.

— Você quis saber, Heyra, e estou lhe contando tudo. Seu pai não é o homem que você imaginou que fosse.

— Mas você falou que era casada e que seu marido...

— Eu não menti para você sobre meu marido, mas aqui, onde estou, sou apenas uma mercadoria de Rayner... E amante de seu pai!

— Minha mãe...! — disse Heyra, sentindo que iria chorar.

— Sua mãe? Ora Heyra, ela sabia de tudo! Não concordava com Telbhus, mas não tinha escolha. Uma mulher como ela, fina e educada, faria de tudo para continuar casada e não ser molestada pelos homens da cidade. Bela, formosa e atraente, sim, sua mãe era cobiçada por Rayner, mas Telbhus, de certa forma, a protegeu...

— Não fale mais nada! Minha mãe não poderia saber dessas coisas...

— Não mesmo? Então por que seu pai me disse que ultimamente eles discutiam tanto? Mayla queria que ele parasse com os negócios, mas Telbhus não lhe deu ouvidos...

— Já chega! — gritou Heyra. — Como sabe o nome de minha mãe?

— Eu sei tudo sobre vocês... Eu fui como uma segunda esposa para seu pai!

Heyra havia se levantado e estava frenética. Singrid havia acordado e se aproximado de sua mãe. Heyra disse:

— Não acredito que minha mãe tenha sido cúmplice de meu pai nesses acordos... — Mazhyra a interrompeu:

— E não foi! Ele só contou tudo para ela na noite que veio para cá, quando então fez sua última viagem, e isso já faze cerca de seis anos.

Por certo tempo o silêncio foi o senhor do ambiente. Singrid com os olhos cansados e sem entender o que estava acontecendo, disse:

— Mamãe, posso voltar a dormir?

— Sim, claro... Vá deitar que já vou...

Heyra olhou para Singrid e percebeu que o queixo dela tinha os mesmos contornos que o de seu pai. Seu olhar se deteve nos cabelos emaranhados da menina e notou a forma dos caracóis que deixavam a face de Liv tão sublime quando ela sorria.

Não é possível! Pensou ela. Estou em um sonho que não consigo acordar. Fui mandada para o inferno pelo meu próprio pai!

Mazhyra olhou para Heyra, falando:

— É melhor você se banhar e limpar esse vômito do corpo, jogue fora essas roupas... Elas só lhes servirão para trazer à sua memória a noite mais desgraçada de sua vida.

Heyra apenas ouviu e não disse nada. Sentada no chão, abraçou suas próprias pernas. De onde estava deitada com Singrid, Mazhyra pôde ouvir o choro e os soluços de Heyra. Ela abraçou Singrid com força e também chorou. No fundo, ela sabia que seu passado não foi tão diferente ao daquela jovem que acabava de sentir o aguilhão da vida lhe ferir a carne sem misericórdia e tampouco sem ter lhe dado prévio aviso da dor.

Anos que se seguiram até o naufrágio.

Após aquela noite, Heyra deixou a pequena casa onde morava com Mazhyra, pegou algumas roupas e pertences, e foi morar em um espaço próximo à lavanderia, onde se ocupava durante o dia em troca de proteção e comida. Duas semanas depois, um pequeno navio cargueiro ancorou na comunidade. Ela foi vendida a uma família abastada que ficava do outro lado do oceano, no Reino Unido. Por seus trajes, costumes e linguajar, Heyra era comumente relacionada ao povo Români.

— Eu não sou cigana! — dizia ela.

Com o passar dos dias, ela foi se adaptando à sua nova forma de vida. O homem que a comprou, Sr. Anderson, como ela comumente o chamava, pareceu ser um homem rústico, no início, mas logo depois, ao voltar à sua terra, a entregou como criada para sua esposa, Isabelle. Ela era uma mulher jovem que não havia completado trinta anos, porém acometida de graves enfermidades que lhe sobrevieram após o nascimento de seu único filho, Thomas, de cinco anos. Por conta disso, Isabelle andava com dificuldades e geralmente precisava de alguém para cuidar dela.

Já o Sr. Anderson era homem forte, rústico, no entanto, gentil. Sempre ocupado com os negócios marítimos que herdou da família, não acompanhava o crescimento do filho nem dava a atenção necessária que Isabelle precisava.

— Às vezes sinto que me tornei um fardo para ele! — disse certa vez, Isabelle, para Heyra, pouco mais de um mês antes do naufrágio.

Heyra havia se tornado uma jovem dinâmica e aprendia com facilidade o que lhes ensinavam. Nos quase sete anos que esteve ali, seus hábitos se confundiam com o que viveu em seu lar e entre as comunidades mistas comandas por Rayner, na Noruega. Isabelle confiava nela, embora sentisse ciúmes de sua beleza e educação, principalmente quando flagrava Anderson olhando seu decote em trajes de festas ou sentados à mesa, ou mesmo quando se esbarravam pelos corredores da casa.

— Acho que não, senhora — respondeu Heyra. — O Sr. Anderson tem demonstrado toda afeição por sua pessoa. Acredito que são os compromissos que o mantêm tão distante do lar e da família.

— Por que acho que vocês dois são cúmplices em me agradar? — Isabelle sorriu após ter falado. — Talvez fosse melhor eu me juntar aos meus antepassados e deixá-lo livre para um novo enlace nupcial.

— Acha mesmo que ele estaria aqui ainda caso pensasse dessa forma? Minha senhora se engana com o Sr. Anderson.

Isabelle pegou o chá próximo a sua cama e após ter bebido um pouco, e falou:

— Há mais de seis anos que você está conosco e não mostrou interesse nos homens que a assediaram para casamento.

Heyra sorriu docilmente. Isabelle continuou:

— Anderson lhe comprou para que me ajudasse, mas eu não queria alguém que fosse adquirido por dinheiro, como se fosse um objeto que se compra em alguma mercearia. Mas você se tornou uma graça em minha vida.

— Agradeço, senhora, mas embora minha vinda para cá tenha se dado dessa maneira, se tornou um grande alívio para as aflições que até hoje ainda me atormentam.

— Gostaria de falar sobre elas? — perguntou Isabelle.

— Eu procuro a cada dia enterrá-las em algum lugar de meu passado, mas não consigo. Falar sobre o meu passado é dá-lhes forças para que me acompanhem, mas já não me convencem a não continuar a viver.

— Você nunca havia falado assim de você mesma. Sinto que o que há dentro de seu coração é mais cruel do que essa cama que me aprisiona tirando de mim a juventude e os melhores dias que poderia ter vivido com meu filho e meu marido.

— A senhora é livre para sorrir ou para chorar, eu não tenho motivos para sorrir.

Isabelle não respondeu e respeitou os segredos de Heyra. Ela segurou o choro e tentou mostrar simpatia na face. A mulher olhou para Heyra e sentiu que de certa forma se tornaram amigas. Então, para não ver a serviçal voltando às algemas do passado, disse:

— Preciso que você vá ao burgo buscar frutos frescos, eu sei que há alguns em nosso bosque, mas aqueles que trazem para as trocas são bem melhores.

Heyra percebeu que Isabelle procurou descontrair o diálogo e sentiu-se confortável e agradecida, embora o máximo que disse foi:

— Sim, senhora. Irei agora mesmo!

Antes de sair, ela passou em seus aposentos e tomou um medalhão Românі que ganhara de um jovem artesão na comunidade de Rayner. Ela o havia tirado para esquecer o que já havia vivido, mas depois daquela manhã, entendeu que seu passado não a deixaria, assim, tentou enfrentá-lo sem se esconder.

Ela pôs uma saia longa colorida e um lenço lilás. Deixou os longos cabelos negros lhe ornarem os ombros e descerem até o meio de suas costas. Colocou argolas nas orelhas e percebeu que sentia falta de Mazhyra. Fechou os olhos e respirou fundo.

Quando Heyra atravessou o pátio da propriedade os demais servos ficaram perplexos com a beleza da jovem. De seu quarto, que ficava no andar superior, Isabelle a viu e sentiu certa inveja dela.

Agora sei por que Anderson a comprou. Pensou ela. Ela é realmente uma grande mulher.

Despreocupada, Heyra saiu para o burgo e as atenções se voltavam para ela. Lisonjeada, se deixava seduzir pelos elogios e seu coração a encheu de orgulho.

— De onde você é, mocinha? Faz parte daqueles ciganos ladrões que atravessaram o Mar do Norte, fugindo da Igreja e chegaram ontem em Kent?

— Românis Nórdicos? Aqui?

O homem já embriagado sorriu e falou:

— Eu lhe aconselho a retirar essas roupas e se passar por uma Bretanha, eles não vão durar muito por aqui.

Ela seguiu na direção em que o homem apontou. Com passos lentos, Heyra se aproximou de um grupo de trinta ciganos, que estava afastado da cidade. Em dado momento, uma canção familiar lhe chegou aos ouvidos. Vinha de uma carroça coberta com lonas e puxada por um cavalo não muito forte. O som afinado do violão e a cantiga melodiosa nas vozes de uma mulher e uma jovem lhe fizeram estremecer a carne. Suas pálpebras tremeram e a língua se apegou à boca.

Não pode ser! Pensou ela. Mazhyra e Singrid... Aqui! Mas como?

Ela saiu sem ser vista. Com as mãos trêmulas e a respiração ofegante, Heyra andou sem direção até chegar próximo ao porto da Cidade. Sentindo a cabeça girar e a visão escurecer, sentou-se em um banco de madeira e pôs as mãos no rosto.

— Fora daqui! — gritou uma senhora aparentando sessenta anos, do alto de uma janela. Seus cabelos grisalhos e as rugas que surgiam em sua face eram ofuscados pelos ornamentos baratos que usava em volta do pescoço e dos braços.

— Não queremos ciganos em nossas ruas. Tomara que os caçadores de recompensa os encontrem logo e os entreguem aos inquisidores...

Heyra não esperou a mulher terminar a frase e correu, mas ela não foi muito longe. Ao fazer a curva da rua, três homens já estavam à sua procura.

— Ali está ela! — gritou o que estava sobre o cavalo branco. Os demais a cercaram e lhe puseram um capuz sobre a cabeça.

— O que está acontecendo? Quem são vocês? — gritava ela.

Mesmo que Heyra gritasse, seus clamores não eram ouvidos, pois a maioria do povo do Condado estava no burgo vendendo ou trocando mercadorias. O porto estava vazio e apenas alguns trabalhadores estavam ocupados com suas tarefas. Dessa forma, tendo o barulho do vento aos ouvidos juntamente com as das aves marinhas, eles não perceberam o rapto da jovem.

— Vamos logo! — gritou um deles. — Já capturamos o bastante, isso nos renderá muita prata e ouro do Cardeal... E essa principalmente — disse um deles.

Sufocada pelo capuz e tendo as mãos amarradas às costas, Heyra foi lançada dentro de uma carroça coberta com uma lona. Enquanto a carroça era puxada por dois fortes cavalos, ela pressentia que o Condado ficava cada vez mais distante. O som do mar deixou de ser ouvido e foi substituído pelo silêncio interrompido apenas pelo barulho das rodas de ferro batendo nas pedras. O canto dos pássaros a fez saber que estava no meio de uma floresta.

Pouco a pouco, Heyra percebeu que outros grupos se juntaram ao que ela estava. Os homens riam alto e o choro de crianças tendo o apelo de suas mães para que ficassem quietos se tornava atormentador para seus ouvidos. Em dado momento, todos pararam.

— Eia! Aqui está bom para organizarmos "a carga"! — gritou um senhor de voz grave. Todos pararam.

Um homem ainda moço aparentando a mesma idade de Heyra a buscou no fundo da carroça, puxando-a para fora. Ela olhou em volta e soube que o Condado de Kent havia ficado para trás. Estavam em uma densa clareira rodeada por grandes árvores. Ela contou doze carroças com Românis e outras pessoas que delas eram empurradas. No meio daquelas carroças, uma lhe chamou a atenção.

A carroça de Mazhyra! Pensou ela.

— Vamos, desçam! — gritavam os responsáveis pela "caçada" humana.

Todos foram reunidos no centro da clareira. Havia cerca de sessenta prisioneiros. Os homens que os haviam capturado eram vinte, armados com espadas, punhais e arcabuzes.

— Vamos, sua cigana imprestável! — gritou um dos homens, empurrando Heyra para perto dos demais.

— Calma! — gritou o homem de voz grave. Ele tinha cerca de quarenta anos e sua face se mostrava simpática. Ele se aproximou dela e falou:

— Você é muito bela! Se não fosse uma cigana eu até me casaria com você!

Todos riram enquanto Heyra lhe disse:

— Eu não sou uma cigana! Eu venho das montanhas da Noruega.

— Isso não quer dizer nada, aquele solo também está cheio de malditos bruxos e bruxas, ladrões e enganadores iguais a você! — falou o homem.

— Eu cresci no meio de Românis, mas não sou um deles!

— Olhe como se veste! E seus ornamentos... Seu andar sedutor...

Naquele momento, Mazhyra havia se aproximado de Heyra e a olhou de perto. Seus olhos se encontraram e Mazhyra chorou.

— Heyra!

— Ah, então vocês se conhecem! — disse o homem.

— Sim, e ela diz a verdade: Ela não é uma cigana... Não é uma Români, pois os Românis não negam sua origem.

Depois daquela conversa, grupos foram acorrentados e postos dentro de carroças separadas. Greg, o chefe dos grupos, mandou que Mazhyra e Heyra ficassem no mesmo lugar.

Assim, enquanto eles seguiram viagem por alguns dias, puderam conversar, mesmo que nem sempre tenha sido um diálogo amigável. Nesse tempo, Heyra soube muitas coisas por Mazhyra, como que a comunidade havia sido invadida por tropas ligadas à Igreja Cristã e muitos foram queimados no próprio vilarejo. Também que Rayner fugiu, mas a vila foi destruída. Telbhus havia voltado, mas tinha sido tarde demais.

Mazhyra também disse que por muitas vezes procurou por Mayla, mãe de Heyra, e Liv, sua irmã. Soube no pequeno porto da cidade que ambas haviam seguido para a região da saxônia.

Ao chegarem ao seu destino, em uma propriedade agrícola para condenados na Espanha Ibérica, todos que estavam nas carroças foram levados para tribunais inquisitórios.

Heyra soube que Mazhyra e Singrid foram condenadas à fogueira junto com várias outras pessoas que não aceitaram ser batizadas no romanismo. No entanto, não sabia se foram queimadas. Já ela foi julgada e por não ser comprovado seu parentesco com os ciganos, mas por ter vivido com eles e por não ser católica, foi condenada a viver no Novo Mundo, terra para onde eram enviadas as almas para serem purificadas de seus pecados. Era o purgatório dos condenados, diziam os juízes e todo o povo.

Dias depois, no porão do navio, acorrentada aos demais, o que ela mais ouvia é que a terra para onde estavam sendo levados era infestada por canibais. Enquanto uns negavam, outros confirmavam. Mas aquele assunto não era novo para ela.

Vez ou outra, seu olhar se cruzava com a de uma bela jovem cujos lábios estavam rachados e sangrando, ela aparentava muito medo. Próximo a ela, um homem de cabelos grisalhos tentava lhe consolar:

— Tudo ficará bem... Não tenha medo, minha filha.

— Eu estou bem, pai, temo pelos nossos amigos que estão em outra parte desse navio miserável.

— Saberemos naquelas terras de ninguém se realmente os muçulmanos são valentes — disse um judeu do outro lado do porão, olhando para o homem que estava acorrentado ao lado de Heyra.

Pouco antes de se completarem trinta dias naquele inferno sobre o mar, a tempestade os lançou para o fundo do oceano, sendo ela uma dos que se salvaram. Se as histórias que ela ouviu acerca dos moradores do Novo Mundo eram verdadeiras, breve ela saberia, pois à sua frente, olhando em seus olhos e passando a mão em sua face, estava um deles, impressionado pela face da jovem que tanto o olhava e que balbuciou algo como se quisesse lhe dizer alguma coisa, no entanto, o guerreiro não lhe disse nada.

Capítulo II

Liv:
De entre os druidas ao purgatório

Era noite e cada vez mais se tornava ofegante a respiração dos que corriam ao seu redor. Vez ou outra algum deles caía ao seu lado, levantando-se em seguida e retomando a corrida pela vida.

— Vamos, não desistam! — gritava um homem cujas cãs já estavam embranquecidas. Seus olhos verdes como os frutos da oliveira eram dignos de serem apreciados.

— Eles estão se aproximando! — gritava Liv, atônita com a persistência do grupo que lhes perseguiam.

— Vamos nos espalhar pela floresta — gritou o homem de cabelos grisalhos.

Ao ouvirem o comando, o grupo de quinze pessoas, entre homens e mulheres, se espalharam pela floresta Hercinia. A densidade dos arbustos e das árvores já não era a mesma desde que a floresta se tornou uma região explorada pelos moradores de aldeias que não encontravam trabalho como agricultores ou mesmo como artesãos. Eles viviam da caça e também não hesitavam em tirar dali madeira para construírem casas, móveis ou usar em carvoarias.

— Aqui, venham, entrem nessa fenda de rocha! — disse Soren, moço cujos olhos azuis se igualavam às águas do mar.

Liv, Soren e Skipp, o senhor de cabelos grisalhos, se acomodaram entre as rochas e esperaram pacientemente que seus perseguidores desistissem. Enquanto esperavam, podiam ouvir gritos de desespero por quem era capturado. Os latidos de alguns cães, ao longe, faziam com que o coração de Liv batesse acelerado dentro do peito. Sua respiração profunda forçava seu seio a subir e descer como uma dança frenética dentro da veste, que não era capaz de escondê-lo por completo, assim, Liv percebeu o olhar despretensioso de Soren a admirá-los. Surpreendido em seu inocente momento de êxtase, Soren, com seus vinte e seis anos, falou, se desculpando:

— Eu não tive a intenção de...

— Não seja modesto! — disse Liv, puxando sua veste para cobrir o seio. — Você nem piscava.

— Esse jovem está cada vez mais atraído por você, Liv — disse Skipp.

— Não é nada disso, pai. Eu apenas...

— Silêncio! — disse Skipp, de repente, fazendo sinal com o dedo rente aos lábios. — Ouçam... São passos...

Os galhos quebrados sob os pés de quem se aproximava produzia um som aterrorizador. Embora fossem simples estalos, no entanto, sonorizava aos ouvidos dos três como o aviso da chegada da própria morte. Espremidos no pequeno espaço entre as pedras eles sentiam seus corpos se tocarem clamando por espaço. A ponta de um bacamarte pôde ser vista e Skipp fechou os olhos. Sua preocupação não era com sua própria vida, mas por quem ele estava responsável, Soren, seu único filho e Liv, a jovem que agora tinha vinte e dois anos, a qual ele adotara há algum tempo.

Ao perceber que seriam descobertos, Skipp fez sinal para que Soren e Liv ficassem onde estavam e correu colina abaixo, lançando para o alto folhas secas que estavam espalhadas na terra.

— Ali, há outro pagão correndo em direção ao rio! — gritou um dos homens.

Skipp correu e cerca de dez homens armados e com cães saíram em sua perseguição. Soren puxou Liv pelo braço e a levou na direção contrária de seus algozes.

— Skipp, não podemos deixar ele — disse a jovem, ofegante.

— Meu pai sabe se cuidar! Vamos... Não é a primeira vez que ele foge deles...

Ambos correram floresta adentro até chegarem às proximidades de uma propriedade. Já era quase noite e a luz dentro de uma casa modesta, rodeada por uma cerca, denunciava que havia alguém.

— Estou faminta! — disse Liv.

— Certamente...! Há mais de dois dias que não nos alimentamos direito...

— Vamos lá. Quem sabe nos dão alguma coisa para comer — disse ela.

— Os moradores do Condado são proibidos de ajudar pessoas não batizadas, ou pagãos, como eles chamam.

— Então voltemos para a floresta negra e morramos nas mãos dos inquisidores.

— Calma, Liv. Você fica aqui que vou ver se consigo comida.

Soren entrou na propriedade e se aproximou da casa. Mal havia chegado perto da janela e sentiu as pontas de um garfo de ferro que servia para virar alfafa lhe grudarem nas costas.

— Espero que você tenha uma boa explicação para invadir minhas terras — disse uma voz forte e grave.

Aos poucos, Soren se virou e viu um homem alto e magro. Seus cabelos amarelados eram finos e escassos. Seus olhos claros eram fundos e seu queixo afiado parecia servir de base para sua boca, cujos lábios finos estavam rachados.

— Eu só estou à procura de comida... Só um pouco... — murmurou Soren.

— Você está sozinho ou tem mais alguém com você?

Soren ficou calado, pois temeu pela vida de Liv.

— Não minta para mim, moço... Seus olhos já lhe denunciaram. Quem está com você?

— Minha irmã... quer dizer, uma jovem que foi criada em nossa casa, meu pai a adotou quando ela tinha nove anos. A encontrou na rua...

— Chame-a, então! — ordenou o homem.

Com um sinal, Soren chamou Liv. Ela desceu e se juntou a eles.

— Por que me chamou se ele está agressivo com você? — perguntou ela.

— Ah, desculpe — disse o homem, tirando o grande garfo das costas de Soren.

— Venham, entrem —convidou ele.

Ao entrarem, Liv sentiu o calor que vinha da lareira a lhe abraçar o corpo. Ela esfregou as mãos e sentou-se à mesa, após ter sido lhe oferecido assento.

— Comam e saiam, não quero encrencas com os agentes castelhanos do Santo Ofício que vieram da Ibéria. O que vocês são? Anabatistas, mouros...?

— Não, senhor... Somos apenas camponeses, mantemos as tradições das comunidades que vivem nas florestas...

— Vocês são druidas?

— De certa forma... Só tentamos viver em paz como nossos ancestrais viveram com nossas crenças e leis.

— Antes vocês fossem judeus, ao menos podiam ser transformados em marranos.

O homem se levantou e foi até a janela. Ele mexeu na cortina como se observasse se havia alguém lá fora. Depois olhou para Liv e perguntou:

— E você, moça? Não me parece uma adepta da missa negra e nem tampouco uma Sabá! Sabiam que pessoas como vocês estão sendo julgadas e enviadas para as terras do Novo Mundo? Dizem que lá os habitantes são bestas que vivem nas florestas e nos lagos e que se alimentam de carne humana.

As palavras do homem trouxeram os sussurros do Sr. Lars aos ouvidos de Liv, quando ela tinha apenas nove anos. O Sr. Lars parecia saber o que dizia quando afirmava que o pai dela, Telbhus, tinha conhecimento daquelas terras e daquela gente. A imagem de seu pai passou em sua mente como uma mancha e a face de Heyra, sua irmã com doze anos, parecia estar em sua frente, sorrindo.

Na infância, aos nove anos.

Na noite em que seus pais discutiram, Liv deitou-se em seu quarto junto à Heyra, na mesma cama, pois estava com medo.

— Nosso pai parece bravo e grita muito, mamãe está chorando!

— Fique quieta — disse Heyra. — Ele pode ouvi-la e vir para cá! Estão apenas conversando porque nosso pai vai para outra viagem no mar.

Heyra tentava acalmar a irmã enquanto se esforçava para ouvir a discussão.

Liv segurou o lençol e puxou para cima de sua cabeça tentando se esconder. Ouvindo seus próprios soluços, não percebeu quando suas pálpebras foram vencidas pelo sono e se fecharam. Pela manhã, as aves a acordaram com seu canto matinal. Ela levantou-se e viu que estava sozinha. Heyra havia saído e sua mãe também.

— Mamãe! — chamou ela, por diversas vezes, mas sem resposta.

De repente, Mayla, sua mãe, chegou dos fundos da propriedade montando um cavalo cinzento. Ela entrou em casa e segurando Liv pelo meio, jogou-a sobre o cavalo subindo em seguida. Ela a segurou dizendo:

— Vamos, segure-se!

— Mãe, onde está Heyra? Para onde vamos?

— Segure-se! — disse Mayla, com urgência.

A mulher seguiu em rápido galope rumo aos caminhos montanhosos que davam acesso à pequena vila. Do alto, ela viu Heyra deixando os pedregais próximo ao precipício e caminhando para casa. Ao fundo, na lagoa oceânica que separava a vila da comunidade de Rayner, Liv viu um barco navegando em direção ao portuário próximo de onde moravam. Ela então perguntou à sua mãe, enquanto cavalgavam velozmente:

— Mamãe, aquele é o navio de meu pai?

Ao ouvir a pergunta da filha, Mayla sentiu que sua face estava molhada com lágrimas, as quais ela sabia que o tempo não seria capaz de secar.

— Não, minha filha, não é!

— Então onde está papai?

— Fique quieta... Seu pai está... Não sei... Em qualquer navio por aí... Talvez!

Angustiada, Mayla cavalgou sem parar, enquanto na vila onde moravam, Heyra era levada para a comunidade de Rayner. Elas cavalgaram longe do litoral até certo tempo. Depois, deixou o cavalo em certa cidade e seguiu com um grupo em carroças para o porto. De lá, seguiram para terras escocesas. Mayla encontrou abrigo em uma taverna, onde começou a trabalhar em troca de comida e poder morar no pequeno sótão daquela estalagem portuária.

Após seis meses, a enfermidade de Mayla se agravou alastrando-se até os pulmões. Ela morreu logo depois, deixando sua filha, Liv, órfã. Ao saber da morte da servente de mesas, o dono do estabelecimento proibiu a permanência da menina naquele lugar. Vivendo na rua e esperando ser alimentada por quem dela se compadecesse, Liv perambulou por alguns dias até ser encontrada em uma noite escura, fria e chuvosa, por uma mulher alta e bela. Seus olhos claros eram dóceis, semelhantes ao seu sorriso, que exibia dentes brancos e perfilados.

— Onde está sua mãe, menina? — perguntou a mulher, se agachando para proteger Liv da chuva.

— Eu não tenho mãe, ela morreu — respondeu Liv, chorando.

Um homem se aproximou da mulher, falando:

— Vamos, precisamos partir! A chuva em breve deixará o caminho alagado.

— Olhe essa menina! Está só... é órfã! Não podemos deixá-la na rua. Certamente irá morrer de fome e frio.

— Ela não é problema nosso! Ademais, quem garante que ela não está mentindo?

Chorando, Liv olhava para o chão e sentia seu corpo tremer. Ela tossiu duas vezes e falou:

— Minhas costas doem. — Liv tossia muito e sua face estava enrubescendo.

A mulher pôs a mão no pescoço de Liv, dizendo:

— Ela está ardendo em febre, certamente morrerá se ficar ao relento!

— Tudo bem — disse o homem. — Mas tão logo ela fique melhor a mandaremos para um convento de freiras.

O casal tomou Liv e a levou para uma nobre pensão que alugava quartos para viajantes. A menina foi banhada e após ter trocado as roupas sujas e molhadas, tomou sopa quente e deitou-se. Naquela noite, ela transpirou muito e falava a ermo, delirando:

— Heyra... Cuidado... Meu pai, minha mãe... Onde estão vocês?

Depois de um tempo em agonia, ela adormeceu. Ao amanhecer, quando as cortinas do quarto foram abertas e a tempestade do dia anterior havia dado lugar ao sol, personagem bem quisto naquela manhã pelos moradores da pequena cidade portuária, ela acordou:

— Onde estou? — perguntou Liv, pondo as mãos frente aos olhos por causa da claridade.

— Você está segura, não se preocupe! — disse a mulher, sorrindo.

— Quem é você?

— Meu nome é Sophie! E o seu, pequena?

— Liv!

— Bonito nome... Você não está longe de sua casa? Seu sotaque e seu nome não são desse lugar.

— A senhora também fala engraçado — disse Liv, se erguendo. Ela tossiu um pouco, mas Sophie percebeu que a menina estava melhor.

— Também não somos daqui! — respondeu a mulher. — Moramos do outro lado do mar.

Enquanto conversavam, o marido de Sophie entrou.

— Oh, Skipp... Ela está melhor, a febre a deixou e...

— Não se apegue tanto a ela, Sophie. Como eu disse ontem à noite, apenas a socorreríamos e a levaríamos para um convento de mulheres...

Após o homem ter chegado à porta, o seu jovem filho se aproximou ficando ao seu lado, olhando para Liv. Skipp falou com ele:

— Me espere lá fora, Soren, vamos comprar mantimentos. Partiremos amanhã cedo.

O dia não demorou a passar e a noite cobriu toda a cidade com seu véu escuro, porém perolado com estrelas que brincavam no céu, indo e vindo. Em uma sacada, junto ao parapeito de madeira próximo à janela de um dos quartos da pensão, Liv e Soren sorriam olhando a iluminação da cidade e ouvindo as cantigas que ecoavam vindas de todos os lados. No ambiente interno, próximo a uma modesta lareira, enquanto Skipp lia um livro antigo, Sophie falou, quase que pedindo licença:

— Eu gostaria muito de ficar com ela...

— Não há razões por que ficar, já temos Soren, nosso filho...

— Ela é tão meiga e dócil...

— Concordo que ela é semelhante a você, mas não sabemos quem são seus pais...

— Ela está sozinha nesse mundo, certamente será levada por mercadores de escravos ou terá que vender o corpo para sobreviver.

— A deixaremos em um lugar para meninas que vivem nas ruas...

— Mas ela já desmamou há muitos anos atrás... Não ficarão com ela.

— E daí? Você está me cansando com essa conversa. — Skipp falou dando tom de término ao diálogo. Sophie percebeu que não seria bom insistir, então, disse:

— Dizem por aí que os oficiais da inquisição estão buscando livros que não sejam cristãos para queimar, como os que lemos.

— Não há perigo, esse povo fala demais. A perseguição está se alastrando na Ibéria, principalmente em Castela e Astúrias.

— Mas não se chama Espanha, agora? — perguntou Sophie.

— Não me diga que acredita que aqueles reinos se unirão por causa de um casamento católico cristão? Essa união dos reinos Ibéricos não passará de um sonho hispânico.

Mas nem sempre um homem como Skipp, orientado nos princípios druidas, estava atualizado.

No outro dia, deixaram a cidade e não demorou para que avistassem o convento para meninas e mulheres. No entanto, eles não perceberam que ao deixarem a rica pensão, três oficiais da igreja, vestindo longas roupas pretas e com chapéus da mesma cor, os seguiram de longe.

O convento era uma construção imponente sobre uma colina rochosa com muros feitos de pedras, assim como também eram suas paredes. O lugar proporcionava um aspecto gentil aos olhos durante o dia, mas à noite, seu parecer era tenebroso.

— É lá que vocês irão me deixar? — perguntou Liv, apontando para a construção, agora, não tão distante.

— Sim. Você ficará segura — respondeu Sophie, olhando para Skipp.

Os claros olhos de Liv não conseguiam esconder o temor que tomou conta de sua alma. Seus lábios tremiam e sua respiração ficou ofegante. Ela engoliu a própria saliva antes de falar:

— Por que não me levam com vocês? Eu prometo que serei uma boa menina. Meu pai já me deixou e minha mãe morreu, minha irmã desapareceu e ninguém me quer... O que eu fiz a todo mundo para ser rejeitada assim?

A meiga voz de Liv mexeu com as entranhas de Skipp, no entanto foram as lágrimas que molhavam o rosto de sua esposa, Sophie, que o fez se demorar em frente ao convento.

— Pai, por que não podemos ficar com ela? Se fosse eu que estivesse na situação dela? O que o senhor...

— Mas não está! — Skipp se virou para dentro da carroça coberta com uma lona grossa e cinzenta. — O que foi agora? Quer ficar com ela no convento para mulheres? — perguntou Skipp ao filho de catorze anos.

— Não acredito que o senhor daria essas orientações aos jovens que aprendem aos seus pés — disse Soren. — Todos lhes respeitam, pois veem no senhor um homem com dignidade e compaixão.

As palavras do filho e as lágrimas da esposa foram capazes de fazer aquele simpático homem, mas sisudo, respirar fundo repensando no que fazer, enquanto ouvia o galopar de alguns cavalos se aproximarem. Ele não ousou olhar para trás, esperou que passassem por ele, mas não passaram. Dois homens se colocaram diante da carroça enquanto o mais alto entre eles, de rosto perfilado e nariz afinado e sobressalente, disse com voz rouca e grave:

— O senhor terá que nos acompanhar.

— E qual seria a razão que me levaria a acompanhá-los? — perguntou Skipp.

— Há denúncias provindas de pessoas que também estavam na mesma pensão onde o senhor se hospedou, que o viram com livros de magias e ocultismos, práticas condenadas pela Santa Igreja.

— Eu não possuo livros como foram descritos, eu leio o que os meus antepassados deixaram como procedimentos legítimos para nossa gente.

— Sabe que suas palavras o deixaram mais próximo da condenação.

— Eu não sabia que já estava sendo julgado. Aliás, quem são vocês?

Àquele momento, Skipp já sentia a mão de Sophie sobre a sua. Ela estava instável e seus lábios semicerrados permitiam ao ar de sua boca produzir um pouco de vapor visível por causa do frio daquela manhã. Skipp não precisou olhar para trás para saber que os olhos de seu filho Soren e da pequena Liv estavam como que grudados em sua nuca.

— Somos oficiais da igreja e zelamos pela permanência de seus santos e verdadeiros ensinos — respondeu o homem.

— Sei! — disse Skipp, ironizando. — Qual seu nome?

— Me chame apenas de Solano.

— Bem, Solano, eu não tenho nada que agrida os ensinamentos de sua fé ou de sua "Santa Igreja".

— Não é de minha, fé, senhor...?

— Skipp!

— Senhor Skipp! Apenas trabalho para a igreja. Pouco me importa o que ensinam a seus seguidores. Só cumpro ordens.

Skipp olhou para frente e viu que os outros dois homens permaneciam voltados para frente, segurando os cavalos da carroça. Ele, então disse:

— Você está longe de Astúrias, pelo nome você não pertence a essa região.

— Espanha, Senhor! Agora somos Espanha.

— Quem diria... Um casamento conseguiu unir os condados. Skipp sorriu, embora temesse o que lhe ocorreria.

— O senhor terá que nos seguir e não nos provoque a usar a força. Pense no que pode acontecer a sua esposa e a seus dois filhos... caso resista.

— A menina não é minha filha, íamos deixá-la no convento...

— E salvá-la da condenação como muitos hereges já fizeram, buscam salvaguarda para sua prole maldita dentro da própria igreja.

Até aquele momento o diálogo parecia amistoso, embora houvesse certo conflito anunciado no ar. Agora, o tom da conversa havia mudado. Assim, os dois homens que estavam à frente, se voltaram para a carroça e mostraram mosquetes. Skipp fez sinal para que se acalmassem e falou:

— Deixe minha esposa e o jovem irem embora e os seguirei em paz.

— Não viemos fazer acordo, senhor Skipp. Todos irão conosco!

Solano falou firme e fez sinal para que os outros dois homens puxassem a carroça, enquanto ele seguia na retaguarda.

— O que farão conosco? — perguntou Sophie, preocupada.

— Provavelmente nos matarão ou nos manterão presos em alguma masmorra...

— Então temos que fugir, pai! — falou Soren.

— Calma, filho. Também pode ser um engano. Ao chegar ao tribunal, tudo será esclarecido.

Skipp percebeu que não voltavam para a cidade, mas que trilhavam por um íngreme caminho próximo às encostas que levavam para o lado montanhoso próximo ao litoral da região. Não muito tempo depois, eles chegaram a uma construção que lembrava os mosteiros habitados por copistas e guardadores de relíquias e preciosidades literárias e artísticas da igreja.

À frente da construção rodeada por enormes muros de pedras havia apenas um grosso e pesado portão de madeira tendo ao centro um cadeado interno preso por grossas correntes. O portão se abriu e a comitiva entrou.

Eles seguiram até uma área arenosa no meio do mosteiro.

— Desçam! — falou Solano. Todos desceram e antes que percebessem que estavam diante de uma igreja, deixaram que fossem atraídos pela curiosidade de quem habitava aquele lugar. Eram pessoas desconfiadas e que vestiam longas roupas marrons com capuzes. Entre eles, havia artesãos e ferreiros. O batido do ferro nas bigornas se confundia com o badalar do sino da igreja central.

— Venham, por aqui! — Solano era o único, dentre os três, que dava ordens.

— Por que seus amigos não falam? — perguntou Skipp.

— Porque lhes cortaram as línguas — respondeu Solano, olhando direto nos olhos de Skipp.

Eles atravessaram a rua e chegaram a um edifício cujas entradas eram em arcos de pedras. Suas portas de madeira escura davam um tom sinistro ao lugar. Após abertas, elas revelavam o interior sombrio e frio. Tendo Solano à sua retaguarda, o grupo seguiu direto para onde estavam sentados em um suposto tribunal três homens. O da esquerda era o mais gordo entre eles. Sua cabeleira era negra como seus olhos, mas sua face rosada não demonstrava aspecto gentil. O da direita tinha a face enrugada e arcada por uma cicatriz abaixo do queixo. Certamente havia sido provocada por uma faca ou espada. O homem que estava sentado ao meio, e que presidia as reuniões, era caucásio e careca. Seus olhos verdes ficavam mais escuros por causa do ambiente. Sua voz era aguda e ameaçadora.

— Inclinem-se diante dos inquisidores — falou Solano, empurrando-os.

— Por que foram trazidos aqui? — perguntou Luka, o inquisidor chefe.

— Esses são os que foram denunciados pela mulher que os viu na pensão da cidade.

— O druida! — disse Riley, o inquisidor da esquerda.

— Sou um homem influente em minha terra — disse Skipp.

— Isso não o livra de ser ou ter uma mulher bruxa — falou Joseph, o inquisidor da direita.

— Por que se acha influente em seu condado considera que aqui também o seja? Aqui é a Escócia e provavelmente você é Irlandês. Acaso já é batizado na Santa Igreja?

Skipp ficou quieto e nada respondeu. Sophie o olhou e Soren se atreveu a falar:

— Por que deveríamos ser batizados em uma crença que só traz morte e cinzas?

— Silêncio! — gritou Solano, segurando Soren pelo braço. Luka, então, disse:

— Deixe-o falar! Ele será mais útil nesse julgamento do que o pai.

— Ele é apenas um jovem, não sabe o que diz! — Socorreu Skipp.

— Acha mesmo que somos violentos, jovem? — perguntou Luka para Soren, que ficou calado. Joseph falou:

— A fala do jovem e a recusa de seu pai em negar que é um druida já é o bastante para acusação.

— Acusação de quê? — perguntou Skipp, sentindo o suor descer em seu rosto.

— De heresia, negação ao batismo e práticas de feitiçaria, além de insubordinação às autoridades da igreja.

— Não podem nos acusar do que não podem provar.

Ao terminar a frase, Joseph pegou um livro escrito à mão, com muitas gravuras e falou:

— O que me diz disto? Foi encontrado entre os pertences de sua esposa. É apenas ela a bruxa ou todos vocês são?

— Eu não estou em minha terra e não posso ser julgado por vocês! Isso é um abuso — respondeu Skipp, se exaltando.

— Você está na terra da Santa Igreja e a profanou com seus escritos secretos e com seu proselitismo entre as aldeias, certamente essa menina seria levada para suas terras para sacrifício humano.

— Mas isso é um absurdo! — falou Sophie, gritando. Solano bateu em sua boca, fazendo-a sangrar.

— Do que estão nos acusando, agora? — falou Skipp, tentando manter a calma enquanto olhava o sangue escorrer dos lábios de Sophie.

— Essa menina não é vossa filha, a mãe dela vivia na taverna da cidade e sabemos que ela morreu. Assim, vocês a estão roubando para levar para seu condado maldito... — Antes que Joseph terminasse a frase, Liv falou:

— Eles me tiraram da rua e me alimentaram, iam me deixar no...

— Calada, menina! — Interrompeu Luka. — Você será levada para o convento, mas nossas servas a levarão. Quanto ao jovem, terá oportunidade de recusar as práticas de seus pais e servir à Santa Igreja.

— Jamais serei um dos seguidores de vocês. Prefiro a morte! — disse Soren, embrutecido.

— Calado! — disse Skipp, tentando salvar o filho.

Após ter repreendido Soren, Skipp falou para o conselho que os julgava:

— Quero contato com os condados do sul, Irlanda...

— E por quê? Os condes de Kildare ainda servem à Igreja de Roma... Celtas imprestáveis! — Luka quase cuspiu ao falar. — Por que não deram ouvidos às pregações de S. Patrick e se arrependeram de suas bruxarias? Tiveram mil anos para isso...

— Nem todos os Celtas renegaram as tradições de seus antepassados se curvando às vossas ameaças — respondeu Skipp.

— É por isso que vocês são purificados pela dor ou pelo fogo, já que desprezam as águas do sacramento — falou Riley, o inquisidor sentado à esquerda de Luka.

— Eu tenho direito a contatar meu condado...

— Não há direitos para quem se opõe à verdade! Após a execução de vocês dois, pela manhã, o jovem será levado para o mosteiro e a menina para o convento.

— Executados? — Skipp estava indignado.

— Sim, serão levados à fogueira juntamente com seus pertences. A não ser que se retratem e recebam a água sacramental.

Skipp e Sophie ficaram calados enquanto viam Soren e Liv sendo levados para longe deles. O casal foi amarrado pelos pés e mãos e, após terem trocado suas vestes por longos trajes cinzas, foram encaminhados para a masmorra onde havia outros prisioneiros. O lugar cheirava a urina e fezes e os gemidos estavam em toda parte. Homens e mulheres jaziam juntos.

— Acusaram mais dois! — disse um velho meneando a cabeça de forma negativa. — Até quando acharão que estão fazendo justiça em nome de Deus? De onde são vocês? — perguntou o velho. Skipp respondeu:

— Condados do Norte irlandês.

— Celtas! — respondeu o velho de barbas brancas com tons amarelados.

— E vocês, de onde são? — perguntou Skipp.

— Somos de todos os lugares. Condenados por não sermos sacralizados pelas águas salvadoras desses monstros vestidos de purificadores! — O velho gritou a fim de ser ouvido pelos guardas espalhados no estreito corredor de pedras geladas e viscosas vestidas de musgo.

— Há quanto tempo estão aqui? — perguntou Skipp.

O velho respondeu:

— Eu não sei mais... Perdi a conta depois do décimo solstício de verão. Você também perderá a noção do tempo, aqui dentro ninguém é ninguém até que se retrate à vontade deles.

Skipp olhou ao redor e parecia não acreditar que estava ali. Na noite anterior se aquentava próximo à lareira, agora, sentia o frio daquele lugar a se agarrar em seu corpo.

— Skipp! Meu nome é Skipp — disse ele, querendo ser cordial.

— E quem se importa como se chama? — gritou um homem de barba negra e olhos da mesma cor. Seus dentes brancos contrastavam com a escuridão onde estava sentado. Ele tinha em seu pescoço vários colares e em suas orelhas, pendentes.

— Não ligue para ele — falou o velho, se apresentando. — Meu nome é Abelardo.

— Um franco nojento que serviu a nobreza religiosa contra os ciganos e mouros — gritou novamente o homem de barba negra.

Abelardo parecia não se importar, mas as acusações daquele jovem homem com cerca de quarenta e cinco anos, lhe feriam a cada vez que eram pronunciadas.

— Ele tem razão no que diz? — perguntou Skipp.

— Agora sou eu que lhe pergunto se isso importa... Importa?

— Claro que não! — respondeu Skipp, sentando-se próximo a Sophie, que estava horrorizada com o estado das mulheres aprisionadas.

De repente o portão de ferro se abriu e três homens fortes vestindo uma roupa acinzentada e preta, encapuzados e com correntes nas mãos, entraram e levaram duas mulheres que gritavam pedindo clemência por suas vidas.

— Ajude-as Skipp! — clamou Sophie, mas Abelardo apenas a olhou para que ficasse quieta. O portão foi fechado com força e os passos dos homens eram ouvidos subindo as escadas enquanto a porta de madeira obstruía a entrada do sol novamente.

— O que farão com elas? — perguntou Sophie.

— Não sabemos! — respondeu Abelardo, que parecia o líder daqueles condenados. — Se tiverem sorte, serão enviadas para o purgatório dos condenados.

— E onde fica esse lugar? — Skipp perguntou, curioso.

— Quer mesmo saber onde fica? — perguntou o homem de barba negra.

— Quem é você? — Quis saber Skipp.

— Hector é o nome dele — respondeu Abelardo.

— Eu sei o meu nome e sei falar.

Hector ousou sair da escuridão e Sophie se assustou ao ver seu rosto. Ele estava ferido e seu olho inchado, roxo. Seu lábio inferior estava cortado e seu corpo nu da cintura para cima estava marcado com chicotadas.

— O que fizeram com você? — perguntou Sophie.

— O mesmo que já fizeram com todos os que estão aqui e também farão com vocês! — respondeu ele.

— Provavelmente não dê tempo... disseram que nos executariam amanhã — respondeu Skipp.

Hector riu alto, muito alto, gargalhando.

— E vocês acreditaram? Eles nos matam aos poucos... Nos fazem sentir dor e não se contentam até nos verem rastejando sobre nosso próprio excremento procurando o que sobrou do dia anterior para nos alimentarmos. Escória do mundo! — Hector cuspiu no chão, voltando para o lugar mais escuro da masmorra.

— Certamente lhes chamarão amanhã e dirão que mostrarão clemência, dando-lhes tempo para que reneguem suas crenças e se juntem a eles na captura de outros... como nós... que eles chamam de pagãos ou hereges, como se não fossem também! — disse Abelardo.

Aquele dia parecia não querer passar e a ansiedade tomava conta do recente casal que havia chegado às masmorras. Tarde da noite, após ter vomitado ao ver a comida servida e já não suportar o mal cheiro que inundava o lugar, Sophie começou a chorar a ponto de soluçar. Uma mulher anabatista se chegou a ela e a confortou, levando-a para um canto, enquanto Skipp se sentia angustiado.

— Pode chorar também! — falou Hector. — Aqui ninguém se importa. Somos todos lixos condenados à fogueira.

Skipp se conteve e se aproximou de Hector, que estava recostado na parede de pedra.

— As duas mulheres não voltaram... O que fizeram com elas?

— Escute, Skipp, não se importe com os que são levados por aquelas portas, se importe com você, que ainda continua aqui dentro. A morte é um prêmio para quem vive neste lugar.

Skipp não sabia o que pensar. Ele ouvia as lamúrias das pessoas e ao longe, a voz de Sophie balbuciava o nome de Soren e Liv. Hector o olhava e sabia que Skipp não era um homem comum, nem um simples camponês ou desertor do exército, nem tampouco um religioso da sacra igreja.

— Cigano, eu sou cigano! — disse Hector, antes que Skipp perguntasse. Ele respirou fundo e fechou os olhos. Por um momento lembrou dos últimos instantes em que viu os olhos de sua esposa.

— Azuis...! Os olhos de minha esposa eram azuis como o céu sem nuvens. Lindos...

Ele sorria enquanto falava. Skipp apenas ouvia. Hector deixou rolar uma lágrima de seus olhos feridos e falou:

— Éramos jovens e apaixonados! A amei desde criança, crescemos como irmãos, mas a cada dia nos envolvíamos mais, sabe? Ela tinha quinze anos quando casamos... Uma bela jovem.

Skipp se interessou pela conversa, pois sentia que Hector queria contar.

— Vivíamos pelas vilas com nosso grupo Români. Íamos em todas as partes, lendo as mãos das pessoas e falando do futuro para eles. Mas um dia uma comitiva de padres nos prendeu no caminho para os Portos, em Castela, e minha mulher foi tirada de mim. A única coisa que lembro são seus olhos azuis me pedindo socorro.

— E quanto tempo faz que isso aconteceu...?

— Cerca de treze anos! — respondeu Hector. — Acho que é isso!

— Não quis casar novamente?

— Ainda acredito que ela esteja viva, em algum lugar... Mas não temo saber que ela sobreviva como prostituta dando lucro ao seu dono... Eu não me importo! Só gostaria de encontrá-la novamente e, se possível, morrer em seus braços.

Skipp ouviu e considerou se ele teria a mesma atitude com Sophie, caso eles estivessem em lugares opostos.

— Como é o nome dela, de sua esposa? — perguntou Skipp.

— Mazhyra!

Hector falou deixando cada sílaba sair de seus lábios como uma canção. Ele não havia esquecido dela por nenhum dia.

— Você deve a amar muito! — disse Skipp.

— Como a minha vida! A fogueira que me espera será um alívio para minha saudade. Estarei liberto não apenas dessa masmorra, mas da solidão que ri de mim toda vez que lembro dela. Mazhyra, minha eterna cigana...

Skipp se ergueu e deixou Hector que ria sozinho. Ele vivia um mundo só seu, com sua amada. Assim, o druida foi até onde estava Sophie e a abraçou, tentando acalmá-la.

— Vamos dormir... Precisamos descansar — disse ele, sentando-se ao lado dela, lhe dando conforto.

O sol não havia raiado na manhã do outro dia quando gritos de alerta foram dados pelos monges:

— Fogo! Fogo!

Em correria, tentavam apagar o incêndio que destruía o lugar. Os animais estavam agitados e as pessoas gritavam dentro das muitas prisões espalhadas ao redor das masmorras.

— Soren, Liv! — gritava Sophie. — Onde estarão?

— Esse lugar também estará em chamas e não vai demorar — falou Skipp.

As pessoas pediam socorro, mas parecia em vão. Hector percebeu que os jovens que haviam sido presos, estavam sendo levados para uma área fora dos muros da pequena aldeia.

— Eles vão nos deixar morrer e salvarão os mais jovens — disse ele.

Skipp reuniu os cerca de vinte homens, já debilitados de suas forças físicas e, juntos, forçaram parte do teto onde havia uma viga de madeira. Eles a derrubaram ao chão e depois arrancaram uma peça de ferro com a qual Skipp quebrou a tranca e todos puderam sair entre as chamas que já avançavam, porém nem todos conseguiram escapar da morte por asfixia ou mesmo por acidentes entre as vigas que caíam afogueadas.

— Por aqui, venham! — gritava Hector para Skipp e Sophie.

— Mas onde está Abelardo? — disse Skipp.

— Deixe aquele miserável morrer! — contestou Hector. — Ele era um dos inquisidores e agora se diz anabatista. Ele merece a morte da mesma forma como matou muitos de nós...

Skipp retornou entrando nas chamas e encontrou Abelardo sob uma viga. Ele a forçou e o tirou de lá nos ombros. Enquanto eles saíam, Sophie havia encontrado Soren e Liv.

— Como você os encontrou? — perguntou Skipp.

— Há um grupo de homens armados que estão saqueando o lugar e executando os inquisidores. Eu os tirei do meio deles...

Sophie parecia não se importar com o massacre que estava sendo realizado no pequeno vilarejo. Os homens lançavam nas ruas instrumentos de tortura e colocavam os inquisidores neles. Outros eram postos em estacas e queimados vivos.

— Vamos embora! — disse Skipp, com Abelardo nas costas.

— Você vai mesmo levá-lo? — perguntou Hector.

— Não posso deixá-lo aqui! Se quiser vir comigo, venha, mas não o deixarei.

— E para onde vai?

— Para casa, meu amigo, para casa. Venha comigo!

O grupo se afastou deixando para trás uma paisagem de fogo e fumaça, lamúria e dor. Além deles, outros tantos também conseguiram escapar daquele lugar de morte. Isso se deu graças à invasão de saqueadores famintos que viviam em busca de riquezas e comida, além de reconquistarem o que lhes foram confiscados em nome da Santa Igreja.

No ano em que Heyra naufragou.

— Sinto saudades dela — disse Liv, se referindo à Sophie, que havia morrido há cerca de dois anos.

— Eu muito mais — exclamou Soren.

Estavam reunidos em uma lareira, no meio da floresta, Skipp, Soren, Liv, Abelardo e Hector. Ao redor deles, cerca de quinze pessoas escutavam Skipp, com seus cabelos grisalhos e olhos verdes, falar sobre a tradição druida e sua história.

— É certo que nossa tradição esteja ameaçada pelo ensino religioso que se alastra em nossas terras e por todas as ilhas saxônicas. Toda Escócia e ilhas em redor já foram afetadas pela influência dessa doutrina que insurge ideais além dos que aprendemos e ensinamos aos nossos filhos. Eles matam em nome de seu Deus e afligem as pessoas para o seguirem. Mas nosso deus é diferente, ele se manifesta através dos raios luminosos do sol...

Skipp foi até um enorme carvalho, já velho, porém frondoso. Tocou nele e disse:

— ... Podemos tocá-lo através do Grande Carvalho, assim estamos nele e ele em nós... como o tempo que não tem início nem fim.

Depois ele se voltou para o pequeno grupo que o escutava. Os jovens o rodearam, enquanto Hector falou com Soren e Liv:

— Como seu pai consegue a atenção desses jovens? Olhe só! Aquelas moças belas de branco, com cabelos suntuosos... Eu casaria com uma delas, se fosse você. — Ele se referia a Soren.

Liv disse:

— Talvez ele não queira!

Hector sorriu e com seu inigualável sotaque Castelhano, perguntou a Liv:

— *¿Estás celosa?*

Sorrindo, ela respondeu:

— Eu com ciúmes? Claro que não! Soren é como um irmão para mim.

— Sei...! — respondeu Hector, olhando as faces rubras de Liv.

Quando Skipp havia se preparado para findar a reunião, o som de latidos de cachorros e o barulho de cavalos a rápido galope pôde ser ouvido.

— Corram, vamos! — gritou Hector.

Skipp tentou manter o grupo reunido, mas não conseguiu. Embora eles tivessem em mente um plano de fuga, caso fosse necessário, no entanto, era inútil. Um a um os jovens foram sendo capturados e enquanto Skipp se arriscou para salvar da perseguição Sorem e Liv. Hector foi preso ao proteger Abelardo, que já sem forças, não podia resistir a uma fuga rápida. Assim foi que Soren e Liv chegaram à casa do homem que insistia em mexer na cortina da janela, enquanto interrogava Liv, sobre o que ela conhecia acerca das bestas do Novo Mundo que se alimentavam de carne humana:

— Eu não sei, senhor! Ouvi histórias, mas eu não tenho certeza...

— Deveria saber mais! — disse o homem, de forma incisiva.

— O que tanto o senhor olha pela janela? — perguntou Soren.

— Não lhe devo respostas...

O homem não chegou a terminar a fala e logo disse:

— Fiquem aqui!

— O que foi? — perguntou Liv.

O homem saiu sem nada dizer. Depois voltou com um senhor.

— Pai? — falou Sorem. Liv também se alegrou.

— Então são seus filhos?

— Sim — respondeu Skipp. — Soren e Liv, a moça que adotamos.

— Vocês se conhecem? — perguntou Soren.

— Claro, mas é uma longa história e... bem, esse é Aaron, irmão de Sophie.

— O meu tio Aaron que tanto minha mãe falava? Ela disse que ele tinha sumido... Morrido, talvez!

— E tinha! — respondeu Aaron. Mas cheguei aqui depois que sua mãe faleceu. Seu pai me acolheu e me esconde até agora, de tudo e de todos.

— Até mesmo de nós! — falou Liv.

— Sim, pois se soubessem de alguma coisa, poderiam ser torturados.

Após ter falado, Skipp pegou um pedaço de pão e comeu como se fosse o último.

— Há dois dias que não comemos. Estávamos fugindo dos oficiais da inquisição — disse ele.

— Malditos! Fazem tudo em nome de Deus. Que Deus é esse? Eles não conhecem Deus — reclamou Aaron.

— O senhor crê em Deus, senhor Aaron? — perguntou Liv. O homem pensou e disse:

— Não sei mais se creio! Vivi a maior parte de minha vida para Ele, e parece que Ele não viu nada!

A face de Aaron era fria como um espelho de bronze.

— O que tanto o aflige? — Quis saber a jovem. — Achei que o senhor também fosse um druida.

Skipp, então falou:

— Ele é judeu de nascimento, como também era Sophie. Mas ela deixou de seguir as tradições religiosas...

Ao ouvir o que o pai falou, Soren se levantou e disse:

— Eu nunca soube! Por que não me contaram que ela era judia?

— Não havia necessidade — respondeu o pai. — Além do mais, sua mãe vivia bem entre nós e se adaptou logo aos nossos modos.

— Não queira defender a loucura de minha irmã! — falou Aaron. — Ela apostatou de nossa tradição em nome de um amor que...

— ... Que vocês não viam lógica nem sanidade, mas fomos felizes enquanto vivemos juntos...

— Besteira! — Terminou a frase Aaron.

— Vocês vão brigar agora? — perguntou Soren. — Achei que fossem amigos.

— Somos de certa forma — respondeu Skipp. — Ele apenas se achava o pai da própria irmã, só porque a criou depois que...

Skipp foi interrompido.

— Escutem, há barulho lá fora! — falou Liv.

Ao olhar pela janela, Aaron percebeu que a casa estava cercada.

— Não há o que fazer. Eles nos acharam! — disse ele.

Três inquisidores se aproximaram e pediram para que saíssem. Todos se entregaram sem resistência.

Alguns dias antes do naufrágio.

— Estamos presos há três meses e nem sequer sabemos onde estamos. Só há montanhas por toda parte e florestas. Vez ou outra trazem mais gente, mas são todas desconhecidas e falam coisa com coisa...

— Calma Hector, essas pessoas são trazidas de todos os lugares — falou Abelardo, sentindo dores nas costas e tossindo muito.

— Esse lugar me lembra o vilarejo na Escócia — disse Skipp.

— Estamos longe da Escócia, esse lugar é outro. Essa região é provavelmente Saxã — argumentou um dos prisioneiros.

— Olhem aquelas árvores... Estamos na Bretanha — replicou outro.

— Bretanha!? — murmurou Aaron. — Ele nunca foi à Bretanha!

Embora estivessem presos, os condenados viviam em uma região desconhecida, pois foram levados algemados e de capuzes. Sabiam que tinham passado pelo mar, mas não tinham certeza de onde estavam.

Naquela prisão, até que fossem condenados definitivamente pelos crimes que a Igreja lhes impunha, teriam que plantar e colher, além de trabalhar nas ferramentarias e serem obrigados a assistirem as missas aos domingos.

Certo dia de céu azul e sol forte, todos estavam espalhados no campo abrindo sulcos e plantando sementes. Soren se aproximou de Liv, chamando-a para um canto:

— Venha cá, Liv. — A jovem se aproximou.

Liv se tornava cada dia mais bela. Por mais precárias que fossem suas vestes, sua beleza ofuscava aos que a olhavam. Eles estavam afastados dos demais, mas não poderiam ir muito longe, pois eram vigiados por homens armados de mosquetes ou espadas.

— Eu não sei o que será de nós e antes que algo aconteça, gostaria que soubesse que eu...

Antes que ele terminasse a frase, Tayrus, um homem mulçumano, lhe empurrou fazendo com que perdesse o equilíbrio e se agarrasse à moça.

— Tenha coragem, rapaz. Diga logo a ela o que sente. — Tayrus sorriu e Liv também. Depois, envergonhado, Soren se afastou.

— Soren, venha cá! — chamava Liv, mas ele se afastava cada vez mais.

Tayrus sorria e se divertia com a cena. De onde estava, Skipp meneava a cabeça negativamente sorrindo do próprio filho.

— Um dia ele irá perdê-la e sofrerá as consequências de sua covardia. Então saberá o que é solidão — falou Hector.

— Não vai me falar de Mazhyra de novo, vai? — falou Skipp, rindo.

— Mazhyra, a mais bela de todas as Romàni! — Hector sentia os olhos brilharem ao falar dela.

A noite chegou e todos estavam reunidos em um grande salão de pedras cujas vigas pareciam grandes árvores. Os líderes do lugar, sempre vestidos de preto e com grandes capuzes e rosários nas mãos, se revezavam mês após mês. Naquela noite, os prisioneiros ouviriam a pronúncia da execução dos seus delitos. Um a um foram sendo condenados pelos seus veredictos. Os condenados de heresia e bruxaria foram queimados naquela mesma noite. Cerca de quinze pessoas, sendo dez mulheres e cinco homens idosos.

— Fogo que consome esses corpos, purifique suas almas! — gritavam os executores.

Hector falou para Abelardo:

— Pelo sotaque, devem ser italianos.

— Por que não me mataram na fogueira também? — disse Abelardo, de forma despretensiosa. — Eles sabem que reneguei o batismo romano.

— Não reclame, eles também sabem que sua vida está findando, meu velho. Você não estará muito tempo entre nós, sua tosse o debilita a cada dia.

Skipp tinha razão. Após uma semana das execuções, Abelardo morreu e foi queimado em praça pública como herege. Não teve direito a ser enterrado, no entanto, lhe deram o direito ao fogo da purificação após a morte.

No dia seguinte, pela manhã, um novo grupo de condenados chegou.

— Mas aqui não cabe mais ninguém — disse Sorem para seu pai, que respondeu:

— Nosso veredito já foi dado, sabemos que seremos enviados para o Novo Mundo.

Skipp estava certo. Tão logo ele terminou a frase, três carroças vazias se aproximaram, guardadas por homens armados.

— Ei, vocês, subam!

— Vão nos levar nas mesmas carroças que trouxeram os outros condenados? — questionou Liv. — Para onde iremos?

Ela não teve tempo de ter resposta de Hector, pois os homens os forçaram para que se sentassem ao chão e foram presos por correntes. Após estarem todos devidamente acorrentados nos pés e mãos, subiram e seguiram por quase meio dia de viagem, até chegarem a uma grande construção próxima ao mar. Ao descerem o ar marítimo os saudou e as gaivotas pareciam homenagear aquelas figuras sofridas pela fome, cansaço e maus tratos, com um sonido alto e vibrante.

— Estamos na Ibéria! — exclamou Hector. — Todo esse tempo eu estava em casa e não sabia.

— Sim! — disse Skipp. — Estamos em Castela.

Mas não demoraram em terra firme. Tão logo foram entregues para outro grupo de inquisidores, seguiram sob o olhar da população para dentro de um galeão sem identificação.

— Estamos sendo levados para um navio mercenário — disse Aaron.

— Vamos pagãos... Rápido! — gritava um dos guardas.

As cerca de cem pessoas condenadas foram alojadas dentro do porão do navio e outra corrente foi passada em seus pés e mãos, juntando-os. Navegaram por certo tempo até chegarem a outro porto, onde se juntaram a outro navio de condenados. De lá, puderam entender que estavam seguindo ao destino que os aguardava.

Enquanto Hector não parava de falar, Tayrus estava acorrentado ao lado de uma jovem cujos cabelos lhe chegavam à cintura. Ela permanecia calada e não se importava em ser ignorada por todos. Sua face transparecia que sua angústia era estar viva e a vida era o castigo que ela tinha que carregar sobre si e não a condenação que lhe sobreveio ou mesmo àquele porão imundo.

— Piolhos! — disse Tayrus para a jovem. — Deveria ter prendido o cabelo... Amarrado, entendeu? — Ela o ignorou.

Entre gritos de socorro e pedido por comida, os presos que aos olhos do capitão eram infames e malditos, lhes provocavam a ira, vez ou outra. Em dado momento da viagem, pães lhes eram lançados por sobre a grade e água lhes era servida em baldes com conchas sujas e nojentas.

— Porcos, são assim que nos tratam! Como a porcos! — gritava angustiado Aaron, quando Liv lhe falou:

— Meus lábios estão secos e rachados.

Mas não era só ela que estava à mercê do maltrato da tripulação. Já seis dos condenados não suportaram a viagem e haviam morrido, sendo lançados no mar. Skipp, de certa forma, sentia-se aliviado por Sophie não estar viva, pois certamente ela estaria ali, onde a misericórdia só existia em palavras que nem sempre eram esperançosas:

— Seremos todos comidos como animais postos em espetos e levados às brasas. Todos nós! — gritava um homem deixando a saliva escorrer pela barba suja e amarelada.

— Cale sua boca! — ordenou um dos capatazes que estava sobre a grade, acima deles.

Tão logo o homem se calou, Hector, que há dois dias se acalentava no silêncio, disse:

— Tempestade!

— Como sabe? — perguntou Soren.

— Sinta o vento descer pelas grades... É calmo e suave, mas o que vem após ele será terrível.

— Ei, nos solte! — gritou ele para o capataz. — Logo teremos uma grande tempestade e morreremos se o navio não suportar. Apenas nos tire dessas correntes.

O homem se virou ignorando o alarme dado por Hector.

— Como sabe que vai chover? — perguntou Skipp.

— Meu pai trabalhava em embarcações e me ensinou tudo.

Ao ouvir o que Hector dissera do pai, a jovem ao lado de Tayrus não conteve a lágrima que insistiu em descer de sua face. Do outro lado, Liv percebeu seu choro e os traços daquela jovem lhe pareceu familiar. Lembranças lhes vieram à mente enquanto a negritude no céu estabelecia sua presença, deixando em pouco tempo, sua fúria se abater sobre a embarcação.

— Heyra! — disse Liv em meio às águas que se elevavam a cada balançar do navio que afundava. Após ter balbuciado o nome da irmã, Liv gritou:

— Vamos todos morrer! — Seu grito produziu grande alarde nos prisioneiros que se alvoroçaram e começaram a clamar pela vida. Os gritos de socorro eram aterrorizantes e o mal cheiro daquele porão foi esquecido, pois o cheiro da morte estava presente.

— Infelizes! — gritava o capitão, deixando-os para morrer. — Eles não escaparão da ira divina.

Enquanto Heyra era salva por Tayrus, não percebeu que Skipp se aproveitara das correntes quebradas para livrar inúmeras pessoas daquela prisão, cujo destino final foi o fundo do mar.

— Vamos, Aaron, liberte essas mulheres e os homens, vamos!

As águas se abatiam ferozmente e o galeão mercenário, aos poucos, sentia-se puxado para as profundezas.

— Meu Deus! — falou Aaron ao ver corpos boiando ao seu redor.

— Segurem-se nas tábuas que estão soltas ou nos pedaços de madeira à deriva. — Um dos marinheiros procurava orientar sobreviventes, mas parecia em vão, pois o barulho dos trovões e dos ventos só podiam ser confrontados com os do próprio mar que, enfurecido, não pretendia deixar sobreviventes.

— O mastro central... segurem-se no que restou! — gritava Hector.

Mesmo sob a lamúria da morte a rodeá-los, Skipp pôde ver certo alívio no pequeno grupo que sobrevivera. Não mais que vinte pessoas entre condenados e tripulantes sentiam-se seguros agarrados no que restou de partes do navio.

— Heyra... Eu a vi! — disse Liv, sentindo seus lábios tremerem e tendo a visão ofuscada pelo próprio cabelo que lhe cobria o olho direito.

— Não pense nisso agora! — falou Skipp. — Estamos atordoados e no desespero vemos o que queremos ver.

— Eu sei o que vi. Ela estava lá, o tempo todo e eu não a conheci. Estava presa a Tayrus, o mulçumano.

— Esse não é o momento para pensar no passado... Sobreviva! — gritou Aaron.

Liv percorreu com o olhar a escuridão em busca da jovem que ela havia estado quase ao seu lado por tantos dias dentro daquele porão imundo e não foi capaz de reconhecê-la. Então seguindo o conselho dos demais, se manteve alerta toda a noite, deixando-se levar à deriva segurando no mastro, junto com Skipp, Aaron, Sorem e Hector. Quando o sol surgiu, ela percebeu que estava deitada em terra firme, na areia, e as águas do mar lhe lambiam a face docilmente, fazendo-a acordar.

— Que lugar é este? — perguntou ela a Aaron, que acabara de chegar ao seu lado, ajudando-a a levantar.

— Provavelmente esse seja o paraíso perdido, para onde o Diabo foi lançado... e que se transformou no purgatório dos condenados.

Capítulo III

Os Mexicas: Devoradores de pecadores

— Não tenha medo, não lhe farei mal! — disse o homem da terra estranha.

— Então você me entende, embora fale mal a minha língua?

— Sim!

Heyra estava deitada tendo o homem agachado à sua frente com a mão encostada na face dela. Ela fez menção em se levantar e ele se afastou.

— Bestas! Vocês são bestas selvagens... Não sabem falar ou... Sonhando, sim, tudo isso é um pesadelo! — disse ela pondo a mão na cabeça.

— Não está sonhando, está em terras de meu povo... ou do povo a quem pertenci.

— Você foi expulso de seu povo?

Heyra não esperou resposta e perguntou:

— Seu nome? Qual o seu nome? — Ela perguntava e gesticulava para o homem ainda jovem entender.

— Não precisa falar assim, me chamam Cuatl, por ser forte e valente.

— Cuatl? Sim...

Heyra não tinha outra escolha a não ser confiar nele.

— Que lugar é esse?

— Terra dos Mexicas...Ou o que restou de meu povo.

— Então homens e mulheres semelhantes a mim já estão nesse lugar...

— Sim, desde muitas luas atrás. Eles trouxeram a morte e destruição para os Mexicas. Mas tiveram ajuda de uma mulher de meu povo...

— Uma mulher traidora, em seu povo?

— Malinche! — disse Cuatl. — Ela se casou com homem de outras terras que muitos de meu povo achavam ser o deus Quetzacoat. Um dos guerreiros desse falso deus nos emboscou no Templo Maior enquanto festejávamos.

Heyra, mesmo sem entender o que ouvia, escutava com atenção e sabia que algo ruim havia acontecido.

— Então vocês não são bestas comedores de carne humana? — perguntou ela.

— Nem sempre! — respondeu ele. — Só quando é necessário.

Heyra sentiu seu estômago se volver e ela vomitou. Sentiu no corpo um arrepio e a náusea não lhe queria deixar a garganta. As palavras do Sr. Lars faziam sentido e o que parecia ser o começo de uma amizade amistosa começava a se transformar em um labirinto de incertezas. Cuatl continuou:

— Você se parece, mas não fala como homens maus que vieram do mar, você é mais bela do que mulheres que chegaram aqui...

Heyra embora se sentisse constrangida e receosa, permitiu um pequeno sorriso. Cuatl então falou:

— Eu e meu irmão, Naualli, vivemos com outros guerreiros e mulheres e crianças que sobreviveram ao ataque de homens maus em um pequeno refúgio. Levarei você para lá!

— Espere! Preciso procurar por sobreviventes do navio...

— Então não há só você?

— Não! Outros estavam comigo...

Cuatl ergueu os olhos em direção ao mar como se estivesse procurando alguém.

— Guerreiros da morte... Você estava com eles, homens com armas que cospem fogo e com grandes facas...

— Não... Eu estava condenada... Ah, deixa pra lá! Você não entenderia mesmo.

O nativo pegou o braço de Heyra e a puxou.

— Hei, calma, você está me machucando! — disse ela.

— Precisamos fugir, rápido, homens maus vieram com você...

Sem poder conter a força de Cuatl, Heyra foi arrastada por ele mata adentro até se ver em plena selva. Poucas horas de caminhada depois, abaixo de uma alta montanha cujo sopé estava rodeado por colinas, ela viu uma pequena planície no meio da selva, onde havia quatro pequenas pirâmides rodeando a mais alta, no centro. Ao redor delas, centenas de moradias de pedras abrigavam, ao todo, cerca de duzentos nativos.

— Que lugar é esse? — perguntou Heyra, ainda sobre a montanha.

— Antigo lar dos Mexicas, os primeiros que surgiram há muitas luas, nessa região. Agora, refúgio dos que não foram mortos por homens maus.

Já sem mostrar resistência, Heyra foi levada para onde estava a tribo. Ao vê-lo chegar com a mulher estranha, os Mexicas se ajuntaram, curiosos.

— Por que você a trouxe para cá? — perguntou Naualli.

— A encontrei na praia... estava a mercê das águas e certamente morreria — respondeu Cuatl.

Naualli circulou Heyra lhe passando as mãos nos cabelos e no rosto. Ela estava atemorizada, pois Naualli tinha o rosto tingido de vermelho e marcas de preto lhes rodeando a boca e os olhos. Havia em sua cabeça um grande cocar colorido feito de penas de aves. Em sua mão direita havia uma lança comprida com ponta afiada e enfeitada com adereços. Ele olhava para Heyra como se a estivesse estudando.

— Você não parece ser do povo do falso deus Quetzacoat. Você ser mais branca e seus cabelos ser diferentes e seus olhos...

— Não sou quem vocês pensam que sou! — Interrompeu Heyra, recebendo a forte mão de Naualli em seu pescoço.

— Mulher branca ficar calada quando líder da tribo falar!

Naualli a empurrou para algumas mulheres que a levaram. Depois, chamou Cuatl e lhe falou:

— Trazer essa mulher para cá é sinal de mal presságio ante os deuses Mexicas...

— Eu nunca vi uma mulher tão bela...

— Você não pode ficar com ela. E já que a trouxe, sabe o que ocorrerá a ela na noite em que a lua tocar o pico dos montes.

Cuatl ficou calado, e embora estivesse acostumado às tradições e rituais de seu povo, sentiu que dentro de si, algo lhe pedia para livrar Heyra de um destino trágico.

Tayrus não suportava mais o silêncio. Após ter feito suas orações da tarde, ele se levantou e seguiu pela orla, sem destino. Depois de percorrer cerca de duas horas, viu uma jovem chorando, de joelhos, próxima a um homem morto na divisa da areia com o mar. Ela aparentava pouco mais de vinte e cinco anos. Ele correu até ela, assustando-a.

— Calma, não precisa ter medo! Vi você no porão do navio... Eu também estava lá...

A moça tinha a pele morena e cabelos negros e encaracolados até a cintura. Suas roupas estavam rasgadas e seu corpo seminu. Seus seios estavam à mostra e Tayrus se sentiu constrangido. Assim, ele a tirou de perto do pai e, lhe tirando a camisa, calça e coletes, a obrigou a vesti-los.

— Eu não vou vestir as roupas de meu pai — disse ela.

— Escute, estamos em um lugar desconhecido e não sabemos o que nos espera... Vista logo essas roupas ou eu mesmo a empurrarei aí dentro.

Ainda com lágrimas nos olhos, a jovem vestiu as roupas sobre as que ela já usava. Enquanto ela vestia, Tayrus cavava uma sepultura. Após terminar, ele puxou o homem com cerca de cinquenta anos e o cobriu com terra. Quando ia se afastar, a jovem falou:

— Precisamos dizer algo, orar, falar alguma coisa.

— Orar? Seu pai era mulçumano?

— Claro que não!

— Como assim, claro que não? — Tayrus perguntou como se fosse provocado.

— Nós somos anabatistas! Enterramos alguém e falamos alguma coisa, uma prece por quem ficou...

— Anabatistas...! Ninguém é perfeito! — sussurrou Tayrus. — Fale você!

A jovem se pôs de pé diante do túmulo do pai e falou:

— Eu não sei o que dizer!

— Então diga logo amém, e pronto!

A moça então disse:

— "Senhor, acolha meu pai em seus braços..."

— Amém! — disse Tayrus caminhando em frente.

— Ei, eu não terminei.

— Não há necessidade, ele não está ouvindo e, bem, você está falando com um tal senhor que nem sabe quem é...

— Claro que sei: Ele é Jesus!

— Eu falei que você não sabia com quem estava falando... Você tem que falar com Alá e com Mohamed.

— Ah, então você é um mouro.

— Um mulçumano! Que está salvando a vida de uma anabatista...

— Você sempre foi assim, tão rude? — perguntou ela, andando rápido atrás dele.

— Só quando preciso manter meu corpo vivo... E você nem parece triste porque ele morreu...

A jovem parou e ficou vendo Tayrus se distanciar. Ele percebeu que ela havia parado e olhou para trás. Depois, sentindo as águas do mar a lhe molhar os pés, ele foi até ela.

— Me perdoe, eu não deveria ter falado...

— Ele morreu por minha causa, só havia um barril vazio e ele me pôs sobre o mesmo, ficando todo o tempo dentro da água. Antes do amanhecer ele começou a tossir e pôr sangue pela boca. Estava sem forças e mesmo que nadasse bem, não suportou o esforço que fez para me empurrar até a terra firme.

Em pé, inerte, na areia puxada pelas águas, ela sentia um misto de gratidão por estar viva e um vazio que não seria mais preenchido. A jovem engoliu seco sentindo a língua se apegar ao céu da boca e falou:

— Estou com medo!

Tayrus abraçou a moça que lhe chegava aos ombros e disse:

— Eu também, mas não diga isso a ninguém, caso encontremos outras pessoas.

— Anelise, meu nome é Anelise...

— Eu já escutei a primeira vez que falou — disse Tayrus, ainda abraçado com ela.

— Você é mesmo um bruto...

— Tayrus! É meu nome. Nasci e vivi nas ilhas maltesas, depois peregrinei pelo mundo, até ser pego pela igreja cristã... Mas sei que caí em uma emboscada.

— Eles se dizem cristãos, mas são cruéis — disse ela com a face no peito dele.

— De onde você é? — perguntou Tayrus.

— Da Germânia. Meu pai tinha propriedades próximo ao rio Reno, mas a Igreja confiscou tudo, após nos punir ao desterro por heresias...

— Isso que dá não seguir o Corão!

— Então por que está comigo aqui, nesse lugar desconhecido?

— Acho que Alá me queria aqui, para salvar sua pele...

Ele sentiu que ela estava se recompondo e a soltou, olhando seus olhos e vendo o quanto era bela e sensual.

— O que faremos agora? — perguntou ela.

— Estou procurando por toda a orla em busca de sobreviventes, mas até agora só encontrei você.

— Certamente Jesus enviou você ao meu encontro... Eu acho...

— Você quer dizer, Alá que me enviou até você! Acredite no que quiser, mas quem encontrou você fui eu!

Após Tayrus ter falado, Anelise não disse mais nada e o acompanhou até onde ele havia deixado seus pertences. Foi uma longa caminhada. Ela bebeu água e comeu algumas frutas e carne que ele havia caçado e assado em brasas.

— Ainda bem que aqui tem bastante para nós... Ou não sobraria nada para mim! — disse ele, sorrindo.

Depois de comer, Anelise se deitou sob a sombra de um coqueiral e dormiu. Sentado, olhando o mar e sentindo o vento marítimo da tarde, tendo as pernas sob os braços, Tayrus pensou:

— Por que ainda estou vivo? A morte me seria uma recompensa maior que a vida que tenho... Sinto tanto a falta de vocês duas!

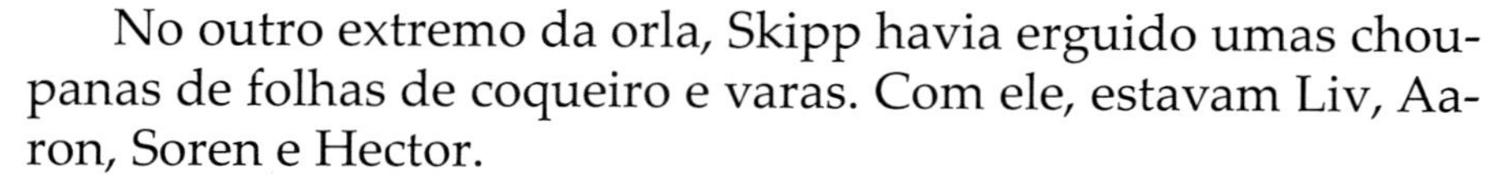

No outro extremo da orla, Skipp havia erguido umas choupanas de folhas de coqueiro e varas. Com ele, estavam Liv, Aaron, Soren e Hector.

— Todos morreram! — disse Liv, olhando para o mar e sentindo o vento brincar com seus cabelos que caíam por cima dos olhos.

— Não, nem todos! — respondeu Aaron. Muitos sobreviveram e estão espalhados por toda a parte.

— Não estou tão otimista em que haja muitos sobreviventes. A fúria das águas era grande e nem todos se libertaram das correntes em tempo — disse Skipp, com o semblante franzido e tendo certeza do que falava.

— E agora, o que faremos? Aliás, tenho certeza que aqui não é Castela ou terra dos Saxões. Nem tampouco é a Escócia ou Noruega.

— Você tem razão, Hector! — concordou Skipp. — Olhe essa vegetação... e o canto das aves não se assemelham aos cantos das que já ouvi...

— O Novo Mundo, a terra das bestas que se alimentam de carne humana... É onde estamos! — disse Liv, deixando as palavras escorregarem de seus lábios.

— Não fique tão otimista em encontrá-los, Liv, eles nos encontrarão primeiro! — disse Hector, sorrindo.

Soren se aproximou do pai, perguntando:

— Acha que ela tem razão?

— Provavelmente, filho, provavelmente. Esse não é o continente em que vivíamos. Com certeza essa é uma nova terra.

Após eles terem colhidos frutas e caçarem, pescarem e se alimentarem, Skipp, acompanhado de Hector, saíram para explorar o lugar. Ambos entraram na mata densa deixando Aaron, Soren e Liv nas choupanas.

Depois de caminharem cerca de duas horas, Skipp disse para Hector:

— Escute!

— Não estou ouvindo nada.

Skipp fez sinal para que Hector prestasse atenção para além do som dos ventos nas árvores e dos cantos dos pássaros.

— Passos!

— Isso! — respondeu Skipp, baixinho.

Eles se esconderam entre alguns troncos de árvores derrubadas pelo vento e viram passar próximo a eles cerca de dez homens tendo os corpos escurecidos com tintas vermelhas e com estranhas gravuras pintadas de preto nos braços, pernas e abdômen. Eles estavam armados com lanças e flechas, além de armas feitas de resíduo vulcânico, semelhante a uma espada serrilhada.

— Que armas são aquelas e que povo é este? — perguntou Hector, após os nativos se afastarem.

— Liv tinha razão, infelizmente! Estamos em terras de canibais.

— Canibais?

— Sim, Hector, canibais! Já ouvi muito acerca deles, e você, está onde queria estar.

— Eu estava brincando, mas como você sabe tanto?

— Digamos apenas que eu tenho informações de quem já andou por essas terras, e pela descrição que ele deu dos nativos, bom... Não tenho mais dúvidas que estamos no que os cristãos chamam de purgatório...

— Não venha tentar me animar agora... Sei que está tentando me amedrontar. O que faremos?

— Precisamos voltar e ...

— Podemos segui-los e saber para onde vão — disse Hector.

— Não é uma boa ideia, mas...

Skipp não havia terminado a frase e viu Hector se afastar quase correndo mata adentro no encalço dos nativos. Ele o seguiu e não demorou que avistassem umas construções de pedras.

— Pirâmides? Eles constroem pirâmides... — disse Hector, maravilhado.

— Sim, mas essas não são túmulos para seus reis...

— Então para que servem?

— Você não vai querer saber! — respondeu Skipp.

— Você está me escondendo alguma coisa. Eles são mesmo canibais?

— Se voltarmos para o acampamento eu explico — respondeu Skipp.

— Se voltarmos? Como assim?

— Apenas me siga. Vamos!

Skipp se aproximou de uma clareira guardada por árvores e cortou alguns galhos e os pôs de pé. Ali passariam a noite, pois já era tarde quando chegaram ao lugar e logo o sol se pôs.

A lua clareava a selva, assim, não acenderam fogo para não se denunciarem.

— Eu não vou conseguir dormir — disse Hector.

— Espero que não, ao menos você vigia enquanto eu durmo.

— Como pode dormir sabendo que a qualquer momento podemos ser descobertos?

— Por que teme a morte, agora? Desde que te conheci que você fala em morrer.

— Mas morrer enforcado ou em uma fogueira é melhor que ser rasgado em pedaços por esses selvagens e ser comido por eles.

— Morte é morte, Hector, seja como for.

Hector se sentou ao lado de uma árvore enquanto o barulho de tambores começou a ser ouvido. Os nativos tocavam e cantavam de forma frenética.

— Eu preciso ver isso — disse Skipp.

— Então vá sozinho — respondeu Hector.

— Mas você queria ver...

— Já sei o que queria saber, estamos entre os selvagens do Novo Mundo.

— Então me espere aqui.

Skipp saiu e se aproximou entre as folhagens das árvores. Eles estavam a cerca de um quilômetro de distância da cidade de pedras cuja pirâmide central tinha escadarias por todos os lados. Tentando ver o que acontecia entre os nativos, Skipp se assustou com a súbita chegada de Hector:

— Assustou-se, valentão? — disse Hector, sorrindo.

— Você é imprevisível!

Skipp apontou para um lado da cidade onde um nativo vestido com roupas ricas de plumagens e pintado com várias cores se aproximava de uma jovem nativa deitada sobre um altar de pedras.

— Por que ele está vestido igual um pavão?

— Logo você descobrirá.

Os dois continuaram olhando, calados, até que Hector perguntou:

— O que ele vai fazer?

Não demorou para que ele visse o homem erguer as mãos com uma faca de material vulcânico, afiada, e abrir o peito da moça e lhe arrancar o coração, mostrando, em seguida, para todos. A vítima sangrava enquanto os nativos voltaram a cantar e dançar.

— O que fizeram? Você viu aquilo?

— Fique quieto! — disse Skipp. — Você parece uma moça...

Hector se calou e sentiu o estômago revirar enquanto assistia os nativos cortarem em pedaços a jovem sacrificada. Eles colocaram as partes dela em um grande vaso semelhante a um caldeirão e as cozinharam.

— Pare de vomitar! — disse Skipp, mas Hector cada vez mais sentia o mal-estar lhe tomar as entranhas.

— Eu nunca vi nada igual! Nem mesmo na taverna de Luna, aquela rameira... — Hector se calou de repente. Os nativos haviam cercado o caldeirão e começaram a pegar partes da jovem e a comerem.

— Eu não vou mais ficar aqui assistindo essa selvageria.

— Você é um cigano... Deveria estar acostumado a ver essas coisas. — Skipp, de certa forma, se divertia com Hector, mesmo que estivesse absorto pelo que assistiu.

— Você acha que nós fazemos isso? E vocês, druidas? — Hector havia parado e se virado para Skipp. — Vocês também devem ser canibais, também têm seus rituais ocultos nas florestas... Devem ter escondido de mim.

— Ora, você não sabe o que diz — respondeu Skipp, empurrando Hector para que voltassem para onde estavam os outros, próximo à orla.

Eles chegaram antes do nascer do sol e não precisaram procurar muito para perceberem que não havia ninguém nas choupanas.

— O que houve? Onde estão eles? — Hector estava agitado.

— Calma, o que precisamos agora é termos os nervos no lugar...

— Você é muito frio! Sei lá...! Seu filho e sua filha sumiram e você parece uma árvore, parado, nem se mexe...

— Fique quieto! — Skipp falou quase gritando.

Skipp deu alguns passos em volta do acampamento e viu que havia pegadas diferentes.

— Eles foram levados...

— Como assim? Como sabe?

— Veja, essas pegadas... São de pés maiores e são mais profundas das que temos ao redor das choupanas. Aaron e Sorem muito menos a Liv têm passos tão profundos. Além do mais, há na terra vestígios que pontas de lanças foram postas na terra.

— Você consegue ver tudo isso apenas olhando para o chão?

— Sou um druida, esqueceu? Minha vida é na floresta e a natureza a minha casa.

— O que pretende fazer?

— Procurá-los... Seguir os passos...

E assim foi. Ambos se embrenharam mata adentro seguindo os sinais que Soren deixava quebrando pontas de galhos, a cada certa distância que andavam.

Os olhos de Heyra pareciam vidrados na opulência da paisagem próximo ao rio que circundava um dos lados da cidade. O colorido das aves que voavam em liberdade e a calmaria que aquele lugar proporcionava a fazia pensar em como conhecia tão pouco do mundo. Sentada em uma pedra e tendo os pés dentro da água, observava o trabalho das mulheres, enquanto não muito distante os homens trabalhavam em artesanatos de couro. Um pouco afastado de onde estavam, outros nativos faziam armas para guerra ou para caça.

Enquanto vislumbrava a correnteza que saía de uma pequena cachoeira ao lado das moradias, ela observou que havia um jovem que era cuidado como se fosse um deus. Com ele, estavam quatro belas jovens que andavam majestosamente. Tendo servas ao seu lado, o jovem não sentia falta de nada. Curiosa, Heyra não se ateve a perguntar para Cuatl, que se aproximou dela, sentando-se ao seu lado:

— Quem é aquele nativo rodeado por jovens mulheres?

— Ele é um prisioneiro.

— E vocês tratam os prisioneiros com tanta honra?

— Já vai completar um ciclo de sol que ele está entre nós, em alguns dias ele terá que cumprir o seu destino.

Cuatl se levantou e deixou Heyra a sós. De repente, ela ouviu o som de flauta vindo de dentro da moradia do jovem guerreiro tratado como divindade.

Prisioneiro? Pensou ela.

O som mavioso da flauta era triste e a levou em suas lembranças ao tempo em que esteve entre os Românis, nas terras de Rayner.

A música alegre tocada pelos homens embalava a dança dos que rodeavam a fogueira. A noite estava estrelada e clara e entre as cantigas acompanhadas com o bater das palmas das mãos, Heyra, com dezesseis anos, sorria e rodava feliz com sua saia de várias cores sentindo seus colares brincarem em seu pescoço, enquanto as argolas em suas orelhas ornavam o aspecto gentil de sua face.

— Ela é linda! — disse Berggren para Mazhyra, que estava ao seu lado.

— Sim ela é! — concordou a cigana.

— Acha que ela se interessaria por mim? — perguntou o jovem de dezoito anos.

Mazhyra parou por um instante e se ateve à face do belo rapaz com barba rala e ruiva, da cor do cabelo que lhe ia até os ombros. Seus olhos azulados e lábios finos deixavam a pureza de uma paixão se manifestar sem receio. De onde estava, dançando, Heyra observava o diálogo dos dois. Ao ver Mazhyra se afastar de Berggren, ela deixou a dança e seguiu a mulher, e, sorrindo, perguntou:

— O que você e o Berggren falavam de mim? Era sobre mim, não era?

Mazhyra se deteve e a segurou pelos ombros, dizendo-lhe:

— Você está enamorada por esse rapaz?

— Acho que sim — respondeu Heyra.

— Seria bom tentar esquecê-lo.

— Mas por quê? Berggren é um bom rapaz e trabalha no porto com o pai...

— Por isso mesmo! Ele não merece uma pessoa como você...

— Como eu? Como assim? Do que você está falando?

— Me escute: Apenas se afaste dele.

Depois de falar, Mazhyra e Heyra voltaram para o festejo. Enquanto Heyra ficou sentada em um banco construído de tronco de árvore, Mazhyra foi aclamada pelos moradores da vila para que os divertisse com uma de suas danças ciganas. Ela, ao som de bandolins, rodeou a fogueira e todos os olhares se voltaram para sua beleza. Era encantador o realçar de sua saia rodada.

Enquanto ela dançava, sentia o vento frio lhe roçar a face. Ela fechou os olhos e por um momento as lembranças lhe encheram a memória de quando dançava no grupo Români ao qual pertencia, na região Ibérica, sendo ovacionada por Hector, que lhe galanteava a cada gesto gracioso que fazia. De repente, abriu os olhos e não viu Heyra onde estava sentada.

Ela rodopiava e seu olhar observava o lugar à procura da jovem, mas não a encontrou. Heyra estava por perto, mas não estava sozinha. Sentada a beira mar, cerca de cem metros dali, ela sorria tendo como fundo musical o cantarolar e as palmas do vilarejo que cortejava Mazhyra em sua dança. Ao lado de Heyra, Berggren lhe fazia a promessa que ela tanto esperava ouvir:

— Eu vou tirar você desse lugar, fugiremos juntos, em um dos barcos que meu pai trabalha. Partiremos para além dessas águas e chegaremos à terra dos saxões. Bretanha será nosso lugar ou quem sabe a região dos francos ou germanos.

Heyra sorria com a falta de decisão do moço.

— Afinal de contas, aonde você quer me levar? — perguntou ela, se sentindo feliz.

— Aonde você quer ir? — perguntou Berggren.

Heyra pensou na pergunta e sentiu que não tinha resposta. Então disse:

— Eu não sei, contanto que seja onde você estiver.

Seus lábios se tocaram de forma suave. Ele se afastou dela e a olhou, percebendo que ela ainda estava de olhos fechados esperando que ele a beijasse novamente. Ele assim o fez, porém de forma apaixonada desta vez. Ele a segurou com força junto a seu corpo e enquanto Heyra sentia-se amada, o som das flautas dos tocadores enchia de sonoridade romântica aquele momento.

Subitamente, a voz de um homem foi ouvida:

— Ei, Berggren, se afaste dela!

O moço viu que era seu próprio pai.

— Pai? — disse ele, surpreso.

— Venha, deixe essa Români... Não se envolva com ela.

Sem entender, Heyra ficou olhando Berggren se afastar sob a censura do próprio pai. Ela percebeu que uma lágrima rolou de seus olhos.

Ao voltar para a roda festiva, Mazhyra não estava mais dançando, mas a esperava com a expressão na face denunciando reprovação pelo que ela estava fazendo.

— O que foi? — Heyra perguntou aborrecida.

— Eu disse para você se afastar dele...

— Ele prometeu me tirar daqui e... casar comigo...

— Não... Ele não vai! — falou Mazhyra, gritando, puxando o braço de Heyra que teimava em andar mais rápido que ela.

— Me largue, você não é a minha mãe!

As palavras de Heyra, de certa forma, magoaram Mazhyra. Ao chegarem ao lugar onde moravam, Mazhyra falou:

— Me desculpe... Você tem razão: eu não sou sua mãe. Mas pense no que eu digo, quando falo para que se afaste de Berggren, se é que você o ama.

Cinco dias depois daquela noite, Berggren foi encontrado morto na beira da praia.

— Feras, ele foi atacado por feras! — gritava seu próprio pai, abraçando o filho, enquanto seus olhos ultrapassavam a multidão que os rodeava e se encontravam com os de Rayner que, satisfeito com a afirmação do homem enlutado, deu as costas voltando ao seu lugar.

O som da flauta parou de repente e um grito de alarme foi ouvido, trazendo Heyra para a realidade:

— Eles voltaram!

Os Mexicas se reuniram em volta de Naualli e Cuatl, que receberam em sua presença, próximo à pirâmide central, guerreiros batedores.

— O que viram? Onde estão os homens maus?

— Eles seguem rumo contrário desse lugar. Se afastam rumo a Yucatán. Mas não somos os únicos que restam dos Mexicas, ainda há muitos grupos espalhados pela região que se uniram com as tribos que fizeram alianças com homens maus... Entre eles, a tribo de Sihuca.

— Traidores! — disse Naualli. — Eles acreditam que homens maus cumprirão suas promessas. Sihuca... Maldito!

— Então estamos sós? — perguntou Cuatl para seu irmão.

— Parece que sim. Quantos somos?

— Cerca de duzentos... Com as mulheres e crianças — respondeu Cuatl.

— Acho que deveríamos procurar Malinche para que ela fale a nosso favor...

O guerreiro que ousou falar foi bruscamente interrompido:

— Não ouse falar em aliança com aquela traidora! — gritou Cuatl.

— Não somos os últimos Mexicas. Sei bem que depois da morte de Montezuma a nossa unidade está ameaçada — falou Naualli.

Heyra havia se aproximado e se juntado a algumas nativas. Ela, embora soubesse que era prisioneira, procurava não demonstrar que estava desconfortável com aquela situação. Assim, depois de longo debate entre os guerreiros e conselheiros do pequeno grupo, cada qual seguiu para seus afazeres, no entanto, Cuatl foi em sua direção, sentando-se ao seu lado.

— Você parece triste — disse ele.

Heyra respirou e deixou o ar sair aos poucos de dentro de si.

— Você estaria de outra forma caso descobrisse que por onde passa o mal lhe acompanha ou a quem se aproxima de você?

Cuatl ficou olhando-a, sem entender o que ela queria dizer, mas disse:

— Espíritos maus são seus amigos?

Ela sorriu da ingenuidade dele e falou:

— Não é isso... me refiro a outro tipo de situação.

Cuatl sentia-se bem ao lado dela. Quando Heyra semicerrava os olhos por causa dos raios do sol, era como se flertasse com ele, assim, sua face esboçava um leve sorriso. Ela percebeu a reação do nativo e perguntou:

— Você é casado?

Cuatl baixou a cabeça e disse:

— Eu tive mulher quando me tornei guerreiro jaguar. Tinha um filho, mas morreu quando homens maus colocaram fogo no Templo Maior... Toda a cidade foi destruída pelo incêndio...

— Não precisa continuar a falar, já entendi...

Os olhos de Cuatl se transtornaram e a fúria tomou conta de sua face.

— Eu não queria lhe perturbar — disse Heyra.

— Homens maus me perturbaram o espírito, mas os deuses me darão vingança e comerei a carne de meus inimigos.

Heyra sentiu um frio lhe percorrer o corpo quando ele terminou a frase. Cuatl se pôs de pé e ela se levantou com ele.

— Você tem motivos para vingança, mas não pode ser vencido por ela.

— Você não sabe o que diz, mulher de longe, Cuatl ainda comer o coração daquele falso deus que arruinou nosso império... Quanto à vingança, responda por si só quando estiver diante de quem te magoou.

Heyra ainda estava inebriada pelas bebidas que havia ingerido na noite anterior quando eles haviam sacrificado uma jovem e arrancaram-lhe o coração, comendo-a em seguida. Ela havia assistido de onde a prenderam e não dormiu pressentindo que seria a próxima vítima, dessa forma, não deu atenção à última frase de Cuatl, mas perguntou o que lhe incomodava:

— Vocês também comerão meu coração? Me partirão em pedaços e espalharão por aqueles vasos para depois se alimentarem de meu corpo?

— Só se os deuses pedirem sua vida...

— Então terei que viver aqui contra minha vontade e ainda por cima me sentindo como um animal para sacrifício? — Ela tinha o olhar triste e estava assustada.

— Morrer em sacrífico para o deus Quetzalcóatl, o deus estrela da noite e da manhã, aquele que cuida de todos, é um privilégio. Você deveria ficar muito alegre se isso acontecer.

— Você me salvou das águas para me sacrificar? — Heyra estava se descontrolando. O medo tomava conta dela.

— Tudo tem uma razão de ser, os deuses podem tê-la trazido para nós porque a querem...

— Você é louco! — disse ela. — Eles já me pediram para vocês? Quando irão me matar?

— Não sabemos quando um de nossos deuses irá nos pedir para eles.

Heyra se levantou e saiu quase correndo para o lugar que a deixaram viver. Ela olhava para trás a todo momento. Ao chegar em sua casa de pedra, entrou e, fechando a porta, pensou:

Preciso fugir daqui.

Anelise dormiu toda aquela tarde e noite, despertando na manhã do outro dia. Sentindo o sol lhe tocar a face, ela se levantou e viu brasas em uma fogueira e peixes sobre ela. Alçou o olha para o mar e viu Tayrus sobre alguns corais, pescando. Ao vê-la, ele pegou os peixes que havia apanhado e foi até ela. Ele estava sem camisa e ela não deixou de notar o corpo dele, com bíceps no tórax delineados e braços fortes.

— Vamos, coma! — disse ele. — Peixe fresco, da mesma forma que seu Jesus deu aos seus discípulos, só falta o vinho.

— Pães! Ele deu pães e peixes aos seus apóstolos — disse ela.

— Sempre gostei de vinho com peixe, esse seu Jesus poderia ter levado vinho também.

Anelise pegou um dos peixes e começou a comer.

— Obrigada! — disse ela.

— Obrigado por quê? Por ter lhe forçado a vestir as roupas de seu pai? Você parece um velho de cabelos longos e rosto de mulher andando pela praia.

— Mesmo assim, estou grata por você ter me encontrado.

Anelise sentiu que o próximo pedaço de peixe que pôs na boca tinha o sabor de suas lágrimas. Tayrus viu as bochechas dela molhadas e tentou animá-la.

— Ora, não fique assim. Vai ficar tudo bem!

— Pode ser, mas eu acredito que não mudará muita coisa em minha vida.

— E por quê? — perguntou Tayrus, sentado próximo a ela, rasgando com os dentes um peixe assado. Eles olhavam o mar enquanto comiam.

— Nunca fui uma boa cristã... Mentia para meus pais...

— E acha que seu Jesus está castigando você! — disse ele.

— E não está?

— Você é muito jovem para ser castigada. Precisa pecar mais, entende? Não fez o bastante para ser considerada uma filha rebelde. — Tayrus sorria enquanto falava. Ela respondeu:

— Não é o quanto fazemos, mas o que fazemos...

— E o que você andou fazendo, filha rebelde?

— Eu fugia de meu quarto durante a noite para cantar em tavernas...

Anelise fechou os olhos e percebeu que as imagens do passado lhe vinham à mente, enquanto ela falava com Tayrus:

— Venha... pule a janela. Seus pais não notarão sua falta — dizia Klaus, um jovem ruivo de dezenove anos.

— Pronto, vamos!

Anelise havia saído da janela de seu quarto e descido pelo telhado até alcançar a parte baixa da casa. Pulou sobre um monte de feno e alcançou o chão, sem se machucar. Sorrindo, ela, com dezesseis anos, montou a garupa do cavalo de Klaus e saíram da propriedade de seus pais sem serem vistos.

A pequena cidade junto ao Reno não ficava tão longe e chegaram logo. Sorrindo, eles adentraram na taverna onde um homem com bigode grande e cheio os aguardava:

— Vocês estão atrasados! — disse ele, querendo manter a fama de mal humorado.

— Calma, senhor Adam, já chegamos para animar o lugar — disse Anelise, após ter saído de um quarto, vestindo roupas sensuais e maquiada como uma prostituta da noite.

Quando ela subiu a um palco improvisado de madeira, os homens com cerveja em grandes copos os ergueram e começaram a dizer palavras ofensivas e de baixo calão. A suposta plateia estava sentada em suas mesas. O lugar era nojento, escuro, cheirava mal e inapropriado para uma moça considerada "de família".

Assim, enquanto Klaus tocava o piano freneticamente, Anelise cantava, dançava e provocava os homens, que na maioria bêbados, lhes falavam impropérios, palavrões e tentavam passar a mão nela.

— Vamos, desça daí! — gritavam eles. — Venha nos alegrar aqui...

Quando era madrugada, antes que o sol saísse no céu, Klaus a levava de volta para a fazenda onde ela morava. Duas vezes por semana, na quinta e no sábado à noite, ela se apresentava na taverna pelo simples fato de ser notada. Dois anos depois, quando já tinha comple-

tado dezoito anos, certa noite, um homem ainda moço, com cerca de trinta anos, alto, olhos claros e semblante sereno e simpático, entrou na taverna. Ele tirou o chapéu e a capa preta que trazia sobre os ombros e pediu uma bebida, se voltando para o palco improvisado, olhando Anelise que também olhava para ele, sem contudo, parar de dançar. Ele ergueu a caneca de Chopp para ela que sorriu de volta. Após duas canções, o moço foi embora.

No sábado seguinte, Anelise cantava e dançava sem parar de olhar para a entrada da taverna. De repente, o moço entrou acompanhado de outro homem alto e bem armado. Ele sentou-se no mesmo lugar e o seu amigo o deixou só, indo para o quarto com uma das mulheres da taverna. Ela se alegrou tanto que dançou e cantou como nunca havia feito. Os dias se passaram e eles se tornaram amigos.

— Heiko é o meu nome! E o seu, bela jovem?

— Anelise, meu nome é Anelise.

A partir daquele momento, Anelise se apaixonou por aquele homem bonito e misterioso. Ela era tomada de assalto na mesa, por seus pais, embebecida em seus pensamentos distante de sua realidade. Até mesmo na comunidade anabatista, ela não prestava atenção nos estudos bíblicos ou no momento da comunhão.

Em determinada noite, ela pediu a Klaus que a levasse até a cidade.

— Mas hoje é terça-feira, a taverna está fechada.

— Por favor, não discuta, apenas me leve e me traga na mesma hora, como sempre faz.

— É por causa do Heiko, não é? Ele é bispo da inquisição... Você sabe o risco que está correndo? Se ele descobre que você é anabatista...

— Não estou me importando com isso, eu o amo e sei que ele me ama também...

— Você está fora de si, ele só vai se aproveitar de você...

— Você está com ciúmes! — Ela falou sorrindo. Os conselhos de Klaus não adiantaram.

Klaus a levou como ela pediu e a deixou na porta de uma casa grande e vasta. Anelise vestia uma roupa larga e escura e tinha um capuz sobre a cabeça. Ela bateu na porta e Heiko a atendeu, levando-a imediatamente para dentro. Os dois não disseram nada, mas se lançaram em um longo abraço. Depois, ela deixou que ele tirasse as suas roupas com cuidado. Já desnuda, ele a pegou nos braços e a levou até sua cama onde Anelise entregou sua pureza àquele homem que lhe entorpeceu os sentidos já tão comprometidos.

— Então está me confessando que você teve um caso com um padre! É isso? — perguntou Tayrus.

— Sim, isso mesmo!

— Sabia que se você tivesse gerado um filho seria uma aberração? É o que dizem...

— Não acredito nisso — respondeu ela.

Tayrus a olhou e perguntou:

— Quanto tempo vocês viveram esse amor estranho?

— Por cerca de dois anos.

— E o que aconteceu? Parece que o fim não foi muito bom...

— Não, não foi. Certa noite eu estava cantando na taverna quando entrou um homem velho. Ele havia deixado nosso grupo anabatista e tinha voltado para a cátedra católica. Ele me reconheceu, mesmo eu estando pintada e gritou apontando para mim que eu era uma anabatista hipócrita, prostituta e condenada à danação. Heiko estava lá. Ele se aproximou do homem e o agrediu mandando-o retirar o que havia dito, mas o velho não parou e disse onde eu morava e quem eram os meus pais. Eu fugi do lugar, mas Heiko me perseguiu e me alcançou. Eu não pude negar e disse que o homem tinha razão. Propus que ele me aceitasse como eu era, mas ele afirmou que sua missão com a Igreja era maior que o amor que ele tinha por mim. Assim, dias depois, ele chegou com uma comissão de inquisidores na fazenda de meu pai e nos prendeu, confiscando as propriedades e nos acusando de hereges.

— Mas o que seu pai tinha a ver com isso?

— O povo da cidade não sabia que éramos anabatistas, a perseguição é grande contra quem não aceita os sacramentos da igreja romana. Assim, meu pai foi desmascarado como mentiroso e traidor.

— Então, seus pais descobriram que você não era bem o que dizia ser, em casa era uma "santa", mas à noite era uma rameira...

— Heiko me poupou de que meus pais soubessem do que eu fazia às escondidas. Assim, minha mãe foi queimada na fogueira imediatamente, condenada por bruxaria. Já eu e meu pai fomos levados para o tribunal e condenados por heresia e contestação à Santa Igreja. Fomos condenados a viver no purgatório dos condenados.

Tayrus ficou olhando o vento balançar os cabelos da franja dela e ironizou:

— Então estou com uma maldita do meu lado! Bom, não há nada que esteja tão ruim que não fique pior.

Anelise se calou e não quis mais comer. Tayrus disse:

— Você já confessou... Dividiu seu fardo, acho que sou um bom ouvinte, não sou?

— Provavelmente seria um bom padre, caso não fosse mouro.

Tayrus deixou um sorriso irônico despretensioso se desenhar na face. Anelise percebeu e perguntou:

— Você nem sempre foi mouro, não é?

Tayrus se levantou e caminhando em direção às aguas, disse sem olhar para trás:

— Já disse que não sou mouro, não sou árabe ou africano. Sou mulçumano... Mas quem estava precisando se confessar era você, e não eu. Aliás, sente-se melhor agora?

Anelise não respondeu, mas fitou seu olhar entre o corpo de Tayrus mergulhando na água e um galeão que aparecia ao longe, em alto mar.

Aaron, Sorem e Liv estavam confusos com o que estava acontecendo. Eles foram abordados por cerca de quinze homens armados com espadas e mosquetes que os prenderam e os forçaram a subir sobre burros e foram levados selva adentro.

— Eles são de Castela — disse Aaron.

— E como sabe, tio? — perguntou Soren.

— Morei na Ibéria por algum tempo.

— Para onde estão nos levando? — perguntou Liv.

— Eu bem que gostaria de saber... Vejam, conosco há vários outros que se salvaram do naufrágio... Eles estão recolhendo a carga humana que escapou — respondeu Aaron.

Depois de duas horas subindo colinas e montes, eles chegaram a um planalto onde havia cultivo. Homens, mulheres e crianças, indígenas ou não, plantavam e colhiam sob a forte guarda de homens armados.

— Meu Deus! — disse Aaron, atônito. — Então é verdade!

— O que tio, o que é verdade? — Soren quis saber.

— O sistema mercenário de Encomienda. Ela existe!

— Do que o senhor está falando? — perguntou Liv.

— Pessoas que trabalham como escravos para darem lucros aos seus senhores. Semelhantes as glebas e feudos... Só que aqui, são escravos.

Os capatazes empurraram as pessoas que foram aprisionadas, levando-as até a presença do responsável pelo lugar.

— Quantos conseguiu reaver? — perguntou o homem de cabelos ruivos e olhos esverdeados. Ele era calvo e tinha uma argola na orelha esquerda.

— Apenas doze, mas parece que há mais espalhado pela região — respondeu Ferraz, o capataz líder.

— Certo! Descanse dois dias com os homens e continuem com as buscas em seguida.

Depois de ter falado com o capataz, o homem olhou para os recém chegados, dizendo:

— Não há nada que o mar nos roube que não nos devolva novamente, com alguns ele prefere ficar, mas há outros que ele vomita na praia... e você foram vomitados.

— Quem é você? — perguntou um dos prisioneiros. Homem negro, forte e de voz grave.

— Digamos que eu sou o senhor a quem vocês devem se reportar como seu dono.

— Dono? Como assim? Somos pessoas livres — disse Aaron.

— Livre? De quê? — perguntou o homem. — Ah, meu nome é Ávila... Ávila Dias, o senhor de todos vocês.

Ávila sorria tendo um cachimbo na boca. Ele ficou de pé e todos puderam ver o quanto era alto e forte. Trazia consigo, de cada um dos lados, uma adaga e uma pistola.

— Vocês se dizem livres, mas são condenados pela Santa Igreja. A condenação, geralmente, é o fogo da purificação, a forca, o afogamento ou outra forma que vos envie direto para as garras do diabo, no entanto, eu prefiro usar de condolências e adquiri-los por um preço que não custe tanto. Seria um desperdício lançar para as trevas homens, mulheres e jovens com tanto vigor para o trabalho.

— Você nos comprou? — perguntou o homem negro, indignado.

— Não por um valor tão alto, pois é preciso inserir entre a carga velhos, mulheres e doentes para não chamar a atenção das autoridades de Espanha.

— Tráfico de pessoas! — disse Aaron.

— Chame como quiser. Para mim vocês não passam de mercadoria adquirida para o trabalho.

— A notícia que corre na Ibéria é que os colonos se utilizam de nativos, índios ou bestas da terra, como quiser chamar, para lavrarem a terra e procurarem prata e ouro nas minas...

Aaron foi interrompido por Ávila:

— Sim, mas há fugas e nem sempre são recuperados, os nativos conhecem bem a região e... bem, estão tendo a proteção do Estado Ibérico... Por que se importam? O rei não está aqui, não vive aqui e não lida com esses infames bestializados sem alma...

O homem negro disse:

— As autoridades nos descobrirão e nos livrarão...

Ávila sorriu e junto com ele, cerca de cinquenta capatazes. Ele foi até os prisioneiros, falando:

— Nenhum de vocês é dono da própria vida. Elas me pertencem agora. Sou eu quem decide quando comem, se bebem, se dormem ou se casam. Geralmente trago famílias inteiras para não ter problemas. Portanto, se há famílias entre vocês, se juntem logo! Darei um lugar para se abrigarem e viverem. Poderão se reunir e festejar, adorar o deus que quiserem, no entanto não passarão dos muros... Caso alguém tente fugir, será morto, entenderam?

Todos ficaram calados. Ávila passou em revista os prisioneiros e chegou onde estava Liv.

— Mas que bela moça! Qual seu crime? Por que foi condenada à morte? Por bruxaria?

Ele sorriu alto e seus parceiros também.

— Vamos, fale comigo... Vai me deixar falando sozinho?

Liv se mantinha calada, tendo o dedo de Ávila sob o seu queixo. Ele a olhou dos pés à cabeça e falou:

— Essa aqui não vai segar ou arar o campo nem tampouco vai para os lavatórios públicos. Nem vai divertir vocês, rapazes, ela me servirá na Casa Grande. Levem-na!

Um dos homens de Ávila pegou Liv pelo braço para a levar e antes que Soren agisse, Aaron o deteve:

— Fique quieto, rapaz! O que acha que está fazendo? Deixe que a levem, ela ficará melhor do que nós!

As pessoas foram separadas e levadas para onde supostamente morariam. Eram cômodos pequenos, mas que os abrigariam bem. Aaron, Soren e o homem negro foram levados para o mesmo lugar.

— Eles a vão machucar! — disse Soren para Aaron.

— Claro que vão! Não só ela, mas eu, você e todos que aqui estão... Olhe pela janela a sua volta, vamos jovem, olhe e me diga o que seus olhos contemplam.

Soren não ousou olhar, mas deixou sua percepção auditiva lhe dizer o que estava acontecendo não muito longe deles. Ele ouvia o bater dos ferros nas oficinas e o barulho das enxadas no campo. A correria de pessoas indo e vindo e o alerta dos capatazes com chicotes nas mãos apressando o trabalho a quem era considerado ocioso.

— Não seja fraco e não deixe que a situação lhe vença, aqui não é sua floresta onde se juntava com seus amigos druidas. Seu pai não está aqui e não poderá lhe dar proteção. Ou você se torna forte ou morre!

Soren tentou segurar o choro contido, mas não conseguiu. Ele chorou e percebeu que quanto mais as lágrimas desciam mais aliviado ficava.

— Isso, chore! Você já é um homem, mas chore — disse o homem negro, aproximando-se. — Isso não é fraqueza, é uma necessidade.

Aaron se sentou em um banco de madeira e perguntou ao estranho:

— Como se chama?

— Meu nome é Zaki, sou de Uganda.

— Eu sou Aaron, este é Soren, filho de minha irmã.

Aaron continuou:

— Por que está aqui? Bom... Por que foi condenado?

— Um homem como eu e com minha origem pode ser condenado por magia negra com muita facilidade.

— E você pratica magia negra?

— Não, claro que não!

— Então como aconteceu de vir para cá?

Zaki não demorou a responder:

— Eu servia como carregador nos portos do Mediterrâneo. Certo dia, um homem, capitão de um galeão, um irlandês, me ofereceu um lugar para trabalhar em seu navio. Eu aceitei. Com o passar do tempo, comecei a lhe dever dinheiro e não tinha como pagar. Então ele me falou que eu pagaria com trabalho e ele não deixaria minha esposa e filha passarem necessidades. Acreditei nele, mas tudo não passou de enganação. Ele levou minha esposa e filha para um território de mercenários entre a Escócia e a Irlanda para quitar parte do preço de seu navio e me vendeu para padres inquisidores que vivem do comércio de condenados. Por isso estou aqui. Fizeram uma simulação de julgamento e me sentenciaram ao purgatório dos condenados.

Soren ouviu o relato de Zaki e considerou o que ele disse. Depois falou:

— Não foi diferente conosco, por onde passamos era possível ver como alguns inquisidores separavam as pessoas condenadas, e sempre o faziam em finais de semana. As trocas de turmas e o transporte eram sempre feitos pelos mesmos homens e por carroças idênticas.

— Também percebeu? — perguntou Zaki, buscando confirmar suas suspeitas.

— Estou pondo os fatos em ordem agora. Não havia ponderado sobre isso antes — disse Aaron.

— Seja como for, não nos interessa, antes estar aqui do que ter sido sentenciado à fogueira ou tortura por renegarmos a fé — disse Soren.

— Esses inquisidores não torturam tanto. Eles fazem a seleção dos que podem usar e matam os demais. Não ousariam baixar o valor de um possível escravo... Se torturarem, torturarão quem julgarem inútil para o trabalho braçal.

Aaron ouviu o que Zaki disse e não se atreveu a desaprová-lo.

A noite chegou e com ela o som das lamúrias que surgiam de todas as partes. Havia quem em suas pequenas habitações reclamasse do trato cruel efetuado pelos capatazes. Outros se queixavam da pouca comida que recebiam. Assim, começaram a planejar um plano de fuga, porém, precisavam de alguém capaz de liderá-los.

No outro dia, Soren Aaron e Zaki foram levados para as minas. Ao chegarem, foram acorrentados aos que já estavam cavando.

— Vamos, trabalhem ou não terão comida. Quem não trabalha não come! — gritava o responsável pelo lugar.

Entre o carregar de pedras e escavações, Aaron percebia que os escravos estavam organizando uma rebelião.

— À noite, quando nos deixarem em nossas habitações, avançaremos sobre eles — falavam entre si.

Zaki se aproximou do homem mais exaltado e disse, baixinho.

— Não acho que esse seja um plano que terá eficiência, Ávila está bem armado e há bastantes homens com ele.

— Quem é você, estranho? Chegou ontem e já quer dar ordens?

— Se quer morrer, morra sozinho, mas não leve esses homens com você. É verdade, cheguei ontem na vila, mas observei bem o acampamento central e sei o que digo, vocês não terão chance contra eles.

Aquele dia passou rápido e com muita tensão entre os trabalhadores da mina. Alguns homens de Ávila foram dominados no interior da caverna e roubadas suas armas. Como eles não tinham organização em suas escalas, os que estavam do lado de foram não perceberam quem estava faltando.

No final do dia todos os escravos foram levados de volta para o vilarejo cercado. Os escravos esconderam facas e outras armas de pedras dentro de suas roupas.

Ao chegarem dentro do vilarejo, foram libertados da corrente única que os unia, ficando apenas com as que traziam em seus pés. Ao entrarem em sua moradia, Aaron disse:

— Em que momento nós chegamos... À beira de uma rebelião!

— Eles serão destroçados... Não suportarão a represália.

— Você parece entender do assunto — disse Aaron. Zaki respondeu:

— Já servi ao exército da guarda escocesa no reino franco, o monarca recrutou estrangeiros e fui um deles...

— Já ouvi falar... Então você não é um simples condenado!

Soren escutava, mas não parecia se interessar pela conversa. Sua preocupação estava em Liv. Zaki respondeu a Aaron:

— Conheço armas muito bem e estratégia de guerra e digo que não é o momento de uma tentativa de fuga.

Soren se mostrou impaciente e falou com Aaron:

— Você não parece estar preocupado com Liv ou com o que pode ter acontecido com meu pai ou com o Hector... O que há com você?

— Seu pai e o Hector devem estar bem. Acredito que Liv também esteja, embora o perigo possa lhe rondar se os escravos da mina se rebelarem. Mas a situação deles parece ser mais confortável e segura do que a nossa. Olhe para você, veja suas mãos como estão feridas e como estão inchados seus pés! Acha que suportará muito tempo naquele trabalho?

Soren olhou para as próprias mãos e percebeu que estavam mais feridas do que a dor denunciava.

— Venham comer! — chamou Zaki.

— Eu não quero! — respondeu Soren, saindo em direção à casa onde ficava Ávila.

Aaron tentou impedi-lo, mas Zaki o convenceu a desistir:

— Deixe-o! Ele é jovem e com certeza a paixão está nele. É possível ver em seus olhos como ele olha para a moça.

— Ele só não tem coragem de falar para ela.

— Não é preciso... Com certeza ela já sabe.

Enquanto Aaron e Zaki continuavam a conversar, Soren se aproximou da casa, chegando à frente da mesma, onde havia pessoas sentadas em bancos feitos com troncos de árvores. Ele se juntou a eles e pôde ver Liv dentro da casa. Ela estava bem vestida e asseada. Seus cabelos soltos lhes ornavam ainda mais a face deixando-a mais bela. Ela servia Ávila e Sorem viu quando ele passou as costas da mão na face dela.

Desgraçado! Pensou Soren. Se tocar nela novamente eu irei até lá.

De onde estava, Liv viu Soren e com o olhar, meneou para que o moço ficasse onde estava. Soren meneou a cabeça que não e ao levantar-se pôde ouvir o barulho de muitas vozes furiosas que se dirigiam para a casa.

— Liv! — gritou ele, correndo para protegê-la. Seu gesto foi mal interpretado e os homens que faziam guarda o prenderam.

O pátio da Casa Grande foi invadido por cerca de sessenta escravos oriundos das minas e de entre os ferreiros que, armados com facas, enxadas e algumas armas forjadas com ferro, foram facilmente dominados pelos homens de Ávila.

Alguns deles foram mortos ali mesmo, enquanto os demais foram amarrados em correntes e presos em troncos postos no centro do vilarejo. Entre eles, estava Soren. Aaron havia chegado junto com Zaki e percebeu o que havia acontecido.

Ávila mandou reunir a todos. Cercado por homens armados e vendo os escravos que se rebelaram acorrentados uns aos outros, deitados de bruços para o chão, inclusive Soren, ele disse:

— Eu sei que esse lugar não é um paraíso na terra nem tampouco o lar que gostariam de ter, no entanto, é uma sobrevida para quem estava condenado à fogueira ou à forca. Peço aos meus homens que os trate com cuidado e só disciplinem com o chicote os mais revoltosos ou aquele que realmente não quer mais viver. Mas olhem o que recebo em troca por ter lhes tirado da mão dos representantes de Deus: Rebelião, ódio e aversão à minha pessoa. Portanto, não há o que fazer a esses homens a não ser lhes dar o merecido fim, o fim que deveriam ter já ceifado suas vidas tempos atrás.

Ao terminar seu discurso, Ávila pôde ouvir o clamor de mulheres e filhos pedindo pela vida de seus maridos, pais, irmãos.

— Já decidi! Amanhã, até ao meio dia, todos serão enforcados.

Enquanto Aaron se sentia impotente para salvar Soren, Liv segurou o olhar para onde estava o moço, deitado, e pensou:

— Já perdi uma irmã, um dia... Não perderei meu irmão, se depender de mim.

Capítulo IV

Sophie e Skipp: Um amor que leva ao inferno

Enquanto Skipp seguia as pistas nas trilhas, deixadas por Soren, tinha que ouvir as queixas de Hector:

— Desgraçados, sabia? Eles são todos uns filhos de rameiras...

— Não deveria chamar assim os homens do Deus Cristão.

— Deus e Cristo não têm nada a ver com isso! Esse tribunal imposto em Castela pelo já morto Torquemada, fez uma devassa na Ibéria. Tentou varrer a Espanha de judeus e mulçumanos. Muitos foram mortos e queimados e confiscados seus bens. E nós ciganos? Um ultraje! Nem sequer podemos dar um passo para levar esperança para as pessoas em agonia.

— Você quer dizer, se aproveitar da necessidade das pessoas...

— Não é isso! Ora, deixe de rir como se todos nós defraudássemos as pessoas.

Skipp escutava Hector e o sotaque espanhol lhe soava aos ouvidos como um desafio a ser desvendado. O cigano falava rápido como se dissesse tudo de uma vez.

— Fale devagar, Hector, nem sempre entendo o que você diz.

— Celtas, saxões, druidas... Lerdos no entendimento. — Brincou Hector, enquanto chegavam próximo a um rio estreito e com bastantes pedras nas margens.

Skipp se abaixou e ficou olhando como se procurasse alguma pista. Depois, se aproximou de um lajedo e viu uma marca vermelha feita com amoras na parede de uma das pedras.

— Eles atravessaram o rio!

— E como você sabe? — perguntou Hector.

— Soren deixou uma mancha na pedra, eu sei que foi ele. Ah, mais uma coisa: Não foram levados por nativos.

— Como tem tanta certeza? Aliás você parece que sabe de tudo!

— As pegadas aqui na lama eles estão calçados com botinas e deixaram marcas de pólvora e há resto de bucha, ali... Veja!

Hector olhou e concordou com Skipp. Depois falou:

— Se eles foram capturados por homens como nós, então quem são?

Skipp se esquivou de responder olhando por todos os lados. Ele não tinha certeza de nada naquela terra estranha.

— Precisamos tomar cuidado, tanto com os nativos, quanto com os homens que estão aqui. Provavelmente não são amistosos.

Eles atravessaram o rio e Hector voltou a tagarelar. Em certo momento, ele disse:

— Aaron, seu cunhado, é judeu, assim, sua esposa Sophie também era judia. Mas como ela casou com você, um celta druida? Todo esse tempo e você nunca me contou.

— Você faz muitas perguntas.

— Estamos no meio do mato, Skipp! Aqui não importa o que falamos... Eu só não quero morrer sem saber um pouco da vida de um homem que não me deixou no meu próprio isolamento quando me viu pela primeira vez em uma masmorra da inquisição cristã.

Hector falou sorrindo, ironizando Skipp, que respondeu:

— Eu a encontrei perdida na floresta!

— O quê? Como assim? Ela estava perdida?

— Sim, totalmente perdida.

Hector se pôs a ouvir o que Skipp começou a dizer. Ele parecia encabulado enquanto falava de seu encontro com Sophie:

"Meu Deus, que lugar é esse?

Sophie andava e não reconhecia o lugar. Ela havia deixado a companhia de seus pais e se atreveu a seguir um cervo que se alimentava próximo do caminho e fugiu ao vê-los chegar. Enquanto a carruagem passava por onde o cervo estava, parando pouco mais à frente, a imagem do animal havia ficado em seus olhos. Seus pais desceram junto com Aaron, um jovem de vinte anos, e começaram a forrar lençóis sobre verdes gramas para um lanche em família.

Sophie nem mesmo os ajudou e voltou pelo caminho em busca de ver novamente o animal. Ela o viu se alimentar calmamente próximo de uns arbustos.

— Ei, venha aqui… Deixe-me tocá-lo — disse ela.

Mesmo com seus dezoito anos, Sophie aparentava ser ingênua. Sua educação e modos eram sutis. Bela, atraente e comunicativa, aquela jovem havia se tornado a ambição de muitos moços, porém, se afastavam ao saberem que ela era judia. Não só se afastavam por conta dos ensinamentos da igreja romana, mas também por causa da própria família dela que unificava seus parentes dentro da própria comunidade judaica.

Encantada com o pequeno cervo, ela adentrava cada vez mais na floresta, sem se dar conta que o caminho estava ficando para trás. Nem mesmo os gritos de seu irmão Aaron ou de seu pai David, eram por ela ouvidos. Em dado momento, ela se deu conta de sua situação.

— Estou perdida — disse ela, sibilando.

Não muito longe, um moço com três anos a mais que ela, a olhava. Ele estava extasiado observando a jovem trajando vestido com tons claros e alegres e usando um florido chapéu. Ela parecia desesperada. Sophie fez menção que ia gritar quando o moço surgiu lhe dizendo:

— Ei, não grite, faça silêncio.

Assustada com a presença daquele jovem com um roupão banco e comprido e tendo uma capa azul cor do céu nas costas, Sophie perguntou:

— Quem é você? — Suas mãos estavam trêmulas.

— Calma, moça, eu não vou lhe fazer mal.

— Nem tente… Eu sou… Perigosa e…

— Estou vendo em seus olhos e em suas mãos o quanto você parece feroz, eu não me atreveria a lhe tocar…

— Certamente que não vai tentar… Pois…

— Skipp é meu nome! — disse o jovem de súbito.

Titubeante, Sophie ainda não confiava nele. Ela estava na dúvida entre gritar e chamar por socorro ou ouvir um pouco do que aquele jovem de olhos verdes como o fruto das oliveiras e os cabelos ruivos tinha para dizer.

— Meu nome é Sophie — disse ela, olhando para os lábios dele.

— Sophie… Belo nome! Tão belo como você.

— Moço, eu preciso voltar, meus pais devem estar preocupados…

— Achei que estávamos nos tornando amigos — disse ele.

— Eu não o conheço e estamos perdidos dentro da selva.

Skipp sorriu e disse:

— Bom, pelo que eu saiba é você que não sabe onde está e, ademais, já sabemos o nome um do outro, portanto, não somos tão desconhecidos assim.

Sophie estava incomodada, pois embora os jovens a galanteassem, ela nunca demostrou interesse em nenhum deles, mas, naquele momento, seu coração teimava para que ela ficasse mais um pouco, embora sua razão lhe impulsionasse a fugir.

— Por favor, pode me ajudar a encontrar o caminho de volta para a estrada?

— Sim, não me negarei a levá-la para o lugar onde estão seus pais e seu irmão…

— Como sabe quem são?

— Ah, eu os vi desde que deixaram a cidade e seguiram essa trilha.

— Você nos seguiu? — perguntou ela, demonstrando certa indignação.

— Não, claro que não…! Quero dizer, bem… eu estava vindo para cá…

Enfurecida, a jovem começou a percorrer o caminho inverso ao que estava, então, Skipp falou:

— Ei, não é por aí, siga-me!

— Como posso confiar em você? Você estava nos seguindo e para quê? Para nos roubar? Você é salteador? Deve ser! Vestido assim… Até parece que vai a um baile à fantasia.

— Não se atreva a falar de minhas vestes de iniciante…

— Iniciante? Em que… Na arte do furto?

— Eu sou um aprendiz…

Sophie parou e se voltou para ele que quase estava correndo atrás dela dentro do grande bosque.

— Bruxo! É isso o que você é!

— Um druida… Estou aprendendo para seguir no ministério do conselho e da ministração filosófica de meu povo…

— Mentira! Vocês são magos e feiticeiros.

— Eu não sei o que você escuta por aí, mas pouco me importa. Insolente! Nem me conhece, procuro ajudá-la e o que recebo são insinuações abusivas contra minha reputação.

— Reputação? Bruxos têm reputação?

Skipp parou e sentiu que a última frase de Sophie lhe ofendeu. Ele parou e a deixou caminhar só. Ela andou na frente resmungando e falando impropérios contra ele. Sentindo falta da voz do jovem, ela olhou para trás e percebeu que estava sozinha. De repente, ouviu os gritos de Aaron:

— Sophie, onde está você?

— Aqui! — gritou ela, olhando para os lados e para trás, procurando o jovem.

Aaron correu mato adentro e a encontrou.

— Graças ao Eterno, você está bem. O que houve?

Ainda procurando o jovem com o olhar, Sophie disse, escondendo parte da verdade:

— Eu me distraí seguindo um pequeno cervo, quando me dei conta, estava perdida mata adentro.

— Mas está tudo bem? Você parece que está procurando alguma coisa. Tem mais alguém por aqui? — Aaron estava desconfiado.

— Claro que não! Estou bem... Vamos comer, estou faminta.

Por entre as árvores, Skipp ficou olhando Sophie até que ela estivesse segura.

Quase um mês depois daquele dia, Sophie foi apresentada a um homem judeu, influente na sinagoga onde seu pai David era um dos principais. Era sábado à noite e já havia terminado o Shabat, desde o pôr do sol.

— Vamos, entre Asher, minha filha Sophie já foi avisada que você chegou.

Asher era um rico comerciante e contava com a simpatia das autoridades da cidade. Ele tinha cerca de trinta anos e estava viúvo. Sua primeira esposa havia morrido há seis meses, no parto do primeiro filho, que também não sobreviveu.

Ainda em seu quarto, Sophie estava indignada:

— Mãe, eu não gosto dele! Por que meu pai está fazendo isso? Como ele me promete para alguém sem me consultar?

— Você conhece a tradição de nossas famílias, ele só quer o melhor para você...

— A senhora quer dizer: bom para ele! Eu não estou interessada no Senhor Asher.

— Melhor não discutir com seu pai! — disse Ariela, sua mãe.

Mesmo contra sua vontade, Sophie desceu segurando o braço de sua mãe. Asher ficou de pé e olhou para ela. Os olhos dele estavam gélidos e sua face desenhou um sorriso de quem estava ganhando um prêmio.

— Bela, muito bela você, Sophie. Qualquer homem ficaria deslumbrado em tê-la ao seu lado como esposa — disse Asher.

Qualquer homem? Pensou Sophie.

Ela estava esperando ver o brilho dos olhos de Skipp no olhar de Asher, mas não viu. A face dele não a fez corar como ela havia ficado no bosque. A voz de Asher não soava sensual aos seus ouvidos como a voz daquele jovem druida que a encantou. Asher, quando falava, parecia estar fechando uma negociação comercial, principalmente quando disse:

— Estou satisfeito com sua generosidade por me conceder Sophie como esposa, nobre irmão David. Acredito que em até um mês nos uniremos em matrimônio.

— Tão rápido assim? — perguntou Sophie.

— Sim, minha cara! — respondeu Asher. — Tenho negócios a realizar próximo às terras da Bretanha e não posso deixar a administração da casa sob os cuidados dos criados. Você as conduzirá bem para mim... Quero dizer, cuidará de nossos bens e interesses.

Asher se aproximou de Sophie e lhe beijou a testa. Ela ficou estática com aquele beijo frio. Ariela olhou para David e meneou a cabeça em sinal de negação àquela futura união, mas David já havia dado a sua palavra. Asher saiu e Sophie falou:

— Espero que ao menos essa negociação que acabou de fazer com sua filha lhe valha a pena, pai — disse Sophie, revoltada.

Sentindo-se ultrajado com o comportamento da filha, David mandou que se retirasse para seus aposentos. Sophie, no entanto, desobedeceu e saiu de casa. Aaron lhe seguiu e a convenceu a voltar. Ela voltou quando seu pai já havia se recolhido.

Na manhã do outro dia, ela fez um pedido incomum a Aaron:

— Gostaria que me levasse ao bosque onde me perdi.

— E por qual razão?

— Gostaria de respira ar fresco.

Aaron amava sua irmã e não negou seu pedido. Ele preparou a carroça e a levou. Ao chegarem, Sophie ficou olhando para todos os lados procurando encontrar Skipp, mas não o viu. Aaron, desconfiado, disse:

— Você não estava só naquele dia em que se perdeu, quem lhe encontrou dentro do bosque?

Sophie tentou ocultar a verdade, mas Aaron foi incisivo:

— Não tenha medo, também não concordo com seu casamento com Asher, mas se quiser que eu a ajude com alguma coisa, precisa confiar em mim.

— Para qualquer situação?

— Sim, Sophie, você sabe que pode contar com seu irmão.

— Naquele dia, em que me perdi nesse bosque, fui encontrada por um jovem... pelo qual...

— Sim?

— Acho que me apaixonei!

— Mas assim de repente? Você já o conhecia?

— Não, eu nunca o vi antes.

— Não vejo problemas nisso, mas terá que evitar vê-lo, pois está prometida em casamento.

Aaron passou as mãos no cabelo, que na juventude, lhe descia até os ombros. Seu rosto perfilado e seu nariz sobressalente lhe davam contornos característicos.

— E esse moço, gosta de você? — perguntou ele.

— Eu não sei, não o vi mais.

— Acho que você deveria esquecer tudo isso e viver sua realidade.

Ele se aproximou da irmã e disse:

— Você me pediu para lhe trazer aqui para tentar encontrá-lo de novo, não foi?

Sophie concordou com a cabeça.

— Mas ele mora nesse bosque? — perguntou Aaron.

— Provavelmente.

— Vamos entrar no bosque até certa altura, depois, caso não vejamos nada, voltamos para casa e você esquece que um dia viu alguém por aqui, combinado?

— Vamos tentar encontrar qualquer vestígio dele, tudo bem?

Aaron sabia que não a faria desistir e esquecer o jovem, assim, sem nada dizer, começou a entrar no bosque. Eles não andaram muito e ouviram vozes. Se aproximaram se ocultando atrás das árvores. Cerca de cem metros deles estava um grupo de homens, mulheres e jovens, era umas trinta pessoas. Vestiam roupas longas, algumas brancas, outras cinzas e tinham ornamentos coloridos. Um velho estava no meio deles, pois permaneciam sentados junto a uma árvore antiga cujas raízes estavam expostas sobre a grama.

O velho dava conselhos e movia freneticamente os braços, mas o que mais chamava a atenção era um cajado que tinha na mão direita. Em dado momento, ele pediu para que um moço que estava de costas para Sophie e Aaron se levantasse. Ele se pôs de pé e depois se ajoelhou diante do velho, que pôs o cajado sobre sua cabeça, lhe dizendo algumas palavras na antiga língua celta.

— Precisamos ir embora, não podemos presenciar esse ocultismo — disse Aaron.

— Não podemos ir, o jovem que te falei é aquele que está de joelhos.

— O quê? Você perdeu a razão? Está apaixonado por um bruxo?

— Eles não estão fazendo bruxarias...

— Como você sabe? — Aaron estava levantando a voz.

— Aquele homem estava falando de sabedoria e justiça, discursando sobre fraternidade e paz...

— Vamos embora! Não vou compartilhar com sua insanidade...

Aaron segurou o braço de Sophie e a puxou para irem e quando se levantaram para fugirem, Sophie olhou para trás e percebeu que Skipp a tinha visto. Ele sorriu com os olhos o que não passou despercebido pelo ancião, que falou:

— Você agora é um líder druida, muito jovem, mas muito competente! Você é uma exceção em nosso meio, não jogue fora sua conquista por um sentimento cuja força nenhum homem tem o poder de controlar.

— E que sentimento é esse? — perguntou Skipp.

— O amor... Sentimento que já traz em seu coração! Cuidado, meu jovem, cuidado.

Depois de dois dias, Sophie se aproveitou da ausência de seu pai e de Aaron, que trabalhavam com artesanatos no emergente comércio mercantil.

— Minha mãe, estou indo ver como o pai e o Aaron estão...

— Mas como você vai? Onde eles estão é distante e...

— Não se preocupe, mãe, eu mesmo guiarei a carroça...

— Mas não convém que uma moça...

Antes que Ariela terminasse de falar, ouviu os passos do cavalo puxando a carroça ligeiramente.

Essa menina não tem juízo. Pensou ela. E por que tomou tal caminho se David e Aaron estão no outro extremo?

Mas Ariela não sabia o propósito de Sophie. Ela saiu da propriedade e não foi a caminho da cidade, mas do bosque. Enquanto fazia o cavalo correr, sentia seu coração disparar mais que as patas do animal. Ela estava ofegante e sentia a respiração faltar.

Devo estar ficando louca! Pensou ela.

Quanto mais o cavalo corria mais a cidade ficava para trás. Em dado momento, a paisagem começou a se modificar e o cenário ficou mais verde. Os caminhos de terras com pedras se acabaram. Ela deixou a carroça presa em uns arbustos e enquanto o cavalo comia, ela disse:

— Eu já volto, fique aqui...

Sophie seguiu o caminho que havia feito com Aaron. Ao chegar ao lugar onde se escondera, olhou para a grande e velha árvore onde dois dias atrás, o grupo druida estava reunido. Ela se atreveu a descer e foi até a clareira embaixo da densa folhagem que parecia uma abóbada verde. Ela tocou levemente nas cascas secas e duras do tronco e depois sentou-se no lugar onde Skipp havia se sentado. Seu olhar foi além e se perdeu com tanta beleza em tons diferentes e diversas que ornavam as flores e o céu.

— Esse lugar é meu! — disse uma voz repentina atrás dela.

Sophie se levantou assustada e olhou para trás.

— Você...! — disse ela, balbuciando.

— Por que está surpresa em me ver, já que veio me procurar? — disse ele.

— Eu não vim lhe procurar. Eu estava...

— Perdida. Vai me dizer que se perdeu dois dias atrás quando estava bisbilhotando o ritual de minha consagração.

— Não sei do que está falando. — Sophie falava sem segurança e suas mãos estavam trêmulas.

— Você é uma péssima mentirosa — disse Skipp, se aproximando dela.

Sophie ficou calada e apenas deixou seus olhos matarem a saudade da imagem da face dele. O vento daquela tarde soprava calmo e as árvores se deixavam tocar por sua presença. Em um momento, ele estava frente a ela olhando-a de cima para baixo. Ela o fitava com a boca semiaberta, esperando ser tocada, assim, fechou os olhos quando sentiu que o braço dele lhe contornou a cintura. Mas Skipp não a beijou, ficou apenas olhando a face daquela jovem tão meiga e frágil. Ele respirou fundo o perfume dela e lhe tocou com o dedo os lábios. Ela abriu os olhos e percebeu que ele apenas a olhava, admirando-a.

— Não gosta de mim? — perguntou ela.

— Você sempre foi assim, tão atirada? — Ele perguntou.

Sophie se desprendeu dos braços dele e deu dois passos para trás.

— Eu não sou atirada... E estou prometida em casamento... em poucos dias não serei mais senhorita.

Skipp sentiu que seu rosto enrubesceu e em seu peito uma sensação estranha de dor começou a se formar.

— Casar? — perguntou ele, inseguro.

— Sim, meu pai me prometeu a um homem rico e influente da cidade...

— Eu não me importo quem seja e... por que está me contando isso?

— Achei que deveria saber — disse ela.

— E por que eu deveria saber?

— Não sei, mas achei que deveria lhe contar.

Zangada com o aparente descaso de Skipp, Sophie desabafou:

— Foi um erro... O que vim fazer aqui? Ah, que ódio de mim mesma!

— Eu não estou entendendo a razão de estar tão brava comigo.

— Olhe pra você! Eu acabei de falar que vou casar contra minha vontade e você não deu a mínima. Nem teve reação alguma, é frio como as correntes das águas que degelam nas montanhas no inverno...

— Eu sou um druida e sei controlar minhas ações.

— É só nisso que você pensa? Em suas ações?

Naquele momento, Sophie estava descontrolada, nervosa como nunca estivera antes. Ela continuou:

— Você não tem sentimentos? Eu não acredito que não sinta nada por mim... Vamos, diga que não pensou em mim desde que nos vimos pela primeira vez...Vamos, fale!

— Não...! Lembrei apenas do acontecido, que aliás foi muito engraçado... Você perdida e assustada no bosque...

— Você é irritante! — disse ela, se afastando.

— Aonde vai? — perguntou ele.

— Eu vou embora pra casa. Ah, não importa para onde vou, não é de sua conta.

— Quer que eu a acompanhe até a estrada? — gritou ele, pois ela se afastava quase correndo com os dentes e punhos cerrados.

— Não precisa! Eu sei o caminho.

Depois que Sophie foi embora, Skipp sentou-se na raiz exposta da Grande Árvore e pôs o rosto entre as mãos. Respirou fundo e pensou: Ela vai casar... Não pode ser verdade!

Ao narrar essa parte, Skipp foi interrompido pelas gargalhadas estridentes de Hector.

— Quer dizer que você ficou arrasado com a notícia que ela te deu? Ah, que dó... Eu queria estar lá para ver a sua cara de chorão.

— Eu não chorei e... Bom, fiquei um pouco triste, pois não contava que ela poderia ser oferecida para casar...

— O quê? Está pensando que todo mundo é lerdo igual você? Acredito cegamente que por você ainda estaria solteiro.

— Provavelmente... Se ela tivesse casado com outro homem.

— Imagino você sentado debaixo daquela árvore chorando por causa dela. — Hector se divertia às custas de Skipp.

— Eu já disse que não chorei.

No fundo, Skipp sabia que não dizia a verdade.

Sophie se afastou e não viu que uma lágrima descia na face de Skipp. Ele se levantou e correu atrás dela, mas já era tarde. Ao chegar à beira da estrada, viu a carroça descer com velocidade. Nela, Sophie dizia a si mesma:

— Onde eu estava com a cabeça quando me deixei seduzir por aquele bicho do mato? Eu, uma dama, filha de um homem que tem comércio na cidade e de uma mãe prendada... Dona de casa, temente ao Eterno...

Enquanto lutava consigo mesma, não percebeu que ao chegar em casa, seu pai a esperava no portão. Ele segurou o cavalo pelas rédeas e foi até ela, que estava sentada na carroça, com os olhos avermelhados por causa do choro.

— Aonde você foi?

— Eu fui até a cidade ver como estavam vocês, mas acabei perdendo o caminho.

— Mentirosa! Você sabe ir vir e nunca se perdeu, não tente me enganar como enganou a sua mãe!

— Pai, eu juro que estava indo quando...

— ... Quando o cavalo se assustou por causa de um rebanho de ovelhas que atravessou o caminho, indo em disparada para os lados do bosque, não foi isso? — Aaron interveio, socorrendo a irmã.

— Sim — disse Sophie, desconfiada. — Mas como sabe disso?

— Eu vi quando aconteceu, saí mais cedo para casa e fiquei preso de um dos lados do caminho e avistei você, que estava do outro lado, tentando controlar os cavalos assustados, porém sem sucesso.

— E por que não foi atrás dela? — perguntou David.

— Não achei necessário, pai, afinal de contas, Sophie já tem idade suficiente para saber o que faz e sabe cuidar de si mesma, não é mesmo irmã?

Sophie não respondeu, mas engoliu seco, olhando para o irmão que a encarava como se dissesse que sabia aonde ela havia ido.

Os dias se passaram e Skipp ficava cada vez mais angustiado, pois Sophie não aparecera mais no bosque. Na vila onde morava, do outro lado do bosque, a vida campesina contrastava com a agitação dos burgos mercantis da cidade onde Sophie geralmente ia ou estava com seu pai, no mercado.

— O dia está lindo e o sol nos abrilhantando com sua presença em fulgor! Uma verdadeira dádiva divina — disse Ariost, ancião da comunidade, para o jovem Skipp. — No entanto, ele não é o suficiente para iluminar as trevas de um coração amargurado pela solidão — continuou ele.

Skipp o olhou pelo canto dos olhos, dizendo:

— Vejo que o mestre está inspirado hoje.

— A tua dor é visível a quem tem o conhecimento da natureza, sei que amas uma jovem do condado urbano…

— Amor? O que é o amor se não algemas a que o coração teima em ficar preso? Não quero me aprisionar a algo que eu não possa controlar…

— Mas estás sendo controlado! Não depende de você… Até mesmo teus amigos já notaram que andas afastado de tudo e de todos. O que acontece? Não me negues que a paixão te domina os pensamentos.

— Eu não sei o que há comigo.

Ariost ouviu Skipp e falou:

— Eu sei que havia uma jovem espionando-nos no dia da tua consagração, teus olhos brilhavam e tu te sentiu feliz por ela estar ali, no entanto aquele brilho se tornou em trevas. Me escute, eu sei quem são os pais dela e também sua origem, não é bom que te aproximes daquela moça… Eles são religiosos judaizantes… E o pai dela não é de confiança!

— Eu sei que não devo me aproximar dela…

Ariost se levantou e ia saindo quando Skipp perguntou:

— O senhor veio apenas me falar isso?

— Estou te prevenindo a não alimentar esse sentimento que estás nutrindo por uma pessoa fora de nossa comunidade. Sabes que ela não será bem aceita aqui e também que tu não serás aceito entre eles. Portanto, moço, fuja enquanto há tempo... Aliás, tu sabes que só um casamento com uma jovem druidisa o fará ser aceito no Conselho e para isso, tu já tens teu compromisso com minha filha.

Skipp ficou só e percebeu que Ariost tinha razão, pois Sophie não fazia parte da comunidade druida e ainda mais, era judia. Ele, por sua vez, estava compromissado, mas Sophie não sabia disso. Assim, Skipp procurou estar sempre ocupado com as atividades da vila onde morava e com as tradições druidas tentando esquecê-la.

Sophie também tentava viver como se Skipp não existisse, mas era em vão, quantas vezes se encontrou falando sozinha, como se alguém a ouvisse:

— Eu não posso ficar pensando nele, sabe? Eu vou casar, ter filhos e ser feliz ao lado de Asher, ele será um ótimo esposo.

Depois de ter falado, segurando uma vassoura na mão, como se ela a escutasse, disse:

— A quem você quer enganar?

Ela se lançou sobre um monte de feno e disse olhando para um cavalo que comia tranquilamente:

— Você já se apaixonou alguma vez? Ah, acho que não! Nem está entendendo o que estou falando...

Do lado de fora, Aaron a tudo escutava. Ele amava a irmã e sabia da indecisão que a rondava. Ele sabia que ela estava na encruzilhada entre seguir com o casamento que seu pai lhe arrumara ou desistir de tudo e fugir ou até mesmo se entregar para o jovem druida.

Ah, minha irmã, como você é complicada! Pensou ele, entrando em seguida no celeiro.

— E então, como você está, irmã? — perguntou ele.

— Trabalhando, não está vendo? — respondeu ela.

— Isso é o que você está fazendo, e isso eu vejo... Mas não consigo ver como você está! Falta pouco mais de quinze dias para o seu casamento com Asher e nesses meses que se passaram, você parece outra pessoa... É como se estivesse em outras terras, distante daqui.

Sophie parou de varrer o chão e olhando para o irmão, na porta do celeiro, tendo a claridade às costas, disse:

— Eu gostaria de estar sim, longe daqui. Ir para muito longe, onde ninguém pudesse me encontrar.

— E por quê? — perguntou ele, como se soubesse a resposta, por isso, não estranhou quando Sophie disse, olhando para o chão e com a face triste:

— Eu não consigo esquecer aquele jovem druida.

Ela olhou para Aaron, perguntando:

— Acha que estou em pecado? Até pensamentos proibidos já tive com ele...

Aaron a olhou, abrindo a boca, surpreso, e disse:

— Sophie...! Você é uma moça pura e que frequenta a sinagoga e até participa dos cânticos e... Está prestes a casar...

Aaron foi interrompido por ela:

— Você não respondeu o que perguntei: Estou em pecado?

Ele a observou bem e respondeu:

— Eu não sei! A Lei diz para não cobiçarmos o que é do próximo...

Ela interrompeu novamente:

— Mas ele é solteiro, não tem ninguém!

— Sim, mas e a sua castidade? Você deve ser pura na mente...

— Besteira! — disse ela. — Você está falando igual a um cristão.

Aaron se surpreendeu com a resposta dela.

— Também não é para tanto..., mas, bem...

— O que foi, Aaron, você se tornou um cristão?

— Claro que não! — respondeu ele. — Mas e se me tornasse? O que teria demais?

Sophie percebeu que ele ficou agitado com a conversa, então disse:

— Você poderia ter me contado que é cristão, eu teria guardado segredo de nossos pais...

— Do que você está falando?

— Olha, você não é bom em mentir, aliás, nunca foi. Mas vamos fazer o seguinte: Você me ajuda a falar com o jovem druida e eu não falo para nosso pai que você agora é anabatista...

— Eu não sou anabatista. Que conversa é essa?

Sophie estava se divertindo, provocando o irmão, mas não sabia que estava falando da realidade de Aaron, que saiu deixando-a só a terminar seus afazeres.

No outro dia, Aaron comunicou ao pai que iria sair mais cedo do comércio, pois precisava resolver algumas questões. Assim, pegou o cavalo e seguiu trotando em direção à propriedade, no entanto, fora dos termos da cidade, mudou o sentido, caminhando para o bosque, atravessando-o, chegando até a comunidade druida.

Ao se aproximar, foi recepcionado por uma jovem que o apontou para a casa onde Skipp morava. Ao chegar, e bater na porta, o moço abriu e ficou surpreso:

— O que faz aqui?

— Sabe quem eu sou, presumo.

— Sim, você é Aaron, o irmão de Sophie. Há algo errado?

— Posso entrar?

— Não! Me espere aí fora.

Aaron ficou esperando Skipp, enquanto ele, fechando a porta, não demorou a voltar.

— Pronto, vamos conversar fora da comunidade — disse o druida.

Eles seguiram até o cume de uma pequena colina que dividia a comunidade do bosque. Chegando lá, sentaram-se sob a copa de uma frondosa árvore. Olhando para a vila, logo abaixo, Skipp perguntou:

— Por que veio me procurar?

— Na verdade não sei o que estou fazendo aqui, mas gostaria de saber se realmente tem interesse em minha irmã.

Skipp ouviu a pergunta e parecia saber o que Aaron iria perguntar.

— Por que quer saber?

— Apenas responda o que perguntei... Não há razão para temer.

— Não temo o que possa fazer, mas a resposta é simples: somos de lugares diferentes e crenças opostas, seria insano de minha parte e loucura por parte de sua irmã alimentar profundos afetos entre nós.

— Sua resposta me parece um sim!

— Eu não disse isso — negou Skipp.

— Mas também não disse que não!

Skipp, sentado, pôs a mão no queixo, tendo os braços sobre o joelho e perguntou:

— Vi sua irmã uma ou duas vezes... Acha que por tão pouco eu me interessaria por ela?

— Moço, não minta para mim, por diversas vezes, desde a última vez que Sophie foi até o bosque, sozinha, que você aparece disfarçado de

carregador de carroça em frente ao nosso comércio, principalmente nos dias que sabe que ela está lá. Assim, não me venha com essa mentira...

— Está bem, vou lá, sim, mas não para ver sua irmã, mas para trabalhar...

Skipp se levantou para ir embora. Ele começou a andar, dizendo:

— É uma pena que não tenha coragem de assumir seus sentimentos...

— O que quer dizer? — perguntou Skipp.

Aaron parou e disse, sem olhar para trás:

— Minha irmã se casará em dez dias com alguém que não ama e também sabe que não é amada. Só achei que você gostaria de saber.

Àquela altura, Skipp já estava de pé. Ele correu até Aaron e olhando-o nos olhos, perguntou:

— O que você quer que eu faça?

— Eu não quero que minha irmã viva infeliz como uma simples empregada dentro de um lar até o fim de sua vida, portanto, seja homem e não permita que isso aconteça.

— Mas vocês são judeus...

— Amor não conhece religião ou está preso a uma sinagoga ou um bosque druida... Mas seria uma pena que sua covardia fosse a fronteira que se coloca entre vocês dois.

Aaron saiu dali deixando Skipp sozinho. Quando o moço voltou para casa, encontrou Ariost, que lhe perguntou:

— O que aquele judeu queria?

— Apenas negócios...

— A mentira não é admissível a um Conselheiro druida. Tua consagração foi o rito inicial, mas tua aceitação no Conselho depende de...

— E se eu não me interessar pelo Conselho?

Ariost sentiu certa aversão por parte de Skipp.

— O que disse, moço? Estais desprezando minha recomendação para que tu venhas a ser um dos memoráveis entre nós...

— Eu nunca pedi para ser consagrado ou outra coisa...

— Tu estás sendo insolente! — Ariost estava quase perdendo o equilíbrio e a paciência.

— Não estou pretendendo ser insolente, mas apenas sendo sincero. O senhor que me convenceu a aceitar a consagração me propondo a casar com Zildete, sua filha.

— Sim, porque percebi que vós nutríeis simpatia um pelo outro.

Skipp respirou fundo e falou:

— Agradeço por ter me criado como um filho depois que meus pais foram mortos na invasão saxônica, no entanto não pode conduzir o meu destino. Tanto eu quanto a Zildete, temos apenas sentimento fraternal, mas isso não nos levará a sermos felizes. Ela só aceitou em se unir a mim para lhe agradar.

Mas Skipp não tinha razão no que dizia. O que ele não sabia é que todas as vezes em que foi para o centro urbano, disfarçado de carregador a fim de ver Sophie, Zildete o seguiu e sabia o que se passava. Ela gostava dele, muito mais do que o moço sabia.

— Não é o que ela me diz — disse Ariost.

Skipp ficou calado. Ariost continuou:

— Desde que aquela moça judia apareceu por esses bosques que tu não és mais o mesmo, é uma pena, meu rapaz, mas caso tu decidas descumprir os votos que fizeste no dia da consagração, desfazendo a aliança que jurou debaixo da árvore sagrada, toda a comunidade ficará sabendo e dependendo do teu julgamento, poderás até mesmo ser exilado de entre nós.

Skipp falou abruptamente:

— Vocês não podem fazer isso. Eu sou um druida desde o berço... Meu pai era um Conselheiro...

— Teu pai foi um verdadeiro druida, já tu, bem, estás entrando por caminhos tortuosos e distante de nossas tradições.

No outro dia, Skipp estava sozinho, sentado debaixo da Grande Árvore quando percebeu a presença de Zildete. Ela se aproximou, falando:

— Não vai demorar para casarmos e você será um dos homens mais estimado em nossa comunidade.

Skipp permaneceu sério, sem falar. Ela parecia ignorar o silêncio dele e perguntou:

— E você, está contente?

— Eu não penso em outra coisa — respondeu ele, porém estava ironizando.

Hector olhou sério para Skipp quando ele disse que esteve prestes a casar por obrigação.

— O velhote lhe obrigou a casar tão somente para ser aceito como Conselheiro dos magos?

— Não, não somos magos ou bruxos — respondeu Skipp.

Eles estavam acampados em uma colina, pois a noite havia chegado. Acenderam uma pequena fogueira entre pedras e tinham cuidado para que o fogo não os denunciasse acaso houvesse alguém pelas proximidades.

— Como não? Todos sabem das reuniões ocultas que vocês promovem.

— Ora, Hector, já lhe disse para não acreditar em tudo que falam dos celtas ou druidas.

— Eu não sei mais em que acreditar! — respondeu Hector. — Cresci ouvindo falar que o mundo era sem fronteiras e que poderíamos andar de um lado para outro levando felicidade e esperanças para as pessoas, que nossa música e danças e prognósticos lhes fariam felizes, mas ao invés disso, descobri que queriam minha cabeça por que tão somente sou cigano.

— Não fique triste! — ironizou Skipp. — Você poderia ter sido um carrasco cristão.

Hector cuspiu no chão.

— O quê? Escute, não acredito que todos os cristãos sejam iguais, mas a igreja de Roma mata em nome do Deus deles, onde já se viu isso?

— É, meu amigo… As coisas não são como deveriam ser! — lamentou Skipp.

Hector pressentiu a tristeza de Skipp e, comendo um pedaço de carne salgada, tendo o fogo da fogueira entre os dois, perguntou sorrindo:

— Mas o que aconteceu depois que você conversou com a tal Zilda?

— Zildete! — disse Skipp.

— Isso! Essa mesma — falou Hector, com a boca cheia de carne.

Skipp voltou de onde parara:

— Você não precisa mentir, Skipp! — disse Zildete. — Eu sei que não gosta de mim.

O jovem não respondeu. Zildete continuou:

— Mas eu gostaria que soubesses que eu gosto de você.

Skipp falou:

— Somos como irmãos e eu nunca pensei que Ariost havia me acolhido em sua casa para depois me usar como um de seus membros no Conselho. É evidente que seu pai quer a maioria nas decisões druidas e eu farei essa diferença. Por isso fui consagrado tão jovem e ainda por cima, ele preparou minhas núpcias, que não deixaria de ser com a filha dele.

Zildete se ofendeu ao ouvir suas palavras. Zangada, ela disse:

— Meu pai não seria capaz de tal coisa!

— Por que não pergunta a ele? Procure saber a razão dele ter insistido com a cúpula druida para que aceitasse minha consagração...

— Por que aceitou, então? — perguntou ela.

— Eu não tive escolha! — respondeu ele.

— Como assim?

Skipp respirou e deixou o ar sair dos pulmões, sem pressa.

— Porque eu não sabia que iria ser chantageado depois.

— Mas o que meu pai está lhe pedindo em troca?

— É melhor esquecermos essa conversa... São assuntos que pertencem só a mim e a ele.

Skipp sentiu os braços da jovem de pele clara e olhos verdes e cabelos amarelados lhe rodear o pescoço. Os seios daquela moça de dezoito anos lhe tocaram o corpo e uma sensação impulsiva lhe tomou os sentidos. Ele a segurou pela cintura enquanto os lábios dela tocaram os seus. Ao beijá-la, ele fechou os olhos e sua mente desenhou a face sorridente e inocente de Sophie. Ele continuou a beijar Zildete com força buscando desfazer a imagem da outra moça, no entanto foi em vão. Ele aos poucos soltou Zildete que parecia em êxtase.

— Por que disse que não me amava? — disse Zildete, ainda com os olhos fechados. — Esse beijo foi de pura paixão.

Skipp ficou calado e pensou consigo mesmo: Eu não estava beijando você!

No outro dia, ainda cedo, Skipp foi até a cidade, disfarçado de carregador e procurou Aaron. Ambos se encontraram em uma esquina perto do burgo.

— Então, o que tem para me falar? — perguntou Skipp.

— Estive pensando no que você me disse...

— Você não parece ter coragem de enfrentar seu povo em troca do que você realmente quer...

— E você tem? Tem coragem de trocar a tradição do seu povo para viver à maneira de outra comunidade?

Aaron não esperava aquela pergunta, então respondeu de imediato:

— Acredito que não estamos aqui para falar do que eu seja capaz ou não de fazer. A questão aqui é você e a Sophie...

Mal havia acabado de falar, Aaron escutou a voz de David, seu pai, atrás de si:

— O que tem a Sophie, Aaron? E quem é esse moço?

Skipp sentiu o chão fugir de debaixo de seus pés e Aaron empalideceu.

— Estávamos falando acerca do casamento dela, isso... isso mesmo, apenas isso! Quero fazer uma surpresa dando-lhe...

— Um presente de fora dos muros da cidade... — Acudiu Skipp.

— Sim! — asseverou Aaron. — Por isso estamos aqui, conversando...

David não aceitou de pronto a tentativa do filho e do moço em querer justificar aquela conversa acerca de sua filha.

— Vocês não estão falando a verdade! Aaron, jura pelo Eterno que diz a verdade?

— Que razões eu teria para mentir? Quero o bem para minha irmã e...

— Jura, Aaron?

Magro e alto e um pouco desajeitado, olhos claros e queixo largo, tendo as mãos nos bolsos da bata e sentindo o vento da manhã lhe mexer os cabelos finos e amarelados, Aaron respondeu:

— Eu juro!

Ao falar, ele esperou um raio lhe descer sobre a cabeça, mas sentiu-se aliviado ao ver apenas seu pai a coçar o rosto, como se algo lhe incomodasse. David ouviu o filho e perguntou ao outro moço:

— E você, jovem... Me parece um daqueles druidas dalém bosque... E sua face não me é estranha, lembra alguém!

— Nem todos vivemos lá, senhor! Estar naquele lugar é uma opção.

— Eu sei disso, rapaz! Mas também sei do que são capazes de fazer.

Skipp ouviu aquela expressão como um insulto, no entanto, ficou calado. Enquanto Aaron ainda sentia as pernas tremerem, David perguntou a Skipp:

— De quem você é filho?

— Meu pai era o Conselheiro Lugh, mas fui criado por Ariost.

— Lugh...! — disse David, pensativo. — Claro!

— Conheceu meu pai?

— Provavelmente, jovem! Mas o Lugh que eu conheci morou na Irlanda e não aqui na Bretanha... Mas é uma pena que ele foi morto em uma emboscada na Itália...

— Emboscada? — Skipp falou surpreso. David não tinha mais dúvidas. Ele percebeu que o jovem havia ficado surpreso.

— Não conhece a história de seu pai? Acredito que não! Você deveria ser uma criança de colo quando tudo aconteceu. Mas isso também não quer dizer que o druida que conheci era mesmo seu pai.

Aaron, de certa forma, escutava curioso enquanto Skipp parecia não conhecer sua própria história.

— O senhor disse que meu pai era chefe do Conselho?

— Eu não disse isso, disse que ele era Irlandês!

David, visivelmente constrangido, não quis mais falar sobre o assunto.

— Preciso voltar para a loja. Aaron, Termine o que estavam conversando e vá me ajudar.

— Sim, pai, estou indo após o senhor.

Aaron olhou Skipp e falou:

— Então...

— Não tenho cabeça para isso agora! O que seu pai disse parece ter sentido, pode ser que esse homem a quem ele se referiu possa ter sido mesmo o meu pai. Preciso de alguns esclarecimentos...

Skipp deixou Aaron e voltou para a comunidade em rápido galope. Ele estava confuso, assim, desceu logo entrando na casa de Ariost, que estava sentado junto Aldana, sua esposa e sua filha, Zildete.

— Entre meu rapaz, senta-te — disse Ariost. — Estamos falando sobre o ritual da união entre vós. Achamos por bem fazer daqui a nove dias...

— Precisamos conversar a sós — disse Skipp.

— O que está havendo? Tu estás agitado. Entre nós não há segredos. Pode falar na frente delas.

Skipp sabia que Ariost estava blefando, assim, insistiu:

— Não é nosso costume debater assuntos relevantes da comunidade diante das mulheres...

— Nem em todos os lugares, Skipp. Mas vamos lá fora!

Ariost saiu e logo após ele, Skipp, que sentia os olhos de Aldana e Zildete a lhe fixar suas costas como facas afiadas. Eles foram até a praça e se sentaram em troncos sob as copas de árvores. Skipp perguntou de imediato:

— Como o meu pai morreu?

Ariost pôs a mão sobre o ombro do moço que estava sentado ao seu lado e falou sobriamente:

— Já falamos sobre isso várias vezes.

— Mas o senhor sempre disse que meu pai morreu de peste...

— Sim, em Brescia, Itália. Ele viajou a negócios e contraiu a doença.

Skipp se levantou e sem olhar para trás, falou:

— Por que fiquei sabendo que ele foi morto em uma emboscada?

Ariost fez menção em sorrir e disse:

— Onde ouvistes isso?

— Na cidade. — Skipp respondeu com um nó na garganta

— Acha que estou escondendo alguma coisa de ti?

— E não está? — replicou Skipp.

— Não, meu jovem, apenas não te contei o que realmente aconteceu.

— Então por que sempre me escondeu como ele realmente morreu?

— Para evitar que tu tomasses vingança do sangue dele.

Skipp ouviu Ariost e ficou perturbado.

— O senhor tem alguma coisa a ver com isso?

— Ora, o que estais insinuando? Que matei teu pai? Ele morreu em meus braços olhando para ti e tua mãe, que estava sangrando ao lado dele.

Ariost estava com os olhos perplexos e a face endurecida, quando falou. Skipp engoliu seco e olhou para o chão. Ariost então disse:

— Eu sei o quanto tu amas Sophie, filha do David.

Skipp franziu a testa e perguntou:

— Mas o que isso tem a ver com a morte de meu pai?

— Tem muita coisa...

— Ah, já sei... Vai mudar de assunto para falar da indicação que fez de meu nome para o Conselho e da união com Zildete, mas na verdade o senhor quer mesmo é a maioria no Conselho...

— Que besteira é essa? De onde tirastes essas ideias? E esse complô? Conseguistes imaginar isso tudo sozinho? — Ariost se levantou e se mostrou impaciente. Continuou: — O que estou fazendo por ti é para te proteger do ódio e da vingança! Tu estás apaixonado pela filha do homem que traiu teu pai!

Skipp sentiu uma sensação como se todo seu sangue fugisse de suas veias. Ariost continuou:

— Tu não nasceste aqui na Bretanha. Entre nós, os mais velhos, quase todos são irlandeses. Fugimos por causa da perseguição da famigerada inquisição.

Ariost respirou fundo e sentou-se novamente. Com a face dócil e os olhos lacrimejando, falou:

— Teu pai foi um grande homem, um grande Conselheiro e um sábio druida. Ele mantinha a paz entre as pessoas de nosso vilarejo e mesmo anabatistas, mulçumanos ou mouros, conseguiam viver juntos, sem conflitos. Mas um dia aportou uma comunidade judaica nas redondezas do vilarejo. Eles estavam fugindo da perseguição que se instaurou por quase toda Europa central e Ibéria.

Skipp não sabia se acreditava em Ariost, que continuava a falar.

— Bem, Mesmo fugitivos, os judeus carregavam suas riquezas e não foi difícil para David, homem promissor e com família em formação, se adaptar aos modos irlandeses. Na época, ele tinha apenas um filho. David e teu pai Lugh se tornaram amigos e falavam de muitas coisas. Eu, no entanto, amigo de teu pai e também um dos responsáveis pela comunidade, adverti-o quanto àquelas pessoas que procuravam se separar de todo mundo. Eles simplesmente não se misturavam, mas Lugh não deu ouvidos. Para ele, o que contava era a paz.

— Então eu não nasci aqui? — perguntou Skipp, com o olhar no vazio.

— Não, Skipp, tu és Irlandês!

— Mas o que houve então, depois que o Davis se instalou no vilarejo?

— Passou menos de um ano e a inquisição estava se espalhando por toda parte. De um lado, a Bretanha queimava católicos e do outro, católicos queimavam quem negasse a autoridade da igreja. Nosso vilarejo foi invadido por uma das ordens inquisitórias e foi quase totalmente aniquilada.

— Mas o senhor falou que estavam na Itália quando ele morreu…

— E estávamos! Fomos em busca de médicos para teu pai, por causa da doença que o acometeu. Descobrimos depois que era peste. David

se propôs a ir conosco para lá, mas foi um plano para nos entregar ao comando inquisitório, em troca de poder voltar com seu comércio para o centro Europeu. Assim, enquanto o vilarejo era destruído pelo fogo e muitos que ali viviam eram mortos, nós fomos surpreendidos por guardas armados em uma das esquinas de Milão. Teu pai se lançou sobre tua mãe para a proteger de tiros enquanto te tirei das mãos dela antes de fugir. O último pedido de teu pai, enquanto morria olhando meus olhos, foi para que eu cuidasse de ti e o que aconteceu com ele nunca fizesse parte de tua história. Mas acho que acabei de falhar quanto ao meu juramento que fiz a ele.

Ariost se calou, notando que Skipp se mostrava incrédulo.

— Eu não sei se acredito no senhor — disse ele.

— Eu voltei para a Irlanda e reuni os que escaparam e migramos para cá, para a Bretanha, pois na época havia muita instabilidade religiosa, então, poderíamos passar despercebidos. Mas não demorou a que reviravoltas acontecessem no mundo e vejam só... David acabou aqui, próximo de nós, novamente. Por isso, muitos Conselhos druidas decidiram abandonar as áreas urbanas e se instalarem nos bosques e florestas.

Os dias se passaram depois daquela conversa. Skipp se comportava de forma fria e solitária. Por sua vez, Sophie estava irrequieta. Ela conversava com Aaron que também estava confuso:

— Eu não sei, Sophie, mas nosso pai falou com Skipp como se conhecesse o pai dele. Depois que voltei para a loja, ele me proibiu de falar com Skipp.

— Mas o nosso pai sempre procurou nos proteger das religiões que ofendam o Eterno — disse ela, ao que respondeu Aaron:

— Não acho que seja só isso! Estive pensando no porquê ele escolheu fazer o nosso lanche em família próximo à floresta, em uma colina que dá para ver a comunidade druida.

— O que está querendo dizer? — perguntou Sophie.

— Que nosso pai pode não ser o que achamos que seja.

— E não é! — respondeu uma voz feminina atrás da porta do celeiro.

— Mae! — disse Sophie. — O que faz aqui?

— Já faz alguns dias que observo o comportamento estranho de todos dentro de casa. E um a um sei o que está havendo.

— Como assim? — perguntou Aaron.

— Sophie, por exemplo, está amando um jovem druida, você, Aaron, está frequentando reuniões de anabatistas na fazenda do senhor Lohan.

Ambos ficaram calado e sabiam que estavam à mercê da misericórdia da mãe.

— O que pretende fazer, mãe? — perguntou Aaron. — Contar ao nosso pai?

— Eu poderia fazer isso, mas não seria justo, e como eu disse, ele não é o que aparenta.

Sophie temeu e Aaron ficou curioso. Ariela falou:

— Seu pai não é judeu de origem, ele é um prosélito húngaro. Aproveitador!

Os irmãos nunca haviam ouvido sua mãe falar assim do marido. Ela continuou:

— Seu pai entrou na comunidade judaica para ter maior conhecimento acerca do comércio, se aproximou de mim jurando amor, mas acabou por herdar a riqueza de meus pais. Depois de casados é que ele mostrou sua verdadeira face. Ele não tem escrúpulos e vende qualquer um para obter vantagens.

— Por que nunca nos falou sobre isso?

— Porque uma mulher está disposta a qualquer consequência para ver seus filhos livres do sofrimento. Mas já é hora de vocês saberem a verdade.

Ela olhou para os filhos, principalmente para Sophie e disse:

— Sim, seu pai fez acordo com a igreja católica e entregou a comunidade druida irlandesa para os inquisidores em troca de favor, ele é o responsável direto pela morte de Lugh, o pai de Skipp, o jovem druida a quem você ama.

Ariela contou toda a história. Sophie sentiu o estômago revirar. Aaron estava perplexo. Ariela continuou:

— E tem mais: O casamento que ele arrumou para você, Sophie, é para que ele seja sócio nos negócios de Asher. Além disso, ele está firmando contrato com um homem irlandês, um tal de Telbhus, que contrabandeia pessoas como escravos, para entregar a comunidade druida além do bosque.

Sophie, por fim vomitou e Aaron sentiu as pernas tremerem e seus olhos ferverem.

— Não pode ser verdade — disse ele. — Meu pai não chegaria a tanto.

— É difícil de acreditar, mas já chega de tantas mentiras. Conduzam suas vidas como se não soubessem de nada, mas não sejam reféns, como eu sou. Ah, e você, Aaron, se eu não o vir por aqui, quero saber que tenha fugido para a casa de nossos parentes nas terras lusas. Procure pela família Schnneider, nas ilhas Madeira. Minha irmã, Marta, mora lá.

Ariela saiu e Aaron disse:

— Vamos à aldeia druida.

Ambos subiram na carroça e seguiram até às margens da floresta. Depois, entraram e foram até à Grande Árvore. Ao chegarem, viram Skipp sentado sobre a raiz exposta.

— O que fazem aqui? perguntou ele.

— Vocês precisam fugir, não vai demorar para que sejam presos e levados como escravos — disse Aaron.

— Seu pai deve estar por trás disso, imagino! — respondeu Skipp, sem olhar para eles.

— Ele está falando a verdade — disse Sophie, se aproximando.

— Você não tinha que estar se arrumando para seu casamento, que será amanhã? — Skipp perguntou ironizando.

— Não vou me casar com Asher, há muita coisa envolvida e além do mais... Amo você!

Skipp fechou os olhos e se manteve de costas para ambos. Sem olhar para trás, disse:

— Por favor vão embora. E você Sophie, leve seu amor com você e dê para outro.

Ele se virou e apontando para Sophie, disse:

— Você sabia que seu pai é o responsável pela morte do meu?

— Sei de toda a história. Mas só fiquei sabendo hoje, por isso estou aqui. Se quer que eu vá, irei, mas quero que saiba que você não está sendo justo, eu não matei seu pai... E... Estou disposta a largar tudo para estar sempre com você.

Aaron e Sophie, que estava com a face em lágrimas, iam saindo quando ouviu Skipp falar:

— Esperem um pouco, venham comigo.

Eles voltaram e foram até a vila onde Aaron contaram o que estava prestes a acontecer. Naquele mesmo dia os druidas fugiram da vila, migrando para o sul da Bretanha.

— Por que não vem conosco, Skipp? — perguntou Ariost.

— Vou para a Irlanda, em busca da minha família.

Ele se aproximou de Zildete que falou:

— Não precisa dizer nada! Vá com ela e seja feliz.

Eles estavam no porto e enquanto os cerca de cento e trinta druidas tomavam carroças para seguirem caminho tendo à frente Ariost, Skipp e Sophie subiam em uma embarcação rumo à Irlanda.

— Por que não vem conosco, Aaron? — perguntou Skipp.

— Preciso resolver algumas questões com meu pai. Depois, bem... quem sabe chegarei até vocês.

— Quando precisar, me procure — disse Skipp. — Sempre terá um lugar para você em nosso lar.

Os irmãos se despediram e cada um foi para seu lado. Aaron voltou e enfrentou seu pai David, que, em estado de fúria, expulsou o filho, deserdando-o de tudo. Assim, Aaron abandonou o lar e seguiu com sua mãe para a Ibéria, na terra lusitana, onde esteve algum tempo com a família Schnneider. Na Irlanda, Skipp se casou com Sophie e reuniu na antiga comunidade druida os antigos membros do Conselho.

— Sua vida é meio bagunçada, amigo — disse Hector, após ouvir o relato de Skipp, que mantinha a atenção em um grande ajuntamento de pessoas reunidas na vila, lugar onde eles haviam acabado de chegar.

Mesmo próximo ao vilarejo, eles permaneceram dentro da mata, agachados. Skipp fez sinal para que Héctor se aquietasse e apontou, falando:

— Soren! O que ele está fazendo no meio daquela gente e por que está amarrado?

Capítulo V

Heyra, Naualli e Cuatl: Entre Deus e o Diabo

A cada dia que passava, Heyra se sentia cada vez mais angustiada. A forma de vida daqueles nativos era totalmente estranha àquela que ela vivera em sua casa ou quando esteve no vilarejo de Rayner ou mesmo na casa do Sr. Anderson, onde teve bons momentos com sua senhora, Isabelle.

A frequência com que os nativos saíam para a caça ou para o trabalho eram significativos. Ela estava a dois dias sem dormir bem, pois qualquer som próximo onde estava sendo mantida prisioneira a fazia despertar. Sentindo-se só e percebendo que era vigiada em todo momento, ela entrou em estado de desgosto profundo. Certa noite, chorou amargamente enquanto gritava consigo mesma:

— Inferno! É isto que se tornou minha vida... Por que ainda vivo se sinto que a morte me consome a cada minuto?

Heyra se lançou de joelhos no canto da pedra fria e disse:

— VIDA! — gritou ela. — DEUS...! — gritou entre os dentes mordendo a barra de sua própria veste. Ainda em prantos, desabafou: — Você não existe e se existe acho que nunca se preocupou com minha vida... Minha mãe estava errada quando me levava para as reuniões de oração escondida de meu pai... Pai... Eu não tenho pai, só conheci um monstro vestido de pai que me negociou como se eu fosse uma prostituta...

Largando sua própria boca no pó, Heyra sentiu o gosto áspero da terra em sua língua.

— Por que não morri no naufrágio?

Ela se recompôs e sentou-se tendo a cabeça entre os joelhos. Recostada no canto da casa, passou as mãos nos cabelos e pressentiu que estavam desarrumados. Ela cheirou sua pele e o mau cheiro lhe causou náuseas. À sua frente, a comida que lhe serviam continuava intacta.

Quero a morte! Pensou ela.

Ela fechou os olhos e pressentiu o sabor salgado da lágrima no canto da boca, passando-lhe a língua ela a engoliu. Aos poucos o senso lhe voltou e foi quando percebeu que haviam feito silêncio. Não se ouvia nenhum barulho a não ser o som da própria floresta que se negava a adormecer. Heyra fez um esforço e se pôs de pé, olhando pela pequena janela na parede.

Onde está todo mundo? Pensou ela.

Não demorou para que a resposta à sua pergunta viesse nos toques de tambores acompanhados de frenética canção exalada por gritos arrebatadores. Eram vozes de alegria e batuques rápidos e atordoadores.

Heyra se aproximou da porta e percebeu que estava aberta. Ela saiu e foi rumo aonde todos estavam. Seus olhos percorreram em redor. Seu pensamento era fugir, mas havia nativos fazendo sentinela em toda parte. Sentada em uma pedra, não muito longe da reunião, sentiu uma ponta aguda de uma lança lhe tocar as costas.

— Vamos, estávamos à sua procura — disse um dos nativos, lhe puxando até o ritual. — Naualli quer que você assista nossa comemoração.

Ele falava, mas Heyra não entendia. Ao chegarem no ajuntamento ela percebeu que Naualli, chefe da tribo, vestia roupas sacerdotais. Ao seu lado, Cuatl também se encontrava ornamentado com riquíssimos artefatos de penas de aves coloridas. Eles estavam sobre a pirâmide central e Naualli tinha uma faca nas mãos.

Rodeados por sacerdotisas e servos, eles permaneciam calados e inertes enquanto os demais à sua volta e na base da pirâmide, dançavam de forma alucinada até que o som se acalmou de repente.

Uma portinhola se abriu atrás dos dois e o nativo da outra tribo que estava sendo cuidado por jovens Mexicas, foi levado até o altar do sacrifício. Novamente todos fizeram silêncio. Naualli, antes de o sacrificar, disse, olhando para o povo:

— Essa oferenda foi cuidada por todo um tempo de lua para ser sacrificada hoje, ao deus da providência e do destino. Ele nos guiará em nossos caminhos e nos dirá o que fazer. Nos dará chuvas para nossas plantações e nos trará caça para sobrevivermos. Certamente nos livrará dos homens maus que destruíram nossa grande cidade e se apossaram e profanaram o Templo Maior, expurgará o falso deus branco vindo de longe e nos manterá unidos para que juntos, sobrevivamos ao que ainda havemos de enfrentar.

Naualli ergueu as mãos e os nativos gritaram dando urros de alegria e aprovação. No céu, a lua se descobriu das nuvens como que por encanto. Seus raios encheram o lugar com sua luminosidade e Heyra ouviu Naualli proferir palavras ininteligíveis lançando a faca com toda sua força contra o jovem, lhe cortando o pescoço. Depois lhe abriram o peito, arrancando-lhe o coração. Naualli o mordeu engolindo o pedaço que ficou em sua boca. Entregou o que restou ao seu irmão que também fez o mesmo, repassando posteriormente pequenos pedaços para os valentes e nobres da tribo.

Enquanto o jovem era despedaçado, cerca de dez outras pessoas foram sacrificadas uma após a outra. Elas não reagiam, mas sentiam-se prestigiadas por doarem suas vidas e corpos para os deuses em prol da sobrevivência do povo Mexica.

— Que horror! — disse Heyra, olhando os corpos desfalecidos sendo jogados escada abaixo e repartidos entre os nativos que os cortavam, colocando-os no fogo dentro de grandes vasos, comendo-os depois.

Angustiada, ela correu até seus aposentos deixando um rastro de vômito pelo caminho. Na pirâmide, Naualli gritou:

— Tragam a mulher de outras terras... Tezcatlipoca pede seu coração em oferenda!

Cuatl arregalou os olhos e se aproximou do irmão, dizendo:

— Não pode oferecer Heyra em sacrifício... Ela não foi consagrada nem separada para esse dia.

— Está questionando a vontade do deus da providência e do destino, meu irmão?

— Não é a vontade dele que questiono, mas sua ambição em sacrificá-la. Desde que eu a trouxe que você, meu irmão, a segue por todos os lados, até mesmo quis se apossar dela, mas cheguei a tempo de evitar tal aborrecimento...

— Eu estava possuído por Huehuecoyotl que a queria fecundar...

— Eu não vi sinais do velho coiote em seus gestos nem tampouco em sua fala.

— Cuatl está insinuando que eu estou mentindo? Sou o chefe e sacerdote e poderia tê-la a qualquer momento...

— Não sem meu consentimento. Aquela mulher pertence a mim e sou bravo guerreiro jaguar, defenderei minha posse...

Enquanto os dois irmãos discutiam acerca do destino de Heyra, ela se infiltrava por um duto de águas que descia da montanha e conseguiu passar pelas sentinelas sem ser notada. No entanto, não andou muito para perceber que havia homens espanhóis espreitando o que se passava na montanha à frente.

Na cidade refúgio do grupo Mexica, Cuatl havia corrido até os aposentos de Heyra para a livrar de ser sacrificada, mas não a encontrou, assim, ele lançou de sobre si o cocar de penas e saiu a procurá-la.

— Heyra! — gritou Cuatl.

Os espanhóis fizeram sinais entre si e armaram uma emboscada para prenderem Cuatl, mas antes que conseguissem chegar até ele, Heyra se aproximou dele segurando-o pelo braço e o abaixou, junto a si, dizendo baixinho:

— Silêncio... Quieto! Há homens maus aqui.

— Como sabe disso?

— Eu os vi e estão à sua procura...

Cuatl fez menção para Heyra segui-lo. Eles caminharam pela selva até o tronco oco de uma árvore, onde entraram. De lá, o nativo pôde ver o acampamento dos homens.

— Como não percebemos a chegada deles? — perguntou Cuatl a si mesmo, mas deixou que Heyra o escutasse.

— Eu poderia muito bem ir embora com eles — disse Heyra.

Cuatl olhou para ela. Sua face demonstrou rigidez e docilidade ao mesmo tempo.

— Então vá! — disse ele. — É seu povo... Povo que mata por prazer...

— E vocês se acham diferentes? Estão matando e se alimentando dos corpos de seus semelhantes...

— Nós oferecemos a vida aos deuses e eles nos garantem a sobrevivência. Morrer para os deuses é um privilégio para poucos!

— Me poupe de seus privilégios! — disse Heyra, com a face gélida e olhos enojados.

Cuatl a ouviu, mas sua preocupação era outra.

— Preciso avisar os outros. Seremos escravizados e levados para os campos de plantação ou para as minas...

— Como? — perguntou Heyra, surpresa.

— Sim, esses homens não são do grupo do falso deus que queimou nossa cidade e o Grande Templo, além de matar Montezuma, nosso grande líder. Eles são piores... E também vejo Mexicas entre eles, estão se vendendo a homens maus e traindo seu povo.

Heyra estava boquiaberta. Então perguntou:

— Há quanto tempo que vocês conhecem homens assim?

— Há alguns ciclos do sol e da lua, tempo bastante para saber que eles se dizem amigos, mas querem apenas ganhar nossa confiança... Depois ou escravizam ou matam.

Heyra estava tentada a se mostrar para os espanhóis, pois não sabia se acreditava em Cuatl.

Eles podem me salvar! Pensou ela. Não parecem ser da ordem dos inquisidores.

Cuatl segurou em sua mão e a puxou rumo ao refúgio de pedras, mas ela parou e não quis segui-lo.

— Vamos! — disse ele.

— Eu não vou voltar com você.

— Eu preciso alertar meu povo para que fuja...

— Esses aqui são meu povo, se eu voltar lá, serei morta.

— Se eu não for a tempo, seu povo usará armas que cospem fogo contra nós, nos tirando a vida... Seremos...

— Não vou com você, já disse!

Cuatl pegou Heyra pela cintura e a jogou sobre o ombro, correndo pela selva com ela nas costas.

— Pare seu selvagem! Me largue...

Heyra gritou por socorro e cerca de trinta espanhóis foram em direção ao grito, guiado por um Mexica.

— O que você fez? — disse Cuatl, agitado.

— Então me largue — gritou ela.

Cuatl a lançou no chão olhando-a e reprovando sua atitude.

— Espero que sua morte seja mais lenta do que se fosse sacrificada para Tezcatlipoca.

Ele a deixou e correu o mais rápido que pôde até chegar à cidade refúgio. Agitado e com os olhos arregalados, Cuatl fazia gestos com os braços e gritava:

— Parem! Escutem... Parem...!

Naualli estava rodeado por dançarinas seminuas e sujas com sangue humano. Com uma parte de carne nas mãos, estando nas escadas que davam acesso à parte alta da pirâmide central, ergueu os braços e todos se calaram.

— Prendam meu irmão! Ele desacatou o ritual de sacrifício para os deuses, além de ajudar uma das oferendas a fugir...

— Esperem... Não, meu irmão...! Eu não ofendi aos deuses e você sabe disso.

Naualli ia falar, mas entes que dissesse alguma coisa, Cuatl falou:

— Homens maus estão cercando nossa cidade, esse refúgio não é mais seguro... eles estão na selva... Agora... com Mexicas traidores.

Cuatl estava cansado e falava atropelando as próprias palavras.

Enquanto isso, Heyra corria ao encontro dos homens espanhóis, sendo supostamente acolhida.

— Ora, ora, mas o que é isso? — disse o homem de cabelos negros e barba no queixo, sem bigode.

— Eu sou da Europa, Irlanda... Estava presa com esses bárbaros nativos — respondeu Heyra.

O homem sorriu triunfante como se tivesse encontrado uma jazida de ouro.

— Você é muito bela para estar nas mãos de nativos selvagens. Como veio parar aqui?

— Naufrágio, senhor...

— Ah, então você é uma das sobreviventes do galeão!

Heyra pressentiu certo temor lhe tomar o coração, no entanto não negou:

— Sim, eu... — Ela se lembrou de Tayrus. — ...Fui ajudada por um dos homens que estavam no porão...

— Então você não está sozinha! Onde estão os outros?

— Estou só, senhor! Eu não sei se há outros, fui encontrada só, por um nativo que...

O homem sorriu e não a deixou terminar a frase.

— Não importa! — disse ele. — Você agora está segura e seguirá conosco.

Heyra, então perguntou:

— Como se chama, senhor?

— Ferraz! E você, bela jovem, qual a sua graça?

— Heyra!

— Heyra... A mais valiosa de toda carga — disse ele. Depois chamou dois homens e disse:

— Vocês, voltem com ela! Nós vamos terminar o que viemos fazer.

— Para onde me levarão? — perguntou Heyra, sem entender o significado real do que ele dissera.

— Para uma vila segura... Você ficará bem. Lá há outros que foram resgatados do naufrágio, não tema — respondeu Ferraz.

Heyra pressentiu que ele escondia a verdade. Talvez Cuatl tivesse razão quando lhe aconselhou a não se revelar para eles, pensava ela, no entanto era tarde demais para se arrepender da decisão que tomou.

No refúgio de pedra, Cuatl havia sido vencido pelo descrédito de seu irmão Naualli. Ele conseguiu fugir do refúgio e foi procurar Heyra, mas não a encontrou. Ao entrar na selva ouviu o som das armas dos homens maus, subjugando parte do que havia restado de sua tribo. Ele fechou os olhos em sinal de tristeza e lamentou o que temia estar acontecendo.

Voltando para onde havia deixado Heyra, não a encontrou, mas percebeu que havia rastros por onde seguiram, assim, resolveu ir atrás dela. Algum tempo depois ele avistou um acampamento. Nele, estavam Heyra e dois homens que a escoltavam. Cuatl se aproximou e ouviu a voz dela em agonia:

— Me soltem... Deixem-me...

Cuatl correu até a tenda e ficou diante dos dois homens que estavam seminus prontos a violentar Heyra, que já estava desnuda.

— Um selvagem! — gritou um deles segurando a arma. Cuatl entesou o arco e atirou acertando-o no peito. O outro segurou Heyra e lhe pôs a faca na garganta.

— Por que está me ameaçando? — perguntou ela, sentindo a lâmina quase a lhe ferir a pele.

— Esse nativo parece lhe conhecer... Você não nos contou tudo...

Ela, mesmo de costas, pôs a mão direita do lado do homem puxando sua arma e em gesto rápido ia atirar na cabeça dele, mas ele se moveu e o tiro passou. Sentindo o estrondo zunir em seus próprios ouvidos e pensando ter matado o homem, ela disse:

— Vocês também não foram verdadeiros no que disseram.

Depois de ter atirado, ela se deu conta do que fez:

— Meu Deus, o que fiz? Sou uma assassina.

— Você não o matou, é minha faca que está no peito dele — disse Cuatl.

Heyra então percebeu que o nativo havia matado seu algoz.

— Eu disse para não confiar neles. — Cuatl falou quase gritando.

— E confiar em quem? Em você? Vocês iriam arrancar a minha pele e comer o meu coração. — Heyra estava irada.

— Meu irmão deixou ser levado pelo momento de exaltação do ritual...

— Aquela luxúria embebida em sangue e mortes chamada de sacrifício é adoração?

— Você não sabe o que diz — respondeu Cuatl, olhando a mulher nua a sua frente.

Heyra não se deu conta que estava sem vestes. Sua carne tremia e seu coração estava acelerado. Em dado momento ela suspirou olhando para o alto e deixou ser tomada pela emoção:

— Malditos, malditos, malditos! — gritou ela.

Cuatl se aproximou com as roupas dela nas mãos. Ele as entregou, mas ela não se importava em estar sem elas. Heyra olhou para o guerreiro alto e forte a sua frente e falou:

— Acabe logo com isso, mate-me! Tire minha vida e leve meu coração para seu irmão sangrento. Vamos, mostre que é igual a ele ou ao menos tenha a decência de ser... Peço que seja rápido para que eu não sofra mais.

Ela sentou-se no chão e sentiu que havia colocado a perna em cima do sangue de um dos homens, mas não se importou.

— Mulher Heyra fala demais, carrega muita dor e tristeza — disse Cuatl, agachando-se ao seu lado.

— O que você entende de dor? — perguntou ela.

Ele sentou-se ao lado dela, recostando-se em uma pedra. Fechou os olhos e respirou fundo, deixando o ar sair aos poucos, enquanto falava:

— Aqueles homens que encontramos na selva invadiram a cidade refúgio e provavelmente mataram os velhos e doentes e podem ter poupado os homens fortes e jovens e as mulheres, para as violentarem. Os mesmos que você achou que iriam lhe salvar... Amigos desses aqui, mortos, que iriam abusar de seu corpo.

Heyra ficou calada, sentindo o nariz escorrer e as lágrimas a lhe encher o canto da boca. Mesmo ouvindo seu próprio soluço, a voz de Cuatl era o único consolo que lhe chegava aos ouvidos:

— Eu tenho tantos motivos quanto você para não querer mais viver.

— Duvido muito — disse ela, segurando a roupa em uma das mãos.

Cuatl então falou:

— Cuatl já teve mulher e filho.

— Acredito que todos de seu povo também tenham, mas o que houve com eles? — perguntou ela.

Cuatl então começou a falar, relembrando os dias a que se referia:

— O nome dela era Xail... Meiga como uma flor.

Cuatl deixou um sorriso suave se formar ao falar de sua mulher.

— Meu filho se chamava Ollin, ele era meu pequeno sol.

Dessa vez, foi uma lágrima que rolou de seu olho esquerdo.

— Você também chora? — perguntou Heyra.

— Isso não é fraqueza, é apenas sinal de que sinto falta deles.

Heyra começou a sentir frio, pois a noite estava gelada e ela havia se acalmado. Assim, mesmo sentada, começou a vestir-se. Depois, foi para perto da pequena fogueira, enquanto ouvia o guerreiro Mexica falar.

— A face de Xail parecia brilhar no dia em que fomos ao Templo Maior para cultuarmos ao deus sol... Ollin tinha apenas dez tempos. Mas não havíamos só nós no Templo. Os homens maus já haviam chegado em grandes navios e o líder deles, Hernán, fez aliança com Montezuma, nosso líder maior. Assim, eles andavam de um lado para outro com total liberdade. Hernán foi reconhecido como o cumprimento de uma profecia em que ele seria a encarnação do deus Quetzacoat.

— Você já me contou essa história — disse Heyra, já vestida.

— Mas eu não falei que prenderam e mataram Montezuma, nosso líder maior. Roubaram nosso ouro e prata, forçaram nossas mulheres e nos espalharam como o pó que resta da terra.

Cuatl não conseguiu esconder a tristeza que se manifestou na face.

— Naquela noite, Ollin, meu filho, morreu sangrando em meus braços e Xail, minha mulher, se retorcia com as mãos onde sai a vida depois de ser abusada por mais de dez invasores. Ela me pediu para que lhe tirasse sua vida. Ainda sinto o sangue quente dela em minhas mãos junto com a suavidade de sua pele.

— Não precisa dizer mais nada — falou Heyra.

— Você quis saber... Acha que só você tem motivos para pedir a morte?

Heyra não respondeu, embora sentisse vontade de falar. Ela olhou em volta e a presença dos dois homens mortos parecia intrusa. À sua frente, Cuatl ergueu a face e respirou fundo enchendo o peito de ar e retornando a sua posição de guerreiro.

— Vamos! — disse ele.

Antes de saírem, Heyra perguntou:

— Você esteve me espionando enquanto eu estava detida...

— Não espionei, mas a ouvi chorando quando me aproximei de sua morada. Temi que tirasse sua própria vida.

— E por quê? — perguntou ela.

Sem responder, Cuatl apontou em direção à cidade refúgio. Com cuidado, eles se aproximaram e puderam constatar o que Cuatl temia. A cidade estava em chamas, havia muitos mortos e o guerreiro pôde constatar que fizeram muitos prisioneiros.

— O que faremos? — perguntou Heyra.

— Você pode ir! Está livre, volte para seu povo, procure onde estão...

— Eu não sei para onde ir e não há ninguém a quem eu possa recorrer...

— Isso não é problema meu.

— Agora não sou problema seu? — Heyra estava zangada. — Me trouxe para cá, quase me degolou...

— Eu salvei você! Lhe tirei das margens das águas e lhe livrei das mãos de meu irmão. Lhe mantive distante do desejo dos homens da tribo e você vira contra mim sua face?

Heyra se atirou contra ele para lhe bater, mas Cuatl a sustentou e lhe abraçou. Chorando, ela disse:

— Não me dixe só... Certamente morrerei.

Cuatl sentiu em seu peito as lágrimas quentes de Heyra a lhe tocar. Sentindo o cheiro azedo de seus cabelos, ele nada falou, mas a abraçou ainda mais forte.

Na fortaleza fechada, Ávila havia dado ordens para que ninguém fosse levado para o trabalho forçado antes de verem o fim dos revoltosos. Eram cerca de oitos horas da manhã e a vila estava repleta de pessoas que rodeavam um grupo de homens sentados e que permaneciam acorrentados em dez troncos, sendo cinco homens em cada um deles presos cada qual em sua corrente em uma argola de ferro.

Ávila se aproximou do grupo e falou:

— Não foi bom o que aconteceu ontem, infelizmente dez insubordinados foram mortos, mas foi preciso. Já esses — ele apontou para os prisioneiros à sua frente —, não parecem ter noção do que fizeram.

Ávila chegou onde estava Sorem e colocando a mão sobre a sua cabeça, sentenciou:

— Este aqui chegou há dois dias e já encabeçou um ataque contra mim, por isso será o único a ser enforcado. Os demais serão açoitados e levados para as minas.

Houve um grande murmúrio e Aaron gritou:

— Não é verdade! Soren não encabeçou nenhuma rebelião.

— Como não? — perguntou Ávila se voltando para Aaron. — Ele estava na frente de todos com ira no olhar indo em minha direção...

— Senhor, tudo pode ser explicado — apelou Aaron.

— Já chega! — gritou Ávila. — Cumpram o que ordenei. Vinte açoites em cada um, menos no moço, pois será enforcado depois do meio-dia.

Os escravos foram postos de pé e depois açoitados. As marcas ficaram em suas costas e alguns desmaiaram por conta das feridas abertas. Suas famílias lhes socorreram e quem estava só, foi acudido por quem manifestou solidariedade.

No alto da colina, dentro da mata, Skipp e Hector a tudo viram e ouviram.

— Meu filho, Soren, condenado à morte por aqueles inescrupulosos.

— O que pretende fazer? Estamos desarmados e eles são muitos.

— Precisamos pensar em alguma coisa.

Enquanto Skipp e Hector pensavam em como entrar na vila, Soren era deixado sozinho no meio da praça, acorrentado ao tronco. Dentro da casa, Ávila foi confrontado por Liv, que se aproximou dele quase que pedindo licença para falar:

— Senhor, precisa rever a condenação daquele moço.

— E por que se interessa tanto por ele?

— Porque ele é meu irmão.

— Não foi o que percebi em seus olhos e nos dele quando os vi pela primeira vez, vocês não se olham como irmãos.

— Fui adotada pelos pais dele, senhor, crescemos juntos! Mas nossos sentimentos são apenas...

— Não me interessa o sentimento que vocês têm um pelo outro.

Ávila precisou erguer o rosto para a olhar, pois estava sentado em um banco, trocando as botas.

— Sabe, todas essas pessoas pertencem a mim e a um quase sócio, inclusive você. A vida e a morte de vocês me pertencem e se serão açoitados ou não, quem decide sou eu! Acha que poderia me convencer a soltar seu irmão que mais parece seu pretendente?

Liv sentiu a timidez e o medo lhe invadirem como lhe era peculiar quando seu pai chamava a sua atenção, quando ela ainda era criança. Ávila percebeu a fragilidade dela e disse:

— Você é a mais bela mulher que entrou nessa vila. Eu não deixarei que nada lhe aconteça, mas terá que se comportar. Caso eu perceba que tentará soltar seu irmão ou qualquer outra atitude que desmereça minha parcialidade e graça com você, eu mesmo a matarei, entendeu?

Ela engoliu seco e meneou a cabeça em sinal que havia entendido.

— Isso mesmo! — disse ele, se levantando e passando as mãos nos seios dela. Depois, beijou sua face e saiu.

Nojento! Pensou ela, segurando a chave do cadeado das correntes que prendiam Soren, pois ela havia roubado do bolso de Ávila, quando ele se aproximou dela para a beijar.

Nas minas, Aaron estava inconformado. Trabalhava sentindo o coração apertado e o estômago a lhe incomodar.

— Eu não consigo parar de pensar em meu sobrinho, eles o matarão pela tarde ou ao pôr do sol.

— Possivelmente, mas precisa ter fé nesse momento...

— Fé? O que você entende de fé? — retrucou Aaron.

Antes que Zaki respondesse, um capataz lhes feriu com açoites:

— Vamos, parem de conversar e trabalhem! — gritou ele.

Os homens se curvaram com a dor e voltaram para suas ocupações, enquanto os demais os olhavam demonstrando que precisavam se libertar.

Skipp havia decidido libertar Soren.

— Eu não vou deixar você descer e ser morto por aqueles mercenários filhos de rameiras — falou Hector segurando o braço de Skipp, que mantinha o olhar fixo em Soren, que estava deitado na areia sentindo o sol a lhe fustigar as costas.

— Ele vai morrer naquela situação.

Depois de falar, Skipp soltou o braço das mãos de Hector e ia descer, viu Liv sair da casa e ir ao encontro de Soren.

— Liv? Ela está viva! Graças a Deus.

— A que Deus você agradeceu? — ironizou Hector.

— Ao que estiver ouvindo — disse Skipp sem olhar para Hector.

— Aaron também deve estar aí!

— Espero que sim, Hector, espero que sim!

No centro da vila, sentindo o calor do sol a lhe queimar a pele da face, Liv se aproximou de Soren, que era vigiado por três homens.

— Não é permitido ninguém se aproximar do condenado — disse o responsável pela guarda.

— Ele morrerá de sede, precisa de cuidados — respondeu Liv, olhando para Soren, que havia se sentado quando ela se aproximou.

— Ele vai morrer de qualquer forma! — respondeu o homem, rindo alto com os demais.

— Ele pode até morrer, mas não agora, não de sede! — respondeu ela, pegando uma concha e enchendo-a com água de uma jarra de barro e pondo na boca de Soren que bebeu depressa.

— Ei, o que está fazendo? — disse o homem lhe batendo na mão, jogando a concha para longe.

— Volte para dentro! — disse Soren. — Não é bom que venha aqui.

Liv ficou olhando para o moço que estava com a face ressecada pelo sol. Seus lábios estavam secos, rachados e sangrando. Seus cabelos desarrumados eram balançados pelo vento. Ela pôs a mão no bolso da própria veste e segurou a chave. Seu rosto ficou apreensivo.

— Volte para dentro da casa! — disse ele, quase gritando, pois percebeu que ela estava prestes a tomar alguma atitude para tentar soltá-lo.

Do alto, fora da vila, Hector percebeu o comportamento vacilante de Liv.

— Ela está para fazer uma loucura! — disse ele.

— Como assim? — perguntou Skipp.

— Eu conheço as mulheres, sou um cigano, esqueceu? Canto, danço e lhes falo besteiras... *yo soy muy caliente!*

— Você é muito é canastrão... — disse Skipp.

— Assim você ofende minha honra, *hombre!* — respondeu Hector, com a face sisuda, olhando para Skipp.

— Por que você disse que Liv prestes a fazer algo? — Insistiu Skipp.

— Porque eu sei, e só! — respondeu Hector.

— Acho que você se enganou... ela está voltando para dentro da casa.

Skipp tinha razão, pois Liv estava retornando para a casa depois que viu Ávila voltando da inspeção diária que fazia pelos campos e pelas minas de ouro. Ele havia entrado pelos altos portões de palha e madeira e, acompanhado por seis capatazes armados, desceu do cavalo e foi até onde estava Soren, sentando-se em uma pedra ao seu lado.

Ávila pegou a concha que estava dentro da pequena jarra que Liv havia levado e bebeu deixando as gotas se derramarem próximo à face do moço acorrentado.

— Sabe, você não foi o primeiro a querer acabar com minha vida, Muitos outros já tentaram!

— Eu não tenho nada a ver com a rebelião dos mineiros.

— Pode ser, mas alguém tem que pagar pela insubordinação do grupo.

— Que grupo? Não conheço ninguém a não ser meu tio...

— Por isso mesmo terá que ser você. Eu sabia que eles se rebelariam por isso meus homens os estavam esperando... No entanto você me facilitou as coisas.

— Como assim? — Quis saber Soren.

— É difícil para mim ter que me desfazer de um escravo forte e ágil no trabalho toda vez que se rebelam. Eles custam caro, sabia? Acha que é com pouca prata ou com pouco ouro que os inquisidores se deixam corromper? Aqueles padres miseráveis!

— Então por que quer me enforcar se sabe que não sou o responsável pela confusão?

— Porque vocês fazem parte de uma entrega mista, homens, mulheres, até velhos eles enviaram...

Ávila cuspiu no chão. Depois falou:

— Eu pedi belas mulheres jovens fortes e eles me mandaram uma carga que se afogou nas águas. Infames!

Ávila cuspiu no chão novamente, levando a mão no bolso da camisa, tirando um charuto já usado. Ele o acendeu e baforou a fumaça em direção do rosto de Soren, dizendo:

— Do que foi reavido da carga do galeão, pelos meus homens, só poderei aproveitar cinco mulheres nos prostíbulos, tanto para os meus homens quanto para os viajantes.

Soren ficou perturbado. Pensou em Liv.

— Está pensando em levar minha irmã para esses lugares? É por isso que está cuidando dela?

— Eu ainda não sei o que farei com ela... É a mais bela que já vi pisar nesse mundo de condenados. Belos olhos, bela face, belo corpo, dentes fortes, voz suave e meiga e um andar provocante... Vai depender de como ela se comportar comigo, entende?

Ávila riu alto com tom malicioso e irônico. Soren sentiu suas entranhas se remoerem. Ele estava com ciúmes.

— Ela é uma jovem pura... Nunca foi tocada por homem algum.

— Mesmo? — perguntou Ávila interessado. — Quer dizer que ela nunca se deitou com um homem? Vocês nunca...?

— Eu só estou dizendo que...

— Que ela terá o prazer de ter a mim como seu homem! — completou Ávila. — Sua virgindade será minha.

— Maldito! — gritou Soren.

— Foi bom conversar com você antes de sua morte. Eu não sabia que ela era uma estrada cujos viajantes ainda não percorreram. — Ávila ria alto, sendo acompanhado por seus capangas, que lhes rodeavam.

O homem se pôs de pé e, com a face sisuda, pensando em Liv, disse:

— Vou deixar para lhe enforcar à noite, pois quero que morra sabendo que sua irmã adotiva ou sua amada já sentiu o calor e a força de um homem de verdade.

Enquanto Ávila entrava em casa, Skipp disse:

— O que eles discutiram tanto? Sorem parece aflito.

— Claro, com certeza aquele homem que parece ser o dono do lugar o deixou mais irritado.

— Sim, mas eu gostaria de saber o que ele falou — disse Skipp.

Não muito longe dali, Cuatl e Heyra voltavam para o lugar onde ele a resgatou. Ela andou próxima à areia olhando para dentro do mar, depois voltou para próximo do nativo que mexia em alguns galhos de plantas.

— Duas pessoas estiveram aqui! — disse ele.

— Como você sabe que exatamente duas estiveram aqui?

— Pelos rastros e pela forma que passaram entre as plantas, veja... rastros de homem... Essa aqui é pegada de uma mulher, não tão velha...

Heyra escutava e olhava para o chão e para as plantas sem perceber o que o nativo dizia. Cuatl continuou:

— Não faz muito tempo... Não estão longe!

— Podem ser dois nativos...

— Não! Meu povo foi levado prisioneiro por homens maus, há alguns vilarejos de homens que escravizam pessoas como você!

— Você me falou deles, mas não o suficiente para que eu tenha uma opinião.

— Eles são muitos e estão em lugares separados. Grande multidão deles veio com falso deus... ele tem maior força e muitos guerreiros... Montam em bestas e carregam armas que cospem fogo, vivem nas grandes cidades de pedras que conquistaram de nós. Entre eles há sacerdotes que carregam um instrumento de madeira ou ouro no peito e dizem que seu deus morreu nela, mas que depois voltou à vida e pôde salvar a todos, mas eu não entendo como um deus que morreu pôde salvar quem está vivo.

Heyra sorriu sem querer, então disse:

— É um pouco complicado lhe falar agora, mas eu entendo um pouco do que eles dizem, embora eu não saiba muita coisa.

Eles caminhavam dentro da selva enquanto conversavam, mas próximo da orla.

— Então você conhece de quem eles falam? Como conheceu ele?

Heyra sorriu novamente, depois falou:

— Minha mãe ia em uma pequena igreja no vilarejo onde vivíamos. Eu era criança e não lembro de muita coisa. Só lembro de um padre com um cálice dourado erguido sobre a cabeça e uma grande cruz atrás de si. Depois de algum tempo, minha mãe deixou de ir naquela igreja e foi para um grupo onde havia um pastor... ele também falava de Jesus... Mas era diferente...

— Jesus! Sim, foi sobre ele que o homem de preto falou enquanto nos fustigava...

Heyra mudou o assunto:

— E o outro grupo de pessoas, como ele é?

Cuatl parou de andar e olhou para Heyra. Ela devolveu o olhar e de certa forma, sentia-se segura com ele.

— Eles montam suas vilas próximas das colinas onde há minas de prata e ouro... Também plantam, mas são plantas diferentes das que os outros homens maus cultivam.

Heyra, embora tenha estranhado o que ouviu, nada perguntou. Cuatl continuou:

— Esses homens não escravizam Mexicas ou Maias, eles só têm pessoas trazidas por grandes embarcações que ancoram próximo às areias de onde lhe tirei. Os navios param no alto mar e as pessoas são trazidas em pequenos barcos... Depois, são levadas para os campos e minas de escravos.

— Sabe onde fica essa vila?

— Sim, eu sei! — respondeu ele. — Mas é melhor ficarmos longe de lá...

— Acha mesmo que todos são iguais? Eles podem ser diferentes e...

Cuatl se irou:

— Já esqueceu o que tentaram fazer com você?

— Está certo, você está certo... Me desculpe — disse Heyra agitando as mãos e a cabeça. — Mas até onde estarei segura com você? O seu irmão queria me matar...

— Eu não sou o meu irmão! — disse Cuatl, sussurrando.

— Mas você é um nativo que sacrifica pessoas e come sua carne...

— Eu sou o que nasci e vivo como sempre vivi, não queira tentar me mudar.

— Não estou querendo mudar você, mas preciso me sentir segura.

— Se não fosse por mim você já estaria morta. Se não fosse pelas águas do mar teria sido pelas mãos de meu irmão ou pelas mãos dos homens que queriam lhe ferir ontem à noite.

Heyra se sentiu ingrata, mas confusa.

— Me desculpe, olhe, você não sabe como eu me sinto.

— Eu não me importo, só quero que saiba que não quero sua morte...Nem comer sua carne!

Ele falou de forma suave olhando-a nos olhos, quase sem pronunciar as últimas palavras. Cuatl passou para diante dela e Heyra percebeu o quanto ele era alto e forte. Seus cabelos soltos lhe chegavam aos ombros e sem o cocar ficavam livres.

Tendo o arco nas mãos e flechas nas costas, além de uma clava achatada de madeira, como uma espada serrilhada do lado, ele entrou na selva dando um grande círculo fazendo sinal para que ela não falasse ou fizesse barulho. Cuatl se agachou próximo de um arbusto e apontou para Heyra. Ela olhou na direção dele e viu um pequeno vilarejo rodeado por cercas de madeiras com duas choupanas de varas revestidas de barro e cobertas com palhas de coqueiro.

— Quem mora ali? — perguntou ela.

— Sacerdotes que não vieram com homens maus. Eles chegam em navios com pessoas e esperam outros homens armados e montando bestas as acorrentarem e levarem para colinas e para as minas.

Padres ou monges! Pensou Heyra.

— Tem alguém lá?

— Sim! Eles esperavam o navio em que você estava e que afundou. Muitos foram salvos e já levados para o homem mau que comanda aquele lugar.

— Mas parece que as choupanas estão vazias.

— Devem ter ido para as cidades onde aportam as outras embarcações. Elas são maiores e mais coloridas — respondeu ele.

— Como assim?

— É nessa região que eles descem com as pessoas que são levadas para as minas nas colinas. Mas não moram aqui, só vêm para cá quando chegam escravos. Eu só queria que você visse.

Comerciantes de pessoas. Pensou ela.

Heyra desceu com Cuatl e se aproximou do lugar. Depois, foi até uns corais dentro do mar onde havia pedras sujas com sangue e várias cordas além de aguilhões de ferro jogados em uma ou outra parte.

— Acredita em mim agora? — perguntou o nativo Mexica.

Ela não precisou responder para dizer que sim.

— Quanto tempo eles demoram para trazerem pessoas? — perguntou Heyra.

— Não muito tempo! — respondeu ele.

Ambos saíram dos corais e foram até próximo das casas. Eles abriram o portão da cerca e Cuatl pressentiu que um golpe com madeira lhe seria dado pelas costas. Ele se virou rápido e evitou ser acertado. O homem alto de barbas amareladas e olhos verdes se agarrou a ele e ambos caíram rolando no chão.

— Ei, parem! — gritou Heyra.

— Você... Estava no galeão. Eu a salvei! — disse o homem.

— Sim, sou eu mesma! — respondeu Heyra, olhando Anelise sair de detrás da casa, se aproximando com um pedaço de madeira na mão, perguntando:

— O que estão fazendo aqui? E...?

Heyra não sabia o que dizer. De certa forma estava contente por ver outros sobreviventes, mas sentia temor.

— Cuidado! — disse Tayrus para Anelise.

Ele ainda estava em guarda para se defender e acenou para Anelise ficar atrás dele. Cuatl puxou uma flecha e colocou no arco. Heyra se aproximou dele, tocando no arco e dizendo:

— Acho que estamos do mesmo lado!

— Sério? — perguntou Tayrus. — Tem certeza que não está sendo capturada por esse nativo? Ele já disse pra você que geralmente somos o alimento que eles comem na ceia?

— Cuatl salvou minha vida — disse Heyra.

— Ah, salvou!? É sério mesmo? Achei que tinha sido eu! — Ironizou Tayrus.

— Sim, claro... Obrigado pelo que fez por mim quando o galeão naufragou, mas esse nativo me salvou quando eu estava desacordada na praia.

— Ele tem nome, é? Que bom! Posso confiar nele?

— Isso eu não posso dizer — respondeu Heyra, tocando no nativo, falando de Tayrus:

— Ele salvou minha vida, também estava preso no navio, amarrado junto a mim — disse ela para Cuatl, que respondeu:

— Não confio em homens vindos de outras terras.

— Viu só? Seu amigo quase nu não confia em mim! Como vou confiar nele? — disse Tayrus, armando os punhos novamente.

— Cuatl, ele não é igual aos homens que você conhece, ele também foi vendido como escravo. Você mesmo me disse que não é igual ao seu irmão e quer que eu confie em você.

Heyra se aproximou de Tayrus e lhe tocou falando para Cuatl:

— Ele não vai atacar você nem lhe fazer mal.

— Fale por você! — respondeu Tayrus.

— Você não está ajudando — disse Heyra.

Cuatl desarmou o arco e colocou a flecha na aljava. Olhou para Tayrus e disse:

— Vou confiar no que ela diz, mas não confio em homem de cabelo amarelo.

Cuatl passou por ele e olhou para Anelise que correu para o outro lado de Tayrus.

— Como você fez amizade com essa besta da selva? — perguntou Tayrus.

— É uma longa história e não sei se eu saberia contar agora. E não o chame assim! — respondeu Heyra.

— Mal posso esperar para ouvir sua história — disse Tayrus.

Enquanto Cuatl forçava a porta de uma das casas, entrando nela, Heyra falava com Anelise.

— Lembro de você presa a um homem já velho, no galeão.

— Era meu pai! — respondeu Anelise, arrumando o cabelo que caía sobre o olho.

— Acha que ele sobreviveu? — perguntou Heyra. Anelise não respondeu.

— Ele está bem agora — disse Tayrus. — Provavelmente no paraíso ao lado do ladrão que morreu na cruz.

— Ah... Jesus morreu na cruz! — respondeu Heyra.

— Mas tinha ladrões com ele, não tinha? — ironizou Tayrus.

— É, você tem razão, um deles pediu para ir para o paraíso — respondeu Heyra.

Anelise perguntou:

— Você está sozinha? Quero dizer, há mais sobreviventes com vocês?

— Não sei se há, Estou sozinha... Mas você quem é? Como se chama? — Heyra estava curiosa, mas antes que Anelise respondesse, Tayrus falou:

— Essa é uma pecadora que dormia com um padre inquisidor e que eu acabei a salvando na praia, o amor dela a condenou para o purgatório.

Heyra fechou os olhos e perguntou para Tayrus:

— Você não pensa antes de falar as coisas?

— Tudo bem! — respondeu Anelise. — Ele tem razão. É verdade o que ele diz.

— Viu só! — disse Tayrus, se vangloriando. — Eu disse a pura verdade.

Cuatl chegou próximo da porta, chamando-os para dentro. Eles entraram e encontraram carne conservada no sal e peixes secos ao sol.

— Quem usa este lugar vai voltar — disse Tayrus.

— Como tem certeza? — perguntou Heyra.

— Porque além da comida fresca, eles deixaram moedas de ouro e prata nesse pequeno baú atrás do fogão de barro.

Heyra olhou e disse:

— São de diversos lugares.

— O que torna o dono desse pequeno tesouro uma pessoa com grande aquisição, acho que vou levar.

— O que fará com essas moedas? — perguntou Anelise.

— Eu só deixarei em um lugar seguro, depois eu penso no que fazer com elas.

Enquanto Cuatl apenas observava o lugar, a atenção dele foi atraída por barulho externo.

— Há pessoas lá fora — disse ele.

Heyra olhou pela pequena janela e viu quatro homens se aproximando, vindo da praia.

— Vamos!

Eles saíram e ficaram escondidos do lado de fora. Os homens chegaram e entraram nas casas, dois em cada uma delas.

— Padres! — disse Heyra.

Um deles saiu da casa em que eles entraram e falou para os outros dois que estavam na outra:

— Há alguma coisa para comer?

— Sim, há peixes e carne salgada.

Não demorou para que saíssem e ficassem no centro do acampamento, dentro dos muros, porém sendo observados pelo grupo que estava na colina acima, ouvindo e vendo o que acontecia.

— Vamos embora, podemos ser descobertos — disse Anelise.

— Não, precisamos saber o que esses padres estão fazendo nesse lugar ermo — disse Tayrus. Heyra concordou, enquanto Cuatl parecia preocupado.

Era tarde e não demorou chegar a noite. Os padres acenderam uma fogueira e conversavam muito, porém eram assuntos sem interesse para o grupo. De repente, um deles disse:

— Eles estão atrasados! Já era para terem trazido o que pedimos.

— Calma, irmão Juan, logo chegarão.

Do alto da colina, Heyra se perguntou: Quem?

Tayrus pareceu ouvir o que ela pensou:

— Eles devem estar esperando comparsas ou alguma mercadoria humana para contrabandearem.

— Eu não teria dificuldades em matar um a um daqui com flechas... Depois colocaria fogo naquele lugar — disse Cuatl.

— Calma, guerreiro, precisamos saber em que esses pretensos sacerdotes estão metidos.

Anelise apontou para a orla onde havia uma pequena elevação rochosa que recebia as águas do mar. De cima dela, uma fileira de tochas seguia em direção a eles.

— A serpente de fogo! — disse Cuatl.

— São apenas tochas carregadas por pessoas — disse Heyra.

— Sim, eu sei, mas ela sempre traz a desgraça com ela. Sempre que aprece, há homens maus que carregam escravos.

Tayrus ficou observando e percebeu que Cuatl tinha razão. Os homens chegaram à praia e eram cerca de trinta trajando roupas típicas de Castela com pistolas em uma das mãos enquanto empunhavam espadas e tinham pistolas na cinta.

— São nativos! — disse Tayrus.

— Povo de minha tribo! — falou Cuatl tentando se levantar, mas contido por Tayrus.

Os quatro padres deixaram as casas e foram ao encontro do grupo que chegara à praia. Lá, eles encontraram os mercenários com o que consideravam produto de caça.

— Mas eles são malditos índios nativos dessa terra de ninguém! — disse Juan, o padre responsável pelo grupo. — Onde estão os condenados que escaparam do naufrágio?

— Não encontramos ninguém a não ser uma vila de índios. E ao que parece, eles escaparam do massacre do Grande Templo.

— Eles não servem! Sem falar que estão em péssimas condições, estão prestes a morrer. Quantos trouxeram?

— Há quinze homens e oito mulheres! — disse um dos mercenários.

— Podem levá-los de volta — disse Juan, dando de costas. — Deem um fim neles.

— Mas queremos receber por nossa caça — resmungou o mercenário.

— O acordo não foi cumprido, pedi para reaverem os condenados que estavam no galeão e não bestas das selvas! Não receberão nada por isso!

O mercenário pegou uma adaga e pôs no pescoço de um dos padres e falou:

— Ou vocês nos pagam ou deixaremos esses nativos terem sua vingança em vossos pescoços.

— Sabe muito bem que se ferir um representante de Deus estará condenado ao inferno! — disse o padre Juan.

— Se eu vou para o inferno, para onde vocês irão, então? O inferno deve ser um paraíso diante do lugar para onde vossas almas estão reservadas... E se é para livrar o mundo de gente de sua estirpe, eu não me importo de vos levar pessoalmente aos braços do Diabo!

Juan pressentiu ódio nas palavras e na face do mercenário, pois o mesmo cuspia enquanto gritava tendo a adaga no pescoço do padre Ernesto, homem calvo, baixo e de olhar despretensioso, que já começava a sangrar.

— Guarde sua adaga! — disse o padre Juan. Depois se dirigiu para o padre Mendes, dizendo:

— Traga algumas moedas de prata do recipiente.

— Eu quero ouro, padre, ouro! — disse o mercenário.

— Tudo bem, acalma-se! Traga as de ouro, seis delas — disse Juan.

Ao ouvir o que o padre Juan falou, Tayrus fechou os olhos e disse:

— Espero que aquele maldito padre não saiba quantas moedas tinham dentro do baú.

— Você pegou algumas? — perguntou Heyra.

— Algumas? Claro que não! — respondeu Tayrus.

— Então não tem do que se preocupar — falou Heyra.

— Eu peguei todas! Só tinham vinte.

— Ah, Deus que nos proteja! — disse Heyra fechando os olhos.

Cuatl apontou para a floresta e disse:

— Vamos por aqui, há uma cova nas pedras.

Eles se esconderam em uma caverna que era camuflada por parreiras e plantas de folhas largas e grandes. Enquanto isso, o padre Mendes voltou desesperado:

— Não encontrei as moedas!

— Como não as encontrou? Eu as deixei...

O padre Juan apontou para o mercenário com a adaga na mão e falou:

— Vocês já nos roubaram e querem mais, não é? Malditos!

— Não sabemos do que estás a falar padre. Mas se não recebermos nossas moedas, certamente deixaremos esses nativos livres para derramarem o sangue de todos vocês.

Na caverna, Tayrus perguntou para Cuatl:

— Você não vai livrar o seu povo?

— Eles não pertencem mais ao meu povo, são famílias que deixaram suas tribos e se uniram tão somente para sobreviverem da caça e da pesca no mar. Não são guerreiros e por isso, não conseguem se defender de ataques de homens maus.

Tayrus respirou e disse:

— Você disse que eram... Acha que podemos livrá-los daquelas pessoas?

Cuatl respondeu:

— Não teríamos chance alguma, homens maus são muitos e têm armas que cospem fogo.

Heyra olhou para a face de Cuatl que voltou a se manter ríspida. Ela tocou em sua mão e falou:

— Eu lamento pelo que ocorreu com seu povo...

— Os deuses vingarão nossas famílias e todo o mal que esses homens que carregam dois paus unidos no pescoço espalham, por onde passam deixam rastros de sangue.

Tayrus olhou para Cuatl e falou:

— Você também é bem esquisito com esse monte de madeira na boca e essas pinturas no corpo. Aliás, quantas aves matou para fazer esses enfeites?

Cuatl sabia que estava sendo provocado, mas continuou calado. Ele sempre procurava se mostrar sóbrio. Anelise disse para o nativo:

— Nem todo homem que carrega aquele símbolo é mau, e aquilo é uma cruz.

— Cruz? — perguntou Cuatl.

— Sim, uma cruz! É um símbolo de fé... — Ela foi interrompida por Tayrus:

— Foi em uma daquelas que eles mataram seu próprio salvador. Dá para entender isso?

Cuatl escutou e olhando para Anelise, disse:

— Eles também mataram muitos de meu povo que não quiseram entrar nas águas de sua fé naqueles símbolos, que deus se deixa morrer para depois permitir que seus seguidores matem outros como ele foi morto?

— Boa pergunta — respondeu Tayrus, olhando para Anelise de maneira irônica, esperando uma resposta. Heyra, que estava à entrada da gruta, entre as folhas, interveio:

— Eu não acho que essa discussão sobre divindades vai nos livrar agora, pois temos que fugir logo: Eles estão vindo!

Na praia, os padres haviam dado cada um uma moeda de ouro e outra de prata de seus alforjes para se verem livres dos mercenários, que levando os prisioneiros para algumas gaiolas feitas de madeira, no fundo da localidade cercada, foram embora.

Os padres depois de se certificarem que os prisioneiros estavam bem guardados, voltaram e ficaram próximo da entrada da pequena vila, falando alto. Da gruta, o grupo os ouvia claramente:

— O que faremos com esses nativos? — perguntou o padre Mendes para Juan.

— Eu não sei, mas podemos tentar negociá-los com...

— Acha mesmo que ele vai querer esses nativos? — Interrompeu o padre Pereira, homem alto e de cabelos negros, pacato e muito devoto, advindo da Ibéria lusa.

— Certamente que não! — respondeu o padre Afonso, conterrâneo do padre Pereira.

— Aquele homem é cruel! — falou Juan. — Como nossos irmãos do Santo Ofício se meteram com gente dessa espécie? Aquele homem é o próprio diabo em pessoa.

Ao ouvir Juan, os demais padres abaixaram a cabeça sussurrando por socorro divino. Da gruta, Tayrus ficou sério e disse:

— Acho que eles não são tão diferentes de quem estão falando!

— De quem estão falando? — perguntou Heyra.

— Nem queira saber, mas garanto que é o responsável por esses condenados, além de nós, estarem sendo trazidos para essas terras da coroa de Espanha.

Heyra se calou sentindo uma sensação estranha se formar em seu estômago. Os padres ainda conversavam:

— Quando ele voltará? Já era para ter chegado — disse o padre Mendes.

— Pode ser que tenha passado em alto mar e não tenha nos encontrado. Nossa vinda para cá não foi fácil e o caminho até as propriedades de Ávila não é um caminho tão fácil de percorrer — falou Juan.

Na gruta, Anelise disse:

— O galeão! Acho que eles falam de um galeão que vi dois dias atrás.

— Onde? — perguntou Tayrus.

— No dia que você me salvou. Quando você entrou no mar e foi pescar, enquanto mergulhava, ao longe, muito longe, vi um vulto como um navio... Tenho certeza que era.

— E por que não me disse nada? — perguntou Tayrus sob o olhar de Heyra e Cuatl, que mostrou inquietação com o que ouviu.

— Eu não tinha certeza, então, achei melhor não dizer nada.

Tayrus se mostrou impaciente. Meneou a cabeça de forma negativa enquanto Cuatl falou:

— Eles não vão para a Grande Cidade, esse grande barco fica nas encostas, não tão distante daqui. Eles carregam escravos vindos de longe.

Tayrus olhou para o nativo e ainda irritado falou:

— Você parece que sabe de tudo aqui, não é?

— Essas ser terras onde nasci, essas serem minhas terras!

— Claro que sim! — disse Tayrus.

— Por que está tão desesperado? — perguntou Heyra a Tayrus.

Ele não respondeu, mas perguntou para Anelise:

— Consegue se lembrar de algum detalhe do navio? Cor das velas, cor da proa?

Anelise parecia forçar a memória em busca de alguma resposta para Tayrus, então disse:

— Sim, a proa parecia ser vermelha!

Tayrus respirou fundo e deixou o ar sair. Depois disse:

— É ele, certamente o demônio que até mesmo os padres temem.

— Quem? Quem é esse monstro? — perguntou Heyra, incisiva.

— Eu espero que você nunca o conheça, afinal de contas, ele não poupou a própria filha para negociar um galeão e ganhar dinheiro vendendo bruxos e bruxas para mercenários desse novo mundo, esse purgatório dos condenados.

Ao ouvir o que Tayrus falou, Heyra deixou seu corpo recostar na parede de pedra e desceu até sentar-se no chão. Franziu a testa e o gosto amargo chegou a sua boca. Tudo a sua volta começou a rodar e ela desmaiou, falando de forma inexpressiva para quem a escutava:

— Não pode ser o meu pai...!

Capítulo VI

Aaron e Ariela: No galeão do demônio

Enquanto Soren continuava preso no centro da praça da vila e Liv procurava junto à Ávila uma forma para libertá-lo, Skipp e Hector estavam prestes a pôr em ação um audacioso plano para libertar o jovem. Já Aaron, tendo a companhia de Zaki, estava desolado por se sentir inútil.

— Certamente Skipp me mataria se estivesse aqui.

— Acredito que seu sobrinho será salvo da forca.

— Ah, Zaki, não queira confortar um judeu quase cético no seu próprio Deus.

Ambos estavam sentados no chão, do lado de fora de uma velha construção de pedra, com as costas coladas na parede. Entre o transitar de uns e outros que passavam por eles, Zaki perguntou:

— Seu sobrinho parece ser muito importante para você.

— Aqui, nessa vila, sou como o responsável por ele, mas pobre dele, pois não consigo nem cuidar de mim mesmo.

— Não fale desse jeito... Me faz lembrar minha esposa e minha filha, onde estarão se é que ainda estão vivas?

— Provavelmente em algum lugar muito melhor do que onde estamos, pois esse lugar deve ser o inferno! — respondeu Aaron.

Zaki olhava para Soren e sua vontade era se levantar e espancar os guardas que o vigiavam, no entanto, ele olhava para os próprios punhos e via correntes entre argolas a lhe prenderem as mãos. Aaron pressentiu o que ele pensava e falou:

— Não pense em fazer alguma besteira, eles são muitos e por mais que você tenha servido ao monarca da Escócia, aqui, isso não vale nada. Se você se erguer para querer libertar meu sobrinho, com certeza será morto com um tiro no peito, antes mesmo que chegue perto dele.

— Eu sei disso! — respondeu Zaki. — Por isso ainda estou sentado.

Aaron fechou os olhos e pensou alto, sem perceber que Zaki o escutava:

— Sophie, Sophie, me perdoe onde você estiver... Skipp, onde você está?

— Está falando sozinho? A loucura é comum em lugares como esse, principalmente em velhos.

— Vá para o inferno você também! — disse Aaron. Zaki percebeu que o homem ao seu lado estava perdendo o controle da situação, então perguntou:

— Você parece ter gostado muito de sua irmã. Estou certo?

Aaron fechou os olhos enquanto falava as primeiras palavras. Depois fixou o olhar em Zaki:

— Minha irmã foi como um anjo na terra... Meiga, educada, bela! Já eu, bem, eu sou outra história.

— Então me fale de você, enquanto pensamos em como libertar seu sobrinho.

Aaron não se ressentiu em falar, mas era como se tivesse encontrado a chance de desabafar, pondo para fora algumas memórias que carregava consigo. Assim, após coçar o rosto, disse:

— Meu pai sempre foi contrário ao casamento de Sophie com Skipp, o druida.

— Uma judia casada com um druida? Que interessante! — disse Zaki, mantendo o semblante sereno.

Aaron continuou:

— Bom, eu fui praticamente responsável por isso ter acontecido, quer dizer... Eles já se amavam. De certa forma, contribuí para que se casassem.

As lembranças de Aaron o levaram até o dia em que enfrentou seu pai, após Ariela, sua mãe, revelar para ele e para Sophie o verdadeiro caráter de David:

— Então toda aquela conversa de sinceridade entre os membros da família só servia para mim e para Sophie? — perguntou Aaron para David, seu pai, que continuava sentado atrás da mesa do escritório.

— Eu não sei o que sua mãe lhe disse, mas peço que reconsidere suas acusações contra mim e então pensarei em não lhe fustigar com a vara e talvez não lhe deserdar...

— Para o inferno com suas mentiras! — Aaron estava gritando. David se levantou e foi até onde ele estava, próximo à janela.

— Já chega! — gritou David, depois de bater na face do filho, que sentiu o sangue escorrer por um dos orifícios do nariz. — Não ficarei ouvindo difamações de um filho que mal consegue trabalhar para se alimentar.

Aaron empurrou David e lhe perguntou, olhando nos olhos:

— Diga que é mentira que não está negociando sua própria filha envolvendo-a em um casamento tão somente por interesses!

David ficou olhando o filho e não disse uma palavra, mas sentia que os olhos estavam quase a saltar das órbitas.

— Como eu imaginei: Minha mãe tem razão!

David deu as costas para o filho, perguntando:

— O que mais você sabe sobre mim?

Aaron respondeu de imediato:

— Que você é o responsável pela morte do pai do rapaz druida! Aliás, responsável pela prisão e negociação de muitos deles, que você vende pessoas como se fossem mercadorias.

David não se abalou. Pegou um cachimbo dentro de uma caixa sobre sua mesa e o acendeu e com calma, disse:

— Acha que é fácil manter uma esposa, filhos e empregados apenas com o que se ganha no marcado? Há muitas formas de se ganhar dinheiro e você já deveria saber disso, mas é muito parecido com sua mãe, por isso nunca me atrevi a envolvê-lo em negócios realmente lucrativos.

Aaron sentia o cheiro forte do tabaco misturado com a fumaça baforada por seu pai. Ele tossiu e sentiu os olhos arderem. David continuou:

— Vá, vá embora! Não se considere mais meu filho nem tampouco se atreva a ainda estar na minha casa quando eu chegar à noite.

— Não vai nem tentar negar o que eu disse?

— E por que eu faria isso? — perguntou David. — Está tentando me convencer ao arrependimento como fazem os anabatistas, aqueles fanáticos hereges com quem você anda envolvido, ou acha que não sei?

Aaron sentiu suas pernas tremerem.

— Você não passa de um rapazote que nem sabe dominar uma fêmea ainda! Vamos, suma de minha frente e vá aprender a viver e ser homem por conta própria.

David esmurrou a mesa com as mãos a ponto de as pessoas na rua ouvirem o barulho. Aaron saiu com os olhos lacrimejando e sentindo as mãos frias. Ele se sentou em um caixote na rua e pensou: Talvez ele tenha razão, preciso assumir que não sou mais criança e que não posso viver às suas custas.

Deixando tudo para trás, o rapaz subiu em um dos cavalos da carroça e seguiu para casa. Ao chegar, contou o que houve para Ariela que o ajudou a fazer suas malas e, juntos abandonaram a residência e foram para a casa da tia dela na Ibéria Lusa, onde foram acolhidos pelos Schneider.

Zaki ouvia o relato em silêncio, mas não conseguiu evitar a pergunta:

— Mas qual foi a reação de seu pai ao saber que sua mãe também saiu de casa?

— Não foi difícil ele nos encontrar! Após dois anos, um grupo de inquisidores aportou nas Ilhas Madeira, onde estávamos.

Aaron começou a relatar o que houve:

— Aaron, Ariela, onde estão vocês? — gritava Marta Schnneider.

Ela era uma judia cujos cabelos ruivos até os ombros em conjunto com seus olhos claros lhes decorava a face, deixando-a com uma aparência gentil. Ela entrou em casa ofegante e chamando por sua irmã e por seu sobrinho. Saul, seu marido, de olhos da cor do límpido céu, cujos cabelos já lhe haviam caído quase por completo, beirando os sessenta anos, lhe acudiu, perguntando:

— O que houve, mulher? Por que tanta gritaria?

— Inquisidores na Ilha... E...

— E o quê? Vamos, fale logo antes que eu tenha um ataque súbito de nervos — disse Saul.

Marta olhou para Ariela e disse abruptamente:

— David, seu marido, está com eles.

— Eles quem? — perguntou Aaron, entrando na sala e colocando o cinto na calça, pois já havia se recolhido para dormir.

— Oficiais da inquisição da Ibéria espanhola e... David, seu pai, está com eles.

— Não me admira! — respondeu Aaron, pegando seu chapéu e indo até o porto. Lá se valeu da escuridão e constatou que Marta tinha razão.

Ele voltou para casa e disse à sua mãe:

— Não podemos mais ficar aqui!

Depois olhou para Saul e Marta e aconselhou:

— Deveriam fazer o mesmo!

— Eu e Marta não corremos perigo, somos considerados cristãos novos, filhos daqueles que a igreja batizou aos montes para não abandonarem a Ibéria e levarem suas riquezas — disse Saul, olhando para o chão.

— Sei, são marranos! — disse Aaron. — Mas vocês vivem no ritual judaico...

— Entenda Aaron, nossa fé no Eterno não mudou. Somos judeus e como tal morreremos, mas os bispos nos deixam em paz se vamos às missas ou se comungamos...

Aaron falou ríspido:

— Quer dizer que por quase dois anos vocês nos enganaram vivendo como judeus piedosos em nossa frente, mas quando saíam à noite estavam indo para a igreja romana?

Marta, esfregando as mãos, disse:

— Me envergonho diante do Eterno e de vocês, mas foi para que não houvesse suspeita que havia anabatistas em nossa casa.

Aaron engoliu seco enquanto ouvia a doce voz de Marta, que falava sem querer agredir o filho de sua irmã. Então, após Aaron ficar calado, Saul disse:

— Não sei por que está nos acusando se você também viveu como um verdadeiro judaísta, embora saibamos que não seja, aliás, nem você nem sua mãe.

Ariela não deixava de olhar para Marta, enquanto Saul falava:

— Sei que vocês viveram como judaístas para estarem conosco, e eu e Marta, que nunca deixamos a Lei, vivemos como cristãos romanos, lá fora, para que nossa casa não fosse vasculhada. Aqui, em casa, foi como estar em uma sinagoga quando nos reuníamos...

— Por que não disse nada? — perguntou Ariela.

— Porque não nos compete julgarmos a quem quer que seja, ademais, vocês têm sangue judeu e são o nosso sangue também.

Aaron se levantou e sem olhar para Saul disse:

— Me perdoe, eu fui um tolo! Me considera um apóstata?

— Você deve escolher quem seguir, se a esse tal profeta Jesus ou se ao Eterno.

Aaron se virou e olhando para Saul, perguntou:

— Como soube que somos anabatistas?

Saul sorriu e Marta o acompanhou.

— Por algumas vezes você deu graças pelo pão terminando a oração em nome de Jesus. Sei que tentou consertar o que falou, mas não foi tão genial assim no que disse depois.

Todos riram e Marta falou olhando para a irmã:

— Também ouvi Ariela orando e chorando sozinha, no porão da casa, suplicando a que o eterno protegesse Sophie, mas aí ela sempre introduzia a súplica para Jesus. Bom, dessa forma, não foi difícil entender que são cristãos anabatistas.

— Mas qualquer cristão faz isso, acho que até mesmo vocês quando vão à missa! — disse Aaron.

— Pode ser — respondeu Marta. — Mas apenas repetimos palavras, vocês denotam e transpiram paixão e devoção a quem oram.

Enquanto falavam, um grande barulho eclodiu. A vizinhança estava agitada. De repente, tiros e gritos de horror foram ouvidos.

— Vocês precisam ir! — falou Marta.

— Minha irmã! — falou Ariela, chorando, enquanto abraçava Marta. Saul os apressou:

— Vamos, corram até o estábulo e peguem cavalos. Sigam para Funchal e lá procurem por Abelardo, ele tem uma barca bastante forte para vos tirar dessa região. Não sigam para as ilhas Canárias nem para os Açores… Sigam para longe, muito longe…

Enquanto Saul gritava, Aaron e Ariela já estavam descendo para os estábulos. Eles prepararam os cavalos e saíram rápido por entre as árvores que formavam um frondoso bosque atrás da residência dos Schnneider. Seguindo a orientação de Saul, eles foram para o porto e enquanto caminhavam, podiam ver a fumaça e o fogo sendo protagonistas daquela noite de perseguição.

Com grandes cruzes e embebidos pelo ódio e rancor, oficiais da inquisição adentravam as casas e arrastavam aqueles que não confessassem o cristianismo sacro imperial, lançando muitos deles em gaiolas de ferro. Nesse frenesi queimaram algumas mulheres acusando-as de serem bruxas, sem dar-lhes nenhuma chance de defesa.

Durante parte da noite, David, que estava junto ao Oficial Superior no gabinete da igreja central, procurava alguns nomes em um arquivo.

Achei, finalmente! Pensou ele.

Após pedir licença ao Superior, ele foi à residência dos Schnneider, que não ficava muito distante do centro, levando consigo dez homens contratados por ele. Ao chegarem, seus cavalos fizeram muito alarde e David pôde se certificar que a Ordem inquisitória já havia passado por pela região, no entanto, a residência dos Schnneider estava intocada. Ele desceu e foi direto para lá. Sem bater à porta, entrou com muita arrogância.

— Pois não? — falou Saul, sentado em sua poltrona, tendo ao seu lado sua esposa Marta e à sua frente, também sentado em uma confortável poltrona, o padre oficial da Ordem, Dom José.

David ficou surpreso, mas não se intimidou:

— Eu não sabia que hereges recebiam em suas casas o inquisidor local para tomarem chá, enquanto o resto da cidade arde em fogo com os corpos de outros hereges e insubmissos à igreja.

Dom José se levantou e perguntou para Saul:

— Quem é este?

— David, um apóstata do judaísmo e que agora se diz cristão romano.

Saul estava calmo e não se levantou de onde estava. David falou:

— Onde estão os demais?

— Quem, David? Você sabe que Marta é estéril e não temos filhos. Quem mais estaria comigo a não ser meus dois criados?

— Você sabe de quem estou falando! — Insistiu David.

Dom José interveio, falando e apontando para David:

— Você! Sim, você estava junto com o Oficial Superior quando os barcos aportaram. Invadiram a ilha e também as casas, acusam todos de heresia e até mesmo a paróquia local foi tomada pela Ordem Superior.

— Que eu saiba o senhor é da Ordem Inquisitória, mas não estava cumprindo direito a sua função. Sabe que se unir com quem não acata os caminhos santos da Santa Igreja e até mesmo ser amigo deles é o bastante para levá-lo ao tribunal…

David ainda não havia terminado de falar e o padre Dom José lhe pegou pela camisa e empurrando-o no chão, disse apontando o dedo em sua direção:

— Eu relatarei tudo o que estão fazendo aqui! A Ilha da Madeira não acolhe hereges e seus moradores são fiéis aos mandamentos e dogmas do Santo Padre. Já vocês, nem sei quem são! Aquele homem que se diz Oficial Superior não tem legitimação, pois não traz...

O padre Dom José foi silenciado ao receber um tiro pelas costas, dado por um homem que entrou silenciosamente. Marta levou a mão à boca enquanto Saul a abraçava.

— Não precisava disso — falou David para o suposto Oficial Superior.

— O que queria que eu fizesse? Deixar que ele relatasse tudo para a Igreja Lusa? Isso chegaria até Roma e depois, bem você sabe, já há bastante conhecimento acerca de nosso contrabando de insurgente à Igreja.

— Por favor, vão embora! — falou Saul.

David o olhou e disse:

— Onde está minha esposa e meu filho? Para onde fugiram?

Ao ouvir a pergunta, o suposto Oficial Superior inqueriu David:

— Então é por isso que você insistiu tanto em vir a essa maldita Ilha? Por que sabia que sua esposa e seu filho estavam aqui?

David respondeu sem olhar para ele, mas ainda encarando Saul:

— Você já tem o que queria, eu lhe dei mais de cem pessoas que podem ser facilmente acusadas de heresias e condenadas para o novo mundo... Entre eles, inclua esses dois, pois são judeus e...

— Ao que me parece eles são ligados à sua família e ao seu povo, você não é judeu?

David cuspiu no chão, dizendo ao suposto Oficial Superior:

— Você conhece a minha história, Telbhus... Sou tão judeu quanto você é capitão de navio comercial ou inquisidor.

— Casou com minha irmã para entrar em nossa comunidade e depois apostatou — disse Marta. — O Eterno te julgará! — completou ela.

— Estarei longe quando isso acontecer — ironizou ele.

Depois, David chamou seus homens e ordenou que lançassem fogo em toda a casa. Desesperada, Marta chorava enquanto Saul era arrastado para uma estaca. Depois de amarrado, ele foi espancado, mas não confessou que Ariela e Aaron estiveram ali, até que Telbhus disse:

— Mate os dois! Eles já ouviram e viram demais.

Embora David soubesse que eles estavam ocultando a verdade, no entanto, não gostaria de lhes tirar a vida.

— Acho que não será necessário...

Telbhus se adiantou ao seu oficial, homem alto e olhos verdes, e feriu Saul no abdômen com uma adaga. Saul morreu olhando para Marta, tentando falar. Marta, por sua vez, gritava:

— Não! Não, Saul... Não!

Telbhus fez o mesmo com ela. David a olhou, amarrada naquela estaca e tendo a cabeça jogada para o lado e o sangue a lhe escorrer pelo canto da boca.

— Você é um monstro, sabia? — disse David, segurando o braço de Telbhus, que se afastava em direção ao cavalo.

— E você é um anjo... O anjo da morte! Foi você que me trouxe até aqui e sabia o que faríamos, tenho uma dívida enorme pelo galeão que comprei de Rayner e deixei minha filha como penhora. Sabe Deus o que ele fará com ela se eu não voltar até ela completar dezoito anos...

— Lave a boca quando falar de Deus!

— Ora, não me venha com essa! — respondeu Telbhus, lhe encarando. Depois, Telbhus mandou que queimassem os corpos junto com a casa, após terem saqueado as riquezas que ali havia. O oficial cumpriu a ordem, mas a fez porque era forçado. Ele sabia o que Telbhus faria a sua esposa e filha, caso desobedecesse.

Não muito depois, David, ainda sentindo o cheiro da fumaça e ouvindo os gritos de terror que se abateram em parte da Ilha, seguiu Telbhus. Os homens se reuniram e foram para o galeão, levando consigo carroças cheias de riquezas saqueadas das casas e cerca de cem pessoas presas, que seriam apresentadas como hereges diante da coorte da igreja.

Já no galeão rumo à Dinamarca, embora David fosse descer na França, eles voltaram a conversar:

— Quantos anos tem sua filha? — perguntou David a Telbhus.

— Já tem quase dezoito, eu tenho outra, mas foi levada pela mãe.

— Quando ainda estávamos na casa dos Schnneider, você disse que deixou uma como garantia de pagamento do galeão. É verdade?

Telbhus respirou fundo, falando:

Eu não tenho o que falar sobre isso com um homem que também negociou sua filha para se casar com um rico comerciante só para acumular riquezas, uma filha que depois se casou com um druida.

— Como você sabe disso? — perguntou David, surpreso.

— Antes de eu colocar alguém em meu galeão, quero saber tudo sobre ele.

— Mas quem lhe contou?

Telbhus olhou para David e falou:

— Não interessa! Não queira saber sobre mim mais do que realmente precisa.

Naquele momento, Zaki olhou para Aaron e perguntou:

— Como você sabe o que houve no galeão?

Aaron respondeu sem olhar para Zaki:

— Porque eu e minha mãe estávamos nele.

— Como assim? — perguntou Zaki, curioso.

— Chegamos no porto e não havia nenhuma embarcação que quisesse nos levar para Funchal, então encontramos uma oportunidade de irmos para a Inglaterra em um navio que seguiria para a Dinamarca. Nosso dinheiro era insuficiente, assim, aceitamos trabalhar na cozinha do galeão, mas o que não sabíamos, é que era o navio dos contrabandistas de condenados.

— Você deve estar brincando comigo! — disse Zaki.

— Não, meu amigo, eu não estou.

— Mas a quem vocês pagaram?

— São uns bandos de ladrões! O cozinheiro chefe aceita suborno recrutando dois ou três em cada lugar, levam no galeão como se fizessem parte da tripulação. Ao chegar ao destino, eles desembarcam e outros pagam e sobem a bordo.

Zaki balançou a cabeça como sinal que havia entendido. Voltando ao relato no galeão, Aaron continuou:

David ficou desconfiado, mas não mostrou fraqueza, então ponderou:

— Não sei se somos iguais, mas provavelmente não medimos sacrifícios para obtermos o que queremos.

— Fale por você mesmo — respondeu Telbhus, cuspindo no mar, pois estavam encostados no parapeito lateral da embarcação.

— Não, Telbhus, eu falo por nós! Aquela mulher que você viu queimando era a irmã de minha esposa. E o homem, o esposo dela! Você os matou na minha frente e os queimou e eu não consigo olhar para sua face e ter ódio.

A essa altura, Aaron, que estava atrás de barris de carvalho com vinho que foram roubados na Ilha da Madeira, escutava a conversa, tendo recostada a seu peito sua mãe Ariela, que sufocava o grito de dor pela perda da irmã.

— Não… Marta e Saul estão mortos! — Chorava ela, angustiada. Aaron se esforçava para que ela não fizesse barulho.

Os homens conversavam. Telbhus respondeu:

— Eu disse que não somos iguais, você já perdeu a consciência.

— E você sabe o que é isso? — perguntou David, com a face irônica.

— Acha que tenho orgulho de ter perdido minha esposa e filhas para o que eu faço?

— Não me faça chorar — respondeu David, com um sorriso discreto. — Você derrama sangue da mesma forma que um bêbado enche sua caneca de vinho barato em qualquer taverna para satisfazer seu vício, você necessita da morte ao seu lado para viver.

Telbhus ficou calado enquanto olhava para as águas do mar abaixo dele sendo cortadas pelo galeão. Aquelas águas pareciam livres e não carregava a culpa pelos homens que perderam a vida nelas, afinal de contas o mar não foi em busca de vidas para ceifá-las, por isso, pensava Telbhus, não sentia o peso do juízo pelas vidas que tirou. Ele colocou as mãos na cabeça enquanto o vento balançava seus cabelos. Ele viu David se afastar e sabia que aquele homem não havia falado palavras ao vento, apenas disse o que já o acompanhava há muito tempo.

Seus pensamentos foram interrompidos pelo som de choro que ouviu. Ele se dirigiu até onde estavam Aaron e Ariela. Ao vê-los, perguntou:

— O que está havendo aqui? Por que não estão na cozinha?

Aaron respondeu:

— Desculpe, senhor, ela não está passando bem, provavelmente o balançar do navio…

— Eu não sei se acredito em você! — falou Telbhus, encarando Aaron.

— Me desculpe, senhor — falou Ariela, não podendo conter as lágrimas descer em sua face. — Voltaremos para a cozinha.

Telbhus se afastou olhando para trás, enquanto eles desciam para a cozinha do galeão. À noite, Telbhus procurou saber como estava a saúde de Ariela, se certificando com o responsável que ela estava bem. No outro dia, pela manhã, após o desjejum, ele a mandou chamar em sua cabine.

— Você parece que está bem. Sua aparência melhorou — disse ele, mostrando gentileza.

— Obrigada, senhor — disse ela, com a cabeça baixa.

Telbhus se levantou e foi até ela. Segurou seu queixo e lhe perguntou:

— Você tem alguém? É casada? Há quanto tempo está em meu navio? Não lembro de tê-la visto antes.

— Sim, senhor, sou casada, e faz pouco tempo que estou em seu navio.

Telbhus se afastou, mas ficou andando em volta dela. Ele perguntou:

— Onde está seu marido? Como ele pôde deixar uma mulher tão bela trabalhar em um galeão cheio de homens sem escrúpulos?

— Ele não sabe que estou aqui, senhor! Nós não estamos nos dando muito bem.

— Ele é um grande idiota por deixar uma mulher como você! — disse Telbhus.

— Concordo com o senhor! — Ela respondeu quase sorrindo.

— Gosta de receber elogios! — disse ele, de forma maliciosa, passando a mão no rosto dela.

Ariela procurou se manter firme e falou:

— Desculpe, senhor, foi um deslize de minha parte.

Dentro dela havia uma mescla de vaidade e raiva ao mesmo tempo. Vaidade porque há muito tempo não recebia elogios de David, seu marido, e raiva por saber que o homem que estava à sua frente havia matado sua irmã. Se esforçando para esconder sua verdadeira identidade e a de Aaron, ela se submetia àqueles momentos de assédio que se repetiam ao menos duas vezes ao dia. Mas Telbhus apenas conversava e tomava chá com ela, lhe tocando mais ousadamente apenas uma vez.

Certa noite, deitada em seus aposentos junto com os demais criados, ela conversava com Aaron:

— Eu não sei por quanto tempo conseguiremos nos esconder de David.

— Ele vai desembarcar logo, pois disse que deixará o galeão na região da Normandia.

Ariela suspirou e disse:

— Eu não suporto mais olhar a face do capitão Telbhus. Ele me enoja! Minha vontade é matá-lo!

Aaron apenas escutou sem nada dizer, mas sentia a angústia na voz de sua mãe, que continuou a desabafar:

— Ouvir galanteios do homem que matou minha irmã e meu cunhado... Que ódio!

Ela chorou. Tomou o avental para enxugar as lágrimas enquanto os demais criados apenas olhavam sem entender o que estava acontecendo. Ela continuou e falou envergonhada, sem olhar para o filho:

— Ele passou a mão no meu corpo falando que estava sem poder dormir, pois a imagem de minha face não lhe sai do pensamento.

Aaron quase sorriu, mas se conteve. Ele percebeu o olhar reprovador de Ariela, então disse, tentando manter-se sério:

— Isso é ruim... Sim, muito ruim!

Ela suspirou e sentiu certo alívio por ter contado. Depois falou:

— Fico pensando se o David chegasse na cabine no momento em que estou lá. Já corre rumores entre os criados que estou tendo um caso com o capitão, há quem já me chame de rameira...

— Calma, mãe, calma! Logo chegaremos ao nosso destino, ficaremos livres de tudo isso!

Mal Aaron parou de falar, o chefe da cozinha chamou por ela:

— Ei, você! O capitão está lhe chamando em sua cabine.

— A esta hora da noite? — perguntou ela.

— Não discuta. Vá e não me arrume encrencas. — Ele falou e subiu enquanto os demais criados murmuravam entre si.

Ariela segurou as mãos de Aaron e falou:

— Preciso saber que você me perdoará se eu não puder resistir à força dele.

— Que o Eterno esteja com a senhora, Jesus te dê forças!

Antes que ela saísse, ele lhe entregou uma faca pequena, mas suficiente para matar um homem.

Ariela ao subir viu David, seu marido, debruçado no convés, com uma garrafa de vinho na mão. Ele estava bêbado e dizia em voz alta:

— Maldição, porcaria de vida! Eu podia ter tudo, mas o que tenho? — Ele ria alto e parecia louco.

Ariela ficou inerte e o olhava sem ser vista por ele. O vento frio da noite lhe tocava a face e ela sentiu que uma lágrima quente brotou de seus olhos. A compaixão invadiu o coração dela e por um momento ela desejou que tudo pudesse ter sido diferente em suas vidas.

Quanto ela havia desejado uma família própria e o aconchego de um lar, mas o que tinha agora? Ela olhava seu ganancioso marido que havia sido um enganador a vida toda. Agora, ele era manipulado por um capitão traficante de pessoas e que parecia estar prestes a possuí-la.

Por outro lado, se ela se revelasse David certamente a mataria, pois a estava procurando para tal. Assim, Ariela lançou a echarpe de lã vermelha no pescoço e seguiu pelo convés até a cabine.

A porta abriu fazendo o costumeiro barulho ao ranger as trancas e ela entrou. Telbhus estava sentado em uma pequena cama que mantinha ali. Ele a mandou sentar-se em uma cadeira de madeira ao seu lado. Ela sentou-se e era nítido seu desconforto.

— Por que veio? — perguntou ele, percebendo a fumaça que saía de sua boca, por causa do frio.

— O senhor me chamou — respondeu ela.

— Você é uma mulher casada, se não viesse eu entenderia.

— Eu pensei que...

— Pensou que tenho o poder de fazer o que quero com as criadas? Sim, até que já usei dessas artimanhas, mas não me atreveria a fazer isso com você. Você é diferente, é dócil, meiga... Bela e desejável!

Ariela sentiu seu rosto enrubescer, mas nada falou. Telbhus continuou:

— Além do mais você lembra minha esposa. — Ele olhou para dentro da caneca de vinho e percebeu que a luz do candeeiro também podia ser vista no reflexo da bebida, enquanto ele a mexia.

— Onde está sua esposa, senhor? — Ela perguntou sentindo medo.

— Eu não sei! — Ele falou deixando o ar sair com a voz e esvoaçando os braços, fazendo a bebida derramar. — Droga! — disse ele.

— Eu fui a culpada! — disse ela.

— Deixe de se culpar por tudo o que acontece. Está parecendo aquele louco no convés. Aquele bêbado que está prestes a perder tudo o que tem por causa de jogo...

— O senhor o conhece? — Ariela perguntou como se não soubesse da amizade dos dois.

— Antes eu não o conhecesse! Maldito o dia que aceitei comprar dele uma vila de druidas.

Ariela fez uma expressão de quem nada sabia sobre o que ele disse.

— O que aconteceu? — perguntou ela.

Telbhus, se levantou sem camisa e Ariela percebeu o quanto aquele senhor ainda mantinha seu corpo saudável. Ele ainda era forte e seus braços musculosos torneavam as formas com extrema maestria. Ele pegou uma garrafa de vinho, pois tinha jogado a outra para o lado. Puxou uma cadeira e sentou-se ao lado dela.

— Ele me pediu o equivalente em ouro para me dizer onde havia uma vila de celtas hereges perseguidos pela igreja. Eu lhe paguei e quando cheguei lá só encontrei uma vila vazia.

Ariela suspirou por saber haviam escapado. Telbhus continuou:

— Mas não foi só isso: Ele fugiu para o centro da Europa e se uniu com alguns padres inquisidores que já eram seus comparsas. Tempo depois, sem a mínima pretensão, eu o encontrei em uma taverna agarrado com duas prostitutas.

Ariela quase falou, mas se conteve, apenas pensando: Bastardo, filho de rameira!

Telbhus parecia que a provocava ainda mais:

— Eu me aproximei dele e ele quase morreu do coração. — Telbhus sorriu e parecia se divertir com o que aconteceu. Ariela, vez ou outra, se pegava olhando para o tórax dele, que estava desnudo.

— Aquele vagabundo me falou que não estava mais com o ouro, pois a esposa dele havia fugido e levado tudo... Enfim ele tinha sido roubado por sua mulher e pelo filho.

Ao ouvir o que Telbhus disse, Ariela sentiu as veias do pescoço incharem a ponto de quase explodirem. Sua face se encheu de ira e ela fechou olhos.

— É um cachorro, canalha! — disse ela mordendo os lábios de tanta raiva.

— O que disse? — perguntou Telbhus.

— Esse homem, meu senhor, de quem o senhor está falando. Ele é um cachorro, canalha, pois provavelmente perdeu tudo na jogatina e colocou a culpa na esposa, que nem deve saber o que ele fez. — Ariela falou quase sem abrir a boca.

Enquanto falava, ela segurava a faca que tinha no bolso da veste. Ela tanto a apertou que feriu sua mão. Telbhus se levantou e foi até a janela, olhando para David, que ainda estava no convés. Agora, ele estava sentado em um canto. Ao sentir o sangue em sua mão, ela disse:

— Está tarde, senhor. Eu gostaria de me recolher, caso o senhor me conceda voltar aos meus aposentos.

— Espere só mais um pouco. Eu gostaria que conversássemos. Afinal de contas não a chamei aqui para falar daquele louco falido.

— Falido? — perguntou ela.

— Sim, o miserável vendeu tudo o que tinha para pagar suas apostas. Hoje, vive saqueando condenados para sobreviver.

— Mas a igreja não confisca as propriedades dos condenados?

— Sim, mas quando a igreja age diretamente e não quando infames como nós nos fazemos ser igreja.

Ariela abaixou a cabeça. Telbhus ainda disse:

— Minha vinda para a Ilha da Madeira foi ideia dele. Ele me convenceu que aqui havia alguns judeus e muitas riquezas. O desgraçado não mentiu, mas me usou para vir para cá, pois tinha informações que sua esposa, a ladra, estaria na casa de sua irmã.

Ariela engoliu seco e perguntou quase sussurrando:

— Ele a encontrou, meu senhor?

Telbhus passou as costas da mão direita na boca para limpar o vinho e disse:

— Não, ele não a encontrou! — Ele parou por um instante e depois, sem querer que sua voz saísse, exclamou como se estivesse arrependido:

— Então eu matei a irmã da esposa dele junto com o marido, na frente dele.

— Por favor, pare! — disse ela, chorando.

Telbhus parou e ficou a olhar para ela.

— Por que está chorando? — perguntou ele.

— Compaixão, senhor! Por um momento me senti como se ela fosse parte de minha família. O senhor falou com tanta segurança que me vi ligada à mulher que foi morta de forma tão cruel.

— Enxugue suas lágrimas e se recomponha... Realmente seu marido não merece uma mulher como você.

Ariela sentiu todo o ódio tomar conta dela novamente. Segurou a faca pelo cabo e estava prestes a se atirar sobre ele para o ferir, pois Telbhus estava de costas para ela, quando ouviu a voz de David próxima à cabine:

— Telbhus, seu desgraçado! O inferno vai ser pouco para você... Você vendeu a sua filha...!

Ariela soltou a faca e pôs as mãos sobre os joelhos, enquanto Telbhus abria a porta da cabine:

— Verme! — disse ele, olhando para David, deitado no chão.

Ariela se levantou e disse:

— É melhor que eu vá!

Ela olhou para o marido jogado no chão e sentiu ódio e nojo dele. Telbhus então perguntou:

— Você olha para ele como se o conhecesse.

— Eu não conheço este homem! — disse ela.

Sem dar permissão para que ela saísse, ele fechou a porta da cabine e a mandou sentar-se. A última frase de David em direção ao capitão do navio o deixou com a face transtornada.

— O senhor parece que não está se sentindo bem — disse ela.

— Porcaria! — reclamou ele, jogando o que havia em cima da mesa no chão. Ariela não fez gesto algum e continuou serena.

— Eu deveria matá-lo e lançá-lo no mar! Ninguém iria sentir sua falta. Rato de esgoto!

— Eu não entendo o porquê o que ele disse o deixou tão nervoso, meu senhor.

— Nada... Não é nada! É melhor que vá embora. Vá!

Telbhus ficou sozinho quando Ariela saiu quase pisando na cabeça de David. Ela fechou a porta atrás de si e não fez questão de voltar logo para seus aposentos. Enquanto ouvia Telbhus resmungando e batendo com as mãos sobre a mesa, ela escutava o ronco de David, que estava deitado com a barriga para cima. A baba caía no canto de sua boca e suas vestes estavam desarrumadas.

Ariela sentiu em seu interior uma mescla de desprezo e compaixão. Mas a dor da angústia falou mais forte, assim, ela cuspiu sobre ele. Ao aproximar sua face da dele, ela ouviu David falar, com os olhos entreabertos:

— Ariela, é você?

A mulher se assustou e saiu correndo. David pendeu a cabeça para o lado e voltou a dormir o sono dos ébrios.

Ao ouvir essa parte do relato, Zaki abriu um leve sorriso e disse:

— Eu queria estar lá para ver a cara de sua mãe!

— Eu também! — falou Aaron, sorrindo apenas com os olhos.

— Então foi assim que ele encontrou vocês?

— Nem tanto, encontrou, mas não sabia que havia encontrado.

Aaron voltou seu olhar para onde estava Soren e percebeu que ele estava cada vez mais exausto e cansado.

— Não vou mais ficar aqui esperando meu sobrinho morrer!

Aaron ia se levantar quando Zaki o segurou.

— Calma! Vamos tirá-lo de lá. Mas antes, me conte o resto do que estava me dizendo.

— Que tipo de homem é você? — perguntou Aaron. — E como tem certeza que iremos libertá-lo?

— Quero sair vivo daqui! Portanto, terá que ter paciência.

Aaron o olhou e escolheu confiar nele. Assim, continuou a narrar o que havia acontecido com ele e sua mãe, no galeão de Telbhus:

Ariela não dormiu aquela noite. As lembranças das palavras de Telbhus e da imagem de David a olhando lhe causavam arrepios. Enquanto Aaron roncava ao seu lado, ela escutava a água do mar bater ao lado do galeão. O tossir de algumas pessoas que também dormiam naquele lugar apertado já não incomodavam. Por fim, a noite havia dado lugar ao dia.

O sol estava claro e o chefe da cozinha já lhes havia passado seus afazeres. Enquanto David descascava batatas e outros legumes, Ariela servia pão e peixes assados para os marujos e os grumetes. Em dado momento, ela passou próximo de onde ficava o porão e percebeu através da grade inúmeras pessoas acorrentadas.

— O que está olhando, serviçal? — gritou o guarda do porão. — Vamos, volte a fazer o seu trabalho.

Não foi muito tempo que ela encarou os rostos dos homens e das mulheres abaixo dela, mas percebeu a dor e a fome que eles estavam sofrendo. Ela se virou e bateu de frente com Telbhus, que estava chegando.

— Venha! — disse ele, segurando-a pelo braço. — Vamos para o outro lado do navio. Aqui a vista só produz cenas desagradáveis.

Enquanto andavam Ariela percebia os olhares dos marujos na direção deles. Telbhus, sem olhar para ela, falou:

— Não dê atenção a eles, são ratos do mar que sabem que suas mulheres estão deitadas com outros homens enquanto eles estão aqui.

Cabisbaixa, Ariela seguia ao lado do capitão até que se encostaram a estibordo, próximo da proa do navio.

— O Senhor Nestor certamente deve estar à minha procura — disse ela, se referindo ao chefe da cozinha.

— Não se preocupe! Ele sabe que você está comigo.

Ariela perguntou temendo o que ele responderia:

— Por que está fazendo isso comigo, senhor?

— Fazendo o quê?

— Me tirando do trabalho ou mesmo me levando para sua cabine, para conversarmos à noite?

Olhando para o mar agitado pelo vento, ele respondeu:

— Você não é uma mulher qualquer. Seus modos e educação são de quem frequentou grandes salões de festas e tinha amigos nobres na sociedade. Eu só gostaria que me dissesse quem realmente você é.

Ela escutou o que ele disse e falou com precaução:

— Sou apenas uma mulher, senhor. Não nego que a vida já me deu oportunidades como essas a que o senhor se referiu, mas isso já é passado.

— Quem é você? Não minta para mim.

A essa altura, Telbhus segurava as mãos dela. Ele continuou ao perceber que ela confessara já ter feito parte da alta sociedade.

— O que lhe ocorreu na vida para trabalhar em um navio que não apenas transporta mercadorias baratas, mas também contrabandeia pessoas?

Ariela ficou calada. As palavras de Telbhus lhe produziram medo. Ela sentiu seus lábios tremerem ao falar:

— Não pense que denunciarei às autoridades o que se passa em sua embarcação. Só quero descer em paz ao chegar em meu destino.

Telbhus soltou as mãos dela e meneando a cabeça, falou:

— Não estou preocupado com denúncias às autoridades. Minha rota é toda demarcada e só ancoro meu galeão em portos onde os funcionários também recebem de mim, eles nem sobem no navio para saber o que estou levando.

— Entendo, senhor — disse ela, esfregando as mãos frias.

— Me diga, você é realmente casada? — perguntou ele, olhando-a.

— Eu não sei, senhor, não sei se ainda tenho marido!

— Por quê? — Telbhus ficou curioso. — Me disse que era casada. Foi apenas para se proteger?

— Meu marido é negociante e viaja muito e há muito tempo que se perdeu em suas viagens. Não tive mais notícias do homem com quem um dia me casei.

Havia amargura nas palavras de Ariela e Telbhus pressentiu. Então, ele falou:

— Você nunca o enterrou, não é mesmo? Nem sabe se ele está vivo e se sabe, bem, está tentando me dizer que melhor seria que ele houvesse morrido.

Ela concordou com as palavras dele ficando em silêncio e mordendo os lábios. De repente, Aaron apareceu, chamando-a:

— Ana, Ana! Eu estava à sua procura. O Nestor está chamando para providenciarmos o alimento do meio-dia.

— Ana? — disse Telbhus. — Então esse é o seu nome!

— Ela balançou a cabeça que sim e saiu, seguindo o filho.

Ainda sob o olhar desconfiado de Telbhus, porém distante, ela perguntou:

— O que houve?

Aaron apenas apontou com o olhar para bombordo, já chegando na proa do navio. Ariela olhou e baixando a cabeça para não ser reconhecida, disse:

— David! Meu Deus, eu me esqueci que ele poderia chegar a qualquer momento.

Enquanto mãe e filho seguiam direto para a cozinha do galeão, David se aproximou de Telbhus.

— Aí está você! Lhe procurei por toda a parte.

Telbhus suspirou e falou, olhando o mar:

— É um milagre que ainda esteja vivo! Eu nunca o vi tão bêbado como você estava ontem.

— Eu deveria ter morrido! — disse David. — Aliás, eu deveria ter botado fogo nesse galeão e ter matado a todos.

Telbhus o olhou sem dar importância ao que ouvia. Depois perguntou:

— Ainda está com raiva de mim, certo?

— E não era para estar? Você matou minha cunhada em minha frente. Ela seria a única que poderia dizer onde está minha esposa e meu filho. Eles roubaram minhas riquezas e…

— Não me canse mais com essa história, sua esposa nunca lhe roubou e não se preocupe mais com o que me deve. O saque nas casas e as pessoas que estou levando cobrem o prejuízo que você me deu. Agora eu lhe fiz um favor quando matei aquele casal, eles certamente iriam atrás de você e com certeza chegariam a mim.

Telbhus passou por David e tocando em seu ombro disse:

— Não quero mais ver a sua cara feia até que eu o veja descendo. E, se um dia, por acaso, eu o encontrar pela rua, corra, porque eu o matarei aonde você estiver.

David sentiu a voz de Telbhus a lhe entrar nos ouvidos como uma espada aguçada. Mesmo assim falou:

— Acho que você precisa ouvir o que tenho a lhe dizer.

De costas, sem olhar para David, Telbhus perguntou:

— Mas uma de suas loucuras ou desculpas?

— Eu vi a minha esposa ontem à noite, nesse galeão!

Telbhus se virou devagar, perguntando, incrédulo:

— O quê? Quer mesmo que eu acredite nisso? Depois daquela bebedeira eu não me surpreenderia se você dissesse que viu uma sereia desfilando pelo convés.

— É certo que eu bebi um pouco a mais, mas não estou louco. Ela estava me olhando nos olhos como se quisesse me matar.

Telbhus sorriu e saiu deixando David a sós, ouvindo o que ele mesmo dizia:

— E deveria ter matado mesmo! Pena que foi só uma alucinação de sua embriaguez.

Sem se importar com o comentário de Telbhus, David disse a si mesmo:

— Pode ser que você tenha razão, mas eu a vou procurar mesmo assim.

David saiu e buscou em todo o canto do galeão. Ele olhou para cada empregada e cada pessoa que passava por perto dele, no entanto, tendo o apoio de Nestor, que sabia quem era Ariela e Aaron, pois ambos lhes contaram quem eram e pagaram em ouro por seu silêncio, David não os encontrou.

Após alguns dias de viagem desde que saíram da Ilha da Madeira, eles se aproximaram da Normandia, onde David iria desembarcar. Para se certificar que ele desceria, Ariela ficou em um local de onde não poderia ser vista. Era noite e o grupo de pessoas que estavam no porão foram transferidos para carroças no porto. Homens encapuzados e com vestimentas pretas passaram pelos guardas como se já estivessem sendo esperados.

— Meu Deus! — disse Ariela, pondo a mão na boca.

Nestor, o chefe da cozinha, se aproximou dela e falou:

— Fique quieta, pois seu marido está vindo para cá.

Eles se encolheram no canto do navio e David passou olhando para todos os lados. Enquanto Telbhus conferia o que havia recebido como pagamento pelas pessoas e pelos confiscos que fizera, disse ao homem franzino e de olhos esverdeados à sua frente:

— Diga para o Oficial Valentin que essas pessoas podem ser facilmente condenadas por heresias e por se oporem aos ensinos religiosos. E... receba esse vinho... Cortesia minha!

Após entregar o vinho ao homem franzino, Telbhus estava satisfeito com o que recebera. David se aproximou dele, falando:

— Vejo que fez bons negócios às minhas custas.

— Às suas custas? Eu nunca mais verei o ouro que você me roubou.

— Já disse que foi minha esposa...

— Eu sei bem o que você fez com o ouro, David... Mas como eu já disse, essa foi a última vez que nos vimos, caso eu lhe encontre por aí, não serei responsável se o seu sangue não ficar dentro de suas veias.

David tomou sua bagagem e pôs sobre as costas e antes de sair, olhou para trás, o bastante para ver a face de Ariela no canto do navio a lhe olhar. Ele parou por um instante e fechou os olhos. Depois o abriu e viu outra mulher no lugar. Ele meneou a cabeça, dizendo:

— Acho que estou ficando louco!

De onde estava, Ariela recebia uma advertência de Nestor:

— Quer mesmo que eu vá atrás dele e lhe diga que você está aqui? Eu arrisquei meu pescoço por pouco ouro para esconder você e seu filho e você fica se exibindo? Quer morrer? Então continue a agir imprudentemente!

Nestor saiu deixando a mulher sentindo seus nervos pulsarem na garganta. Aaron se aproximou:

— Então, ele já desceu?

— Sim, David já se foi.

Enquanto falavam, sentiam que o galeão deixava o ancoradouro do porto. Eles se aproximaram do lado do navio e ficaram vendo David se afastar carregando seus únicos pertences nas costas. Ao vê-lo Aaron nada sentiu a não ser desprezo pelo pai. Ariela não impediu que uma lágrima descesse pelo seu rosto. Aaron viu e sabia que era o ódio e a decepção que invadiam aquela vida, retirando-lhe o que de melhor ela tinha: a alegria de viver.

Na noite daquele dia, Telbhus não chamou Ariela para sua cabine. Ela sentiu falta de estar com ele, embora o odiasse por ter matado Mar-

ta, sua irmã. Em sua mente, o plano já estava certo. Bastaria que ele se descuidasse, então, ela lhe daria um golpe fatal.

No outro dia, pela manhã, enquanto ela e Aaron serviam os tripulantes, ele a chamou para estibordo do convés, e seguiram até próximo à proa.

Telbhus cruzou os braços olhando o mar à sua frente e sentia o vento frio a mexer-lhe os cabelos. Seus olhos claros ornavam com a barba sempre rala. Sua face não guardava mais a mesma jovialidade que tinha mesmo aos quarenta e cinco anos, quando havia visto Heyra, sua filha, pela última vez.

— Ela tinha doze anos quando a vi pela última vez — disse ele, com o olhar fixo no horizonte.

— Quem, senhor? — perguntou Ariela.

— Minha filha. Aquela a quem David se referiu na noite em que estava bêbado.

— Não me interessa o que aquele cavalheiro falava...

— Apenas me escute — disse ele. Depois continuou, tendo a atenção dela:

— Não sou melhor do que nenhum dos carrascos da inquisição. Eles esfolam e fazem sangrar os torturados e depois os levam para a fogueira. Mulheres são acusadas injustamente e homens e jovens perdem suas vidas de forma banal.

Telbhus suspirou e continuou:

— A primeira vez que vi alguém sendo torturado em praça pública e depois, queimado, eu ia fazer quarenta anos. Me lancei contra o carrasco em um pequeno tribunal montado em uma pequena aldeia próximo da Bretanha, eles revidaram e fiquei preso por três meses. Fui condenado como um infrator e conspirador das Ordens de Cristo e por ser Irlandês, seria queimado por magia e ocultismo.

Telbhus cuspiu no mar. Ele tirou de dentro do bolso uma pequena garrafa com rum e começou a beber. Após passar a mão na boca, disse:

— Uma noite antes do meu julgamento, o líder da inquisição acompanhado de um homem chamado Rayner vasculhou as celas em busca de futuros condenados que pudessem ser negociados a preço de ouro com exploradores mercenários que já estavam assentados no Novo Mundo de Castela, além do mar da Ibéria.

Ariela ouvia o que ele dizia e mantinha seu olhar na face dele, enquanto segurava a faca, no bolso do avental. Telbhus continuou a falar:

— Como estava difícil levar mão de obra barata e traficar escravos da África porque poderia chamar a atenção das autoridades, eles conseguiram armar uma forma bem planejada de escolher homens, mulheres e jovens fortes, dando-lhes sentença contrária, no entanto, não eram sentenças de morte, mas de desterro para o lugar que chamam de purgatório dos condenados.

— Mas a igreja concorda com isso? — perguntou ela.

— A igreja diz não saber, mas sabe. Age como se nada acontecesse. Mas nem todos estão envolvidos. Tem muita gente sincera lá. Mas o esquema é mantido por alguns padres inquisidores e alguns oficiais da inquisição. Mas nem todos são legítimos, entende? Há muitos mercenários que se vestem com capuzes apenas para ir buscar os condenados para os venderem.

Telbhus deixou de explicar e voltou à cena em que estava preso:

— Então, naquela noite, eu entendi como tudo funcionava e me ofereci para servir no barco de Tayrus, em troca de minha liberdade e silêncio. Ele não aceitou, mas o convenci de que conhecia lugares onde havia muitos hereges para capturarmos e ele poderia lucrar muito... Assim, ele me aceitou em seu barco.

Ariela sentia o vento frio lhe tocar a face e sabia que estava enrubescida, mesmo assim, o ouvia, pois se interessava pela conversa, embora sua vontade era de acabar com tudo ali mesmo.

— No começo, era uma forma que encontrei para livrar pessoas das mãos dos inquisidores e consegui livrar muitas, mandando recados adiante de nós para que fugissem. Mas, certo dia, minha esposa foi acometida de uma doença que sabíamos que a cura era incerta e precisávamos de muito dinheiro para tratá-la, então, eu negociei esse galeão com Tayrus a fim de comercializar hereges para o purgatório. No entanto, eu não tinha nada para oferecer a ele como garantia. Tayrus havia me feito mudar de onde eu morava para próximo de sua aldeia de mercenários, próximo às montanhas. Entre mim e eles ficava apenas um braço de mar.

— Sua esposa sabia desse seu trabalho?

— Ela nunca soube que eu fui preso pela inquisição e para não ser enviado para o Novo Mundo, negociei trabalhar com traficantes de condenados, ela achava que eu era grumete em navios comerciais, mas naquela noite eu não pude esconder a verdade dela. Eu lhe disse que fugisse com Liv, nossa filha mais nova e deixasse Heyra sozinha em casa, ou todas seriam presas ou eu seria morto, caso Heyra não estivesse lá,

quando a fossem buscar. Falei que estava fazendo aquilo para cuidar de sua saúde, mas ela não aceitou.

— E o que você queria? Que ela o abraçasse e o beijasse por ter condenado a vida de sua filha? Eu sabia que você era um monstro, mas o inferno será pouco para você.

Ariela estava enojada com o que ouviu e seu sentimento de vingança aumentava. Ela fez menção em se afastar, mas ele continuou:

— Por muitos anos eu vendi pessoas para aquelas terras onde os nativos se alimentam de carne humana. Por isso é chamado de purgatório, pois é uma espécie de purificador de almas. Caso sobrevivam, é porque foram agraciados, encontraram nova oportunidade diante de Deus, assim falam os oficiais da inquisição.

Telbhus se virou para Ariela, dizendo:

— Eu voltei para buscar minha filha, na aldeia de Rayner, mas ela não estava lá. Ele havia cumprido o que disse em relação à pureza dela, ele a tomou no dia em que ela completou dezoito anos. Depois, a vendeu como cigana a uma família europeia.

— Mas não foi esse o trato? — Ariela perguntou quase com desdém.

— Sim, foi esse o trato! Eu não consegui resgatar a minha filha nem cuidar de minha esposa em sua doença...

— O que houve com ela? — Ariela quis saber.

— Eu não sei ao certo, sei apenas que ela não estava lá quando foram buscar Heyra.

Ariela fechou os olhos com ódio e, suspirando, disse:

— O senhor já terminou sua confissão? — Ela falou de forma irônica, com vontade de lhe ferir, mas àquela altura, havia bastante gente no convés.

Ocultando seu caso com Mazhyra e a filha que teve com ela, Telbhus falou:

— Abri meu coração para uma mulher que sei que não é só uma servente temporária de navio, mas que é muito mais. Não há nada que me queira contar, senhora?

— E o que eu teria para lhe dizer?

— Que todo esse tempo tem me omitido que é a esposa de David.

Ariela sentiu o chão do navio sair de baixo de seus pés e seus olhos quase saltarem das órbitas. Sua língua se pregou ao céu da boca, mas ela se manteve firme. Então perguntou:

— Como o senhor descobriu?

— Observo as pessoas e percebi o quanto você se esquivava de onde ele estava. Na noite em que David estava bêbado e se aproximou da cabine, você queria ir embora. Ademais, vejo o terrível ódio que tem por mim, é evidente quando me olha, pois sabe que matei sua irmã, na Ilha da Madeira.

Ariela tirou a faca de dentro do avental e se atirou contra Telbhus, ferindo-o no braço. Ele a segurou pelo braço e lhe tomou a faca. Depois a puxou para perto de si e falou fitando seus olhos:

— Eu a mataria agora mesmo, caso não tivesse me apaixonado por você! É uma pena que nos conhecemos nessas condições.

— Porco maldito, monstro! — gritava Ariela.

Uma multidão estava para se formar ao redor dos dois, quando um homem de olhos esverdeados, o imediato do navio, dispersou a todos.

Aaron se aproximou e Telbhus, ainda segurando o braço dela, falou:

— Imagino que este seja Aaron, seu filho. Bom, de agora em diante, ambos ficarão presos, algemados no porão. Terão comida e, por sorte, serão libertados depois que voltarmos da Escócia.

E assim foi. Eles navegaram da França para a Escócia e depois passaram pela Noruega até descerem novamente pelo Mar do Norte onde o galeão ancorou ao sul da Inglaterra, no porto de Plymouth. Ariela estava fraca por conta de sua saúde. Eles pouco se alimentaram e comeram o que Nestor lhes arranjava escondido. Telbhus se tornou insensível e sua docilidade se transformou em aversão ao confirmar que ela era a esposa de David e o havia enganado por muito tempo.

Quando estavam desembarcando, Aaron sustentava a mãe pelo ombro. Telbhus, olhando do convés, apressou os passos até onde estavam e disse para ambos:

— Eu não contarei para David que conheci a esposa dele, viverei como se nunca os tivesse visto antes.

Ariela olhou por cima dos ombros de Aaron e falou:

— O inferno não é digno de vocês dois! O sangue das pessoas que mataram cairá sobre vossas cabeças.

— Eu salvo vidas, senhora, ainda que não pareça — disse Telbhus.

— Você não conseguirá nem mesmo salvar a sua, quanto mais a de quem considera condenado. Você já está condenado! Deveria ter morrido quando foi preso... Não teria se transformado no demônio que é hoje.

Aaron e Ariela se afastaram e não demorou para que o navio soltasse as amarras e voltasse mar adentro.

— O que houve depois disso? — perguntou Zaki para Aaron.

— Nestor nos devolveu o ouro, então levei minha mãe para uma estalagem e cuidei dela por uns dias. Ela contraiu pneumonia e não demorou a que seu estado se agravasse, assim, morreu longe de casa. Depois, eu viajei com o que sobrou até a Irlanda, onde Skipp me acolheu e me escondeu até mesmo de seu filho Soren e de sua filha adotiva, Liv.

Depois daquela conversa, Aaron se levantou e olhou para um grupo de padres que estavam entrando na vila. Zaki o viu perplexo e perguntou:

— O que foi? Parece que viu um fantasma.

— Skipp e Héctor. Eles estão aqui!

Capítulo VII

Tayrus e Telbhus: Aliança de morte

Era quase noite quando Heyra, Cuatl e Anelise chegaram à cabana que Tayrus havia construído. Após se acomodarem, a noite tomou o lugar do sol, trazendo consigo forte tempestade. Relâmpagos enfeitavam os céus escuros, mas o grupo estava protegido se alimentando de um porco do mato, caçado por Cuatl.

— Não, eu não vou colocar coisa imunda em minha boca! — dizia Tayrus, frenético.

— É um porco do mato, não há nada demais! — dizia Anelise.

— Para você nada é demais, sua amante de padre! — respondeu Tayrus apontando para ela. — Eu não vou cair na sua tentação, nem adianta me oferecer comida proibida, como fez a mulher de Adão, o primeiro profeta.

— Adão não foi profeta! — respondeu Anelise. — Foi o primeiro homem criado...

Em meio à discussão, Cuatl disse:

— Homens nem sempre foram homens, o grande deus Quetzalcóatl enviou seu sopro e fez homens de muitas maneiras... Homens peixes, homens pássaros, homens macacos...

Tayrus, olhando para Heyra que não queria comer, perguntou:

— Onde você achou mesmo esse maluco? Não basta essa anabatista acreditar em uma serpente que falava? Ainda vem esse nativo todo pintado falando em homem pássaro, homem peixe... Eu mereço!

Heyra olhava a fogueira feita de madeira seca enquanto ouvia o barulho da chuva sobre a cobertura da cabana feita com folhas de coqueiro e capim trançado.

— Eles acreditam no que aprenderam, da mesma forma que acreditam que ao comerem o seu coração ficarão com sua força e suas habilidades.

Tayrus olhou para a maneira como Cuatl mastigava uma parte do porco assado e apenas meneou a cabeça, falando:

— Nem me faça pensar em nada que me motive a querer enfrentá-lo.

Depois, Tayrus perguntou a Cuatl:

— Por que você não nos enfrenta como estranhos? Parece se sentir à vontade conosco.

Cuatl, tendo um pedaço do porco na boca, falou, olhando para Tayrus:

— Somos sobreviventes!

Ele apontou para Heyra e Anelise e por fim, Tayrus, falando:

— Eu, você e as mulheres, todos sobreviventes. Perdemos tudo o que tínhamos e se guerrearmos contra nós mesmos, seremos nosso próprio fim. Minha tribo foi quase exterminada por homens como você, eles tomaram nossas cidades, nossas terras, nossas mulheres e riquezas. Da mesma forma como vocês querem encontrar um lugar seguro, Cuatl também espera encontrar outra parte de minha tribo.

— Então você está nos usando para se proteger — falou Tayrus.

— Eu estou protegendo vocês por causa dela. — Ele apontou para Heyra.

Tayrus ficou sério e sua face não pareceu mais amistosa. Anelise estranhou aquele semblante e a forma como ele perguntou para Cuatl:

— O que você quer com ela? Sacrificá-la em um de seus altares pagãos?

Heyra interveio na conversa:

— É melhor você parar com essas insinuações. Cuatl me salvou de ser sacrificada e eu já lhe disse isso. Se não confia nele, então nós vamos embora.

Cuatl jogou a carne no chão e fez menção em se levantar. Tayrus, então disse:

— Me perdoe! Força do hábito, sabe? Não confio tão facilmente nas pessoas.

— Em pessoas como o meu pai, por exemplo, não é? — Heyra perguntou pondo a mão no ombro de Cuatl, acalmando-o.

— Como assim? Não entendi sua pergunta — respondeu ele.

— Lá na praia, próximo às barracas dos padres, você disse que conhece o dono do galeão de proa vermelha.

Cuatl e Anelise ouviam Heyra se impor no diálogo, enquanto Tayrus parecia um réu sendo interrogado.

— Ei! — disse ele. — Espere! Eu não sei se o galeão pertence a...

Tayrus abriu a boca e olhou bem a face de Heyra sendo iluminada pelo fogo que se movia na fogueira, deixando seu reflexo transparecer em sua pele, que por causa dos constantes sofrimentos, não estava nada macia. Ele não precisou perguntar para que ela respondesse:

— Sim, sou eu mesma! Vamos, me olhe... Olhe para a filha de Telbhus, o demônio dos mares. Não é assim que ele é conhecido entre os inquisidores e traficantes de pessoas?

Tayrus a olhou e disse:

— É melhor você ir embora!

— Agora quer que eu vá embora? O que houve, vamos, me diga: O que houve entre você e meu pai?

O semblante de Tayrus estava enraivecido. Seus olhos entreabertos chamaram a atenção de Cuatl que segurou sua espada serrilhada.

— Eu deveria matar você! — disse Tayrus.

— E por quê? — perguntou ela. — Acaso acha que o que ele me fez foi pouco? Ah, quem é você? Um dos cavaleiros do Apocalipse? Veio me dar a sentença do juízo final?

— Seu pai só me causou desgraças...

Heyra gritou, deixando o choro tomar conta de suas emoções:

— Eu não sou o meu pai!

Cuatl se colocou entre ambos e falou, apontando a espada serrilhada para Tayrus:

— É melhor ficar quieto!

Anelise se aproximou de Tayrus, dizendo:

— Seja lá o que aconteceu entre você e o pai dela, não acha que vocês odeiam a mesma pessoa?

Tayrus olhou para Anelise e percebeu que ela tinha razão. Anelise continuou:

— Ela não tem culpa pelo que o pai dela lhe possa ter feito.

Tayrus se afastou e passando as mãos no rosto, disse:

— O sangue de Telbhus corre em suas veias e eu jurei acabar com a semente dele da face da terra.

— Poderia ter feito isso me deixando morrer afogada quando o galeão afundou — disse Heyra.

— Eu não sabia quem você era, pois se soubesse, eu mesmo a teria afogado.

Heyra ouviu o que Tayrus disse e a sensação de tristeza lhe acometeu o coração como nos dias em que esteve na comunidade de Rayner, na noite em que fez dezoito anos. Anelise se aproximou dela e a convenceu a sentar-se em um pedaço de tronco de madeira dentro da cabana. Olhando para Tayrus que estava de costa para todos, ouvindo o som da tempestade que caía lá fora, perguntou:

— O que o meu pai lhe fez? Claro, fale se quiser…

— Seu pai tirou de mim a menina de meus olhos.

Tayrus respondeu fixando o olhar em Heyra. Sua voz saiu como se tivesse sido soprada para fora dos lábios. Passando por Cuatl, ele foi até ela e sentando-se à sua frente, disse:

— Eu já fui um carrasco da inquisição!

Anelise sentiu um frio lhe percorrer o corpo. Tayrus continuou, sabendo que Heyra estava indiferente ao que ele dissera:

— Até cinco anos atrás eu vivia em um vilarejo próximo de Florença. Eu tinha uma pequena área de terras e uma casa modesta, rodeada com algumas parreiras e plantações de legumes e cereais. A duras custas, eu conseguia manter viva minha esposa, Agnes, e minha filha, Anne.

— Você não parece italiano — disse Anelise.

— Sou da Noruega, aliás, erámos.

Tayrus continuou:

— Como eu não conseguia manter minha esposa e filha apenas com o que eu ganhava com a venda das uvas, vinho ou legumes nos burgos da cidade, então aceitei um certo trabalho que me ofereceram. Aceitei não por causa de comida, mas por causa de uma suposta enfermidade…

Sua memória lhe transportou ao passado, enquanto relatava:

"Tayrus, Tayrus, venha cá! Vamos... venha depressa!

Juarez, um homem gordo e de bigodes por aparar, advindo da Catalunha, estava agitado rente à cerca da casa. Tayrus secou as mãos com um pano e, abraçando Agnes, lhe disse:

— Já volto!

Há tempos que Tayrus ouvia alguns lamentos de Agnes acerca de como poderiam melhorar de vida. Estava até mesmo disposta a vender a propriedade e voltarem para a Noruega, onde poderiam servir ao pai dela em suas propriedades. No entanto, Tayrus não estava disposto a servir ao seu sogro.

Ele era orgulhoso e se esforçava para que o pai de Agnes não tivesse conhecimento da suposta doença a que Anne estava acometida. Anne era uma bela jovem de quinze anos, olhos cor de oliva e cabelos amarelos iguais aos da mãe, que tinha os olhos azulados. A moça era cobiçada pelos moços da redondeza, mas Tayrus a negava constantemente para laços matrimoniais, tentando, dessa forma, esconder o máximo possível o que eles entendiam ser uma doença degenerativa que a consumia aos poucos.

Ele gastava parte do que vendia com médicos e os remédios parecia não surtir o efeito desejado. No entanto, tinha esperanças de ganhar o suficiente para levá-la aos médicos do Oriente, principalmente judeus, que eram os mais procurados, no entanto os mais caros.

— Calma, Juarez! Por que tanta afobação?

Juarez o abraçou rapidamente e disse:

— Eu recebi ontem à noite uma oferta de um dos Oficiais da inquisição...

— Inquisição? — Tayrus interrompeu Juarez.

— Sim, da inquisição. Ele me chamou para ocupar o lugar de carrasco.

— E por que está me contando isso?

— Porque há lugar para duas pessoas, então, pensei que você estaria interessado. Sabemos do quanto está gastando com sua filha e...

Tayrus bateu no ombro de Juarez, falando:

— Olha, meu amigo, se eu fosse você ficaria bem longe dessas pessoas... E o que sua família dirá? Todos lhe conhecem no burgo...

— O Oficial me disse que vestiremos roupas pretas com capuzes. Não seremos reconhecidos. Você já viu algumas execuções em praça pública e sabe como são feitas...

— Nem todos se cobrem quando matam. Há carrascos que deixam sua face nua... — disse Tayrus, sendo interrompido por Juarez:

— ...Para causar terror na cidade. Foi por causa disso que os dois últimos foram assassinados por familiares de condenados, que se vingaram.

— Já foram tarde! — disse Tayrus, cuspindo no chão. — Que queimem no lugar reservado aos infiéis.

— Esqueci que você é mulçumano! — disse Juarez.

— Nem sempre fui, aceitei os ensinos de Mohamed quando cheguei na Ibéria. Depois, vim para cá, pois havia constantes perseguições contra nós.

Tayrus olhou para o amigo espanhol e falou:

— Agradeço meu amigo, mas não posso aceitar tal oferta.

Juarez deu as costas e voltou para sua casa, não muito distante dali. Por sua vez, Tayrus entrou em casa e ocultou de Agnes o motivo da visita inesperada de Juarez.

— Ele queria apenas saber da saúde de Anne! — disse ele para Agnes.

— Estranho — disse ela. — Se veio saber de Anne, então por que não entrou para vê-la?

Tayrus não respondeu, mas pegou uma maçã que estava em um cesto sobre a mesa e saiu para o pequeno celeiro. Ele preparou a carroça e pôs o pouco produto que conseguiu colher, além de levar algumas obras de artesanato feitas por Agnes e Anne, que bordavam com maestria. Ao chegar ao celeiro, Anne se aproximou por trás dele.

— Não deveria estar descansando? — perguntou ao se virar.

— Já me sinto melhor, a comida da mamãe me faz bem! — respondeu ela, passando a mão no pelo do pescoço do cavalo que puxaria a carroça.

— Gostaria de ir com o senhor até a cidade!

— Não é uma boa ideia e sua mãe precisa de você.

Tayrus passou as mãos nos cabelos amarelados e longos dela, falando:

— Não vou demorar, entregarei a mercadoria e voltarei em seguida. Cuide de sua mãe.

Ele beijou a testa da filha que o viu passar pelo portão onde havia um arco construído com tijolos. Tayrus chegou no burgo e não teve dificuldades em entregar a mercadoria, no entanto, por conta dos altos impostos das nobres famílias que administravam a cidade e que recebiam pressão da igreja por causa da arrecadação em prol da construção da nova sede papal, ele não conseguiu o valor desejado pelas mercadorias.

À noite, deitados, Agnes perguntou a Tayrus:

— Você não parece estar à vontade. Sua preocupação está desenhada em sua face.

Ele a olhou e sorriu ao ver sua franja amarelada dando contornos àquele rosto arredondado, tendo nos olhos azuis seu esplendor.

— Não é nada. Apenas os negócios que não foram tão bem quanto eu esperava. Os comerciantes nos burgos estão insatisfeitos com os altos impostos cobrados pelos banqueiros e pela aristocracia, tudo isso por causa do montante que é enviado para Roma para a construção da nova sede papal.

— Por que não pensa melhor acerca da proposta de meu pai...

Tayrus se sentou na cama e disse:

— Não vou servir ao seu pai depois da humilhação que ele me fez. Você sabe que nossa condição de vida estaria bem melhor se não tivéssemos fugido da Noruega para a Espanha...

— E depois sermos forçados a vir para cá... — Ela falou sorrindo.

— Sim, mas ao menos estamos juntos, não é? Sempre fui de família humilde, mas você, bom, você nasceu no que há de melhor na Noruega.

— Eu não gosto quando fala assim. Decidi viver com você por amor e não pelo que você pudesse me dar...

— E o que lhe dou? Não consigo nem comprar uma veste digna de sua beleza ou mesmo dar uma acomodação confortável para nossa filha que a cada dia fica pior.

Tayrus ia se levantar, mas Agnes o segurou pelo braço, puxando-o para si. Ela o abraçou e o chamou de querido. Tayrus ouviu a sua voz e se deixou seduzir pelos carinhos dela. Naquela noite, ele sentiu o quanto ela o amava.

No outro dia, ainda cedo, ele estava no celeiro quando Agnes entrou correndo e gritando:

— Tayrus, Tayrus, depressa... Anne...

Tayrus saiu correndo em direção à casa. Ele entrou e encontrou a filha ardendo em febre e respirando com dificuldades. Ele foi ao estábulo e preparou o cavalo, saindo em galope em busca do médico.

Não muito depois, ele chegou acompanhado do Dr. Enrico, médico da cidade. O homem magro de nariz sobressalente e queixo fino, de olhos claros, andava com excessiva calma, mas falava alto e de maneira frenética. Ele desceu do cavalo, com uma valise nas mãos, perguntando como se estivesse apressado em voltar para a cidade.

— Onde está a moça?

— Por aqui, me acompanhe — disse Tayrus.

Após examinar Anne, o Dr. Enrico falou:

— Ela precisa de tratamentos especiais. Se quiser que sua filha se recupere da febre e dos delírios, aconselho que a leve para cuidados na Casa Santa Maria Nuova.

— Mas eu não posso pagar as despesas daquele lugar... Mesmo que seja atendimento por caridade. Além dela, há também as Santas Casas de Misericórdia que doam tudo...

— A leve para lá e em poucos dias irá buscá-la para sepultar. Entenda Sr. Tayrus, o caso de sua filha é grave. Caso você a deixe fazer os sacramentos, as confissões e o testamento, todo o tratamento será por caridade, se se negar a assim fazer, terá que custear todo o tratamento. Repense entre sua religião e a saúde de sua filha.

Tayrus não precisou se esforçar para ver que o Dr. Enrico falava sério.

— O que o Sr. pode fazer por nossa filha? — perguntou Agnes, chorando.

— Não muito! Vou lhe passar alguns medicamentos que podem ser encontrados em qualquer casa especializada, mas será apenas para abaixar a febre e acalmar um pouco os delírios. Sinto muito, senhora.

Após receber o dinheiro pela visita e consulta, o Dr. Enrico saiu deixando Tayrus e sua esposa aflitos. Agnes sentou-se ao lado da filha enquanto Tayrus foi em busca dos medicamentos. Após retornar, ele as deu à filha que logo sentiu-se melhor da febre. Pouco depois sua consciência retornou.

Naquela noite, após ter guardado os poucos animais que tinha no estábulo, ele se lavou, ceou e disse a Agnes:

— Vou à casa de Juarez. Preciso discutir um assunto acerca do preço das vendas dos produtos...

— A essas horas? Por que não deixa para amanhã? — perguntou Agnes.

Ele olhou para Anne que estava sentada ao seu lado e viu sua face desfalecida, sentiu saudades do sorriso harmonioso dela.

— Não posso esperar até amanhã. Volto logo!

Ele se levantou da mesa e foi ao estábulo. Montou e saiu a galope sumindo na escuridão. Da janela, Agnes pressentiu que ele estava es-

condendo alguma coisa, mas àquela altura dos acontecimentos, ela apenas desejava que ele conseguisse meios para cuidar da filha por conta própria, já que se negava rispidamente em depender da ajuda do sogro.

— Juarez! — gritou Tayrus na porta do amigo que não demorou a lhe convidar para entrar.

Após terem ficado a sós, Tayrus perguntou sobre a oferta de trabalho feito pelo Oficial da inquisição. Juarez lhe explicou como funcionava: Eles recebiam certo valor por fazerem parte de uma equipe de executores e receberiam por vidas tiradas. Após ouvir o montante que geralmente eram pagos aos carrascos, Tayrus concluiu que juntando com o que ele vendia da pequena propriedade e com os artesanatos que Agnes fabricava, daria para colocar Anne na Casa Santa Maria Nuova, único lugar que poderia cuidar da enfermidade da qual ela estava acometida.

Tayrus decidiu ir falar com o Oficial da inquisição. Ao voltar para casa, e já deitados, Agnes lhe disse, depois de se virar para o outro lado da cama:

— Eu não quero saber o que você fará para custear as despesas da Casa Santa Maria Nuova, já que não aceitará, eu sei, as reinvindicações para termos o tratamento dado de graça aos pobres. Não me deixe saber, já que desconfio que será algo que não concordarei de sã consciência.

Ele não lhe respondeu, mas antes de se virar para o lado, ouviu dela:

— Custa deixar seu orgulho de lado e irmos para junto de meu pai? Certamente ele cuidaria de Anne…

— E eu como pai, como fico nessa situação? Gostaria que outra mulher cuidasse de sua filha?

Ambos não falaram mais nada e não sabiam se conseguiriam dormir naquela noite.

No outro dia, Juarez apresentou Tayrus para o Oficial inquisidor. Após os acertos econômicos e ter aceitado servir de forma anônima e clandestina, ele se dirigiu ao hospital e foi informado dos mesmos procedimentos já ditos pelo doutor Enrico para que a internação fosse de graça. Ele não aceitou e preferiu custear o tratamento, mesmo que isso pudesse se tornar impossível futuramente.

Naquele mesmo dia, Tayrus vendeu alguns animais e uma carroça e o restante dos artesanatos que ainda tinha em casa por um preço modesto, mas suficiente para deixar Anne sendo cuidada por trinta dias.

Trabalhando em dobro durante o dia, plantando e pastoreando algumas vacas, ele se ausentava à noite sem falar para Agnes para onde ia. Ela sabia que ele estava envolvido em alguma atividade, mas se ne-

gava a perguntar. Sempre tarde da noite, quando ele entrava em casa, ela deixava o artesanato e ia se deitar.

Nos primeiros dias ela o ouviu suplicando à beira da cama perdão a Alá pela maldade que estava cometendo. Os dias foram se passando e ele não se mostrava mais angustiado e se alimentava normalmente. Algumas vezes, Tayrus se ausentava de casa até sete dias.

Após dez meses, ele estava para levar Anne de volta para casa, pois o custeio do hospital havia sido maior que os últimos meses. Tayrus devia quatro meses à Casa Santa Maria Nuova. A solução para o problema estava em ele aceitar ser batizado no cristianismo romano e sua filha realizar os sacramentos, as confissões e o testamento.

Dois dias após ter recebido a notícia que Anne possivelmente seria removida de volta para casa, parando o tratamento, desolado, sentado em um banco de um porto ao sul da Itália, após ter assistido um julgamento sem execução pois os hereges foram condenados a irem para uma nova terra chamada purgatório, um homem sentou-se ao seu lado.

— Você parece preocupado — disse o estranho.

— Não lhe conheço, por que lhe responderia? — disse Tayrus.

— Ao menos você não se negou a falar comigo — respondeu o homem.

— Ser cordial nos mantém vivos, já a imprudência nos leva à morte.

— Você fala como sarraceno...

— Ou um mulçumano! — Tayrus terminou a frase.

— Viu? Quase já nos conhecemos...

Tayrus olhou para algumas gaivotas sobre estacas de madeira próximas a eles e perguntou:

— Quem é você e o que deseja?

— Sou capitão do galeão de proa vermelha. — O estranho apontou para a embarcação. Depois completou:

— Preciso de um homem como você para me ajudar em meus negócios.

Estranhando a proposta do homem, Tayrus perguntou:

— Como assim, um homem como eu? E que negócios são esses?

— Eu sei que você é carrasco e que ganha algum dinheiro decepando pessoas ou lhes pondo fogo fazendo derreter as vísceras dentro dos próprios corpos. Sei que não se diverte olhando os miseráveis queimando e suplicando que a própria morte os leve com pressa. Não gostaria de livrá-los de tais suplícios?

Tayrus olhou para o homem ao seu lado, que disse:

— Isso ajudaria a pagar as despesas de sua filha que está tão adoentada.

Tayrus mudou a feição da face e perguntou:

— Como sabe de minha filha?

— Conheço muita coisa de todo mundo em quase todos os lugares por onde tenho negócios. Principalmente de pessoas que ocupam funções que me interessam, como é o seu caso.

— O que você quer de mim?

— Bom, antes de falarmos de negócios preciso saber se está interessado.

— Depende... O que tem para me oferecer?

— Você fará o que eu mandar e não precisará mais se preocupar com o pagamento do tratamento de sua filha.

Tayrus sentiu seu coração disparar de alegria, mas no íntimo sabia que aquela proposta seria como vender a alma para o próprio demônio. Mesmo assim, ele perguntou:

— E o que eu terei que fazer? Provavelmente não pode ser pior do que eu já faço!

— Você não terá que matar sempre um condenado, mas vai livrá-lo da prisão, ajudando-o em uma suposta fuga. Dar-lhe-ei uma carroça na qual você os conduzirá até a residência de Paolo, o auxiliar da diocese de Florença.

— Por que Florença? E Paolo...?

— Sei que você mora em Florença e até já tomei água dada por sua esposa, Agnes. Seria uma pena se ela soubesse que você queima mulheres e decapita inocentes... Aliás, você tem um belo pomar ao lado de casa e seu celeiro continua limpo...

— Seu desgraçado, quem é você? — Tayrus estava perturbado.

— Sou seu novo senhor!

— Eu não farei o que você quer!

Tayrus se levantou e quando ia saindo, o estranho disse:

— A servente que cuida de sua filha pode, ainda hoje, se descuidar ou se enganar e dar veneno em lugar de medicamento, caso não receba uma notícia de minha parte. Seria uma pena aquela jovem tão bela morrer de convulsão, espumando e gritando sem poder respirar.

Tayrus se voltou e ia agredir o estranho quando percebeu que ele já não estava só, havia mais cinco homens fortes com ele. O estranho então disse:

— Seu trabalho será simples! Basta transportar para a propriedade de Paolo as pessoas que lhe serão indicadas pelo oficial do tribunal inquisitório.

— É só isso? — Tayrus perguntou sentindo seu estômago amargar.

— Claro que não! Você também terá que acusar de heresia homens fortes e jovens destemidos. Não precisa ser publicamente, mas apenas fale para Miguel, o inquisidor, que ele cuidará do resto.

— Quer que eu entregue meus amigos para serem mortos?

— Mortos? Não! Eles serão acusados de heresia e passarão por um julgamento encenado, cuja sentença será a condenação para o purgatório dos condenados.

— Para quê?

— Você faz muitas perguntas. Apenas basta saber que a sua filha será cuidada com muito carinho e que pagarei as despesas, a não ser que queira abandonar Alá e se juntar aos padres romanos.

Decidido por sua fé e sentindo-se refém daquele estranho, Tayrus não demonstrou reação. Antes que o estranho se afastasse, Tayrus, que estava atônito e sentindo a cabeça girar, perguntou:

— Como me encontrou ou como sabe tanto de mim?

— Pergunte a Paolo, Juarez... E até ao Dr. Enrico.

Tayrus sentiu como se uma adaga afiada fosse colocada nas suas costas a sair no coração. Ele sorriu de forma irônica, dizendo:

— Claro, agora está tudo claro! O Dr. Enrico insistiu para que eu levasse Anne para Casa Santa Maria Nuova porque lá há gente que manterá homens como eu reféns de perder filhos, filhas, pais, mães... Já Paolo, Miguel e até Juarez, fazem o resto... Miserável do Juarez!

— Além de forte você é perspicaz!

— Eu não deixarei minha filha naquele lugar. Não serei seu refém!

O estranho suspirou e disse:

— Seria uma pena ver toda aquela propriedade pegar fogo ainda esta noite com sua esposa dentro.

— Você não teria coragem! — disse Tayrus, enraivecido.

— Então duvide de mim e arrisque as vidas de quem você ama. A vida delas está em suas mãos... E nas minhas!

O estranho saiu devagar acompanhado dos cinco homens deixando para trás um mulçumano solitário sentindo as amarras invisíveis da subserviência.

No outro dia ao voltar para casa, ele foi recebido por Agnes, que estava no pomar, ao lado da casa.

— Que bom que você voltou! — Ela o beijou e disse:

— Você deve ter pagado caro por aquela carroça com cavalo que vieram entregar depois que você saiu pela última vez.

— Carroça? — Tayrus perguntou desconfiado.

— Sim! — confirmou Agnes. — Um homem disse que você havia comprado e ele veio entregar.

— Onde está?

— No celeiro — respondeu Agnes.

— Quem entregou?

— Um homem chamado Telbhus.

— Qual o aspecto desse homem?

— Alto, forte, olhos claros e barba rala...

Tayrus percebeu que era o estranho que havia falado com ele no porto. Ele correu até o celeiro e viu uma carroça nova. Junto com ela foi entregue um cavalo negro, ainda jovem e forte. A angústia tomou conta dele e, sentando-se, passou as mãos nos cabelos amarelados enquanto via Agnes à sua frente sem saber o que estava acontecendo.

— Tem alguma coisa para me contar? — perguntou ela.

— É melhor você não saber — respondeu ele.

— Não havia segredos entre nós, mas agora, desde que Anne foi levada para Casa Santa Maria Nuova e Juarez veio naquele dia, que você mudou totalmente. Eu não suporto mais viver assim... Sem minha filha e meu marido...

Agnes começou a chorar e Tayrus lhe abraçou. Passando as mãos em seus cabelos ele disse:

— Vai ficar tudo bem, lhe prometo!

— Não me faça esse tipo de promessa — disse ela.

Quatro meses se passaram e a amizade entre Tayrus e Juarez havia sido desfeita. Tayrus sabia da traição armada pelo antigo amigo para lhe enredar naquele esquema de tráfico de pessoas.

Vivendo acima de qualquer suspeita pela comunidade onde vivia ele, aos poucos, indicava possíveis hereges e também frequentava constantemente a casa de Paolo, sempre à noite, onde entrava por um portão de madeira e se dirigia para os fundos da propriedade onde havia uma caverna de pedras escavada aos pés de um barranco, recoberta com arbus-

tos naturais, mas tendo grades de ferro. Lá, cabiam cerca de vinte pessoas que viviam amontoadas esperando serem levadas para portos onde navios os levariam para a nova terra ou o purgatório dos condenados.

Dois anos depois, tendo seu casamento desgastado pelas constantes discussões e longas viagens que o obrigavam a ficar dias longe da família, ele voltou para casa. Sua rotina havia mudado, pois havia sido recrutado por Telbhus no galeão, tornando-se seu imediato. Ao chegar próximo de casa, viu Anne montada sobre um cavalo marrom, galopando docilmente. Ao vê-la, ele correu ao seu encontro. Ela estava bela, corada, uma jovem com cerca de dezoito anos sorridente e saudável.

— Pai, você voltou! — disse ela, abraçando-o.

Tayrus chorou ao abraçar a filha.

— Alá ouviu minhas preces! — disse ele.

Ao ajoelhar-se para agradecer, ele pôde ver Agnes se aproximar a passos lentos. Ela esperou ele se levantar e disse:

— É bom ter você de volta...

Eles se abraçaram. Tayrus então perguntou:

— Há quanto tempo que ela voltou para casa?

— Há algumas semanas! Entreguei pessoalmente cartas aos funcionários do porto para lhe entregarem. Nelas eu conto o que aconteceu.

Tayrus não perguntou o que houve, mas falou:

— Não recebi nada! Nunca me entregaram... Mesmo se você escreveu antes.

— Escrevi várias vezes e também nunca recebi respostas. Às vezes pensava que você tinha morrido, ou me abandonado.

— Eu nunca faria isso com você!

Tayrus estava revoltado e a angústia só era aplacada quando ele olhava para Anne. No entanto, ele não se deu conta nem perguntou do porquê ela estava em casa.

Naquela noite, após se amarem, Tayrus falou para Agnes:

— Nós vamos embora daqui! Partiremos para a casa de seu pai. Lá, trabalharei para ele e viveremos em paz.

— Quando? — perguntou Agnes.

— Me dê o tempo apenas de ir em mais uma viagem e tudo terminará logo. Serão apenas cinco dias. Irei perto de Gênova e voltarei logo. Deixe tudo pronto e quando eu chegar, partiremos.

— Mas eu posso ir adiante, com Anne! Você nos encontra lá — disse Agnes.

— Sim, será melhor. Mas não seja precipitada. Não deixe que percebam que você está deixando esse lugar.

— Por quê? — Quis saber ela.

— Não me pergunte, por favor! Acha mesmo que eu teria condições de pagar o tratamento de Anne? Ela está bem, não está? Nem queira saber o que tive que fazer nesses dois anos.

— Anne fugiu de lá! — Agnes falou de repente.

— Como assim? — Tayrus se agitou.

— Ela disse que a mulher que cuidava dela a mantinha constantemente sob o efeito de remédios alucinógenos. Ela desconfiou e parou de tomar os medicamentos. Dessa forma, constatou que estavam mantendo-a naquele lugar à força. Sabe o que um dos médicos que estava lá falou? Que ela nunca teve necessidade de ficar internada. Que nunca houve doença degenerativa! Nossa filha tinha apenas febres e nada mais.

Tayrus não disse nada. Agnes então perguntou:

— Você sabia de alguma coisa? Por que ficou calado?

Ele sentia certo alívio e medo ao mesmo tempo. Assim, decidiu:

— Mentiram para nós e nos fizeram reféns com uma doença que nossa filha nunca teve... Miseráveis! Vão pagar por isso.

Naquela noite, ele não conseguiu dormir. Logo pela manhã, após ter deixado a esposa e a filha se preparando para irem para o porto de Livorno, onde se encontrariam, Tayrus foi até a residência de Juarez. Ele o chamou para o meio dos olivais e lhe tirou a vida. Depois, se dirigiu até a casa de Paolo com a carroça, como se fosse entregar pessoas. Após entrarem no local onde ficavam os prisioneiros que seriam levados para o novo mundo, ele se lançou contra Paolo, ferindo-o no abdômen, deixando-o morto.

Fugindo dali e deixando os prisioneiros gritando freneticamente por socorro, Tayrus se dirigia para encontrar a esposa e a filha em Livorno, mas antes de sair da cidade viu uma grande nuvem de fumaça subindo na região onde morava. Ele galopou rápido para lá e ao chegar perto da residência, viu os corpos de Agnes e de Anne sendo consumidos pelas chamas. Em vão, alguns camponeses tentavam apagar o que ainda restava da propriedade.

Tayrus caiu de joelhos e gemeu amargamente ouvindo o estalar do fogo consumindo não só sua casa, mas também sua família. Ainda ajoelhado, ele sentiu que uma adaga lhe foi encostada no pescoço. Ele se levantou aos poucos e à sua frente estava o outro imediato de Telbhus e mais cinco homens.

— Por quê? — perguntou ele.

— Telbhus soube que sua filha havia fugido e não esperou muito para tomar providências, certo de que fugiriam, ele nos enviou para matar você e sua família.

Sem falar mais nada e em um rápido movimento, ele desarmou o homem que tinha a adaga em suas costas e a lançou ao que estava à sua frente. Depois, a retirou do corpo do morto e não teve dificuldades em matar os demais. O que sobrou tentou fugir, mas ele o alcançou. Após ter lhe tirado as orelhas, o enviou para Telbhus com a mensagem que lhe encontraria e acabaria com ele e com sua semente. No entanto, ele percebeu que do outro lado de onde estavam, próximo da casa em chamas, a figura de um homem alto deixava o lugar.

Àquela altura, Tayrus estava sentado e Heyra o encarava, sentindo compaixão dele. Tendo as sobrancelhas para o alto e a testa franzida, ela disse:

— Eu sinto muito pelo o que ele lhe fez.

— Não quero sua compaixão, mas que vá embora! Eu não sei se me controlarei por muito tempo sabendo que a semente daquele demônio está ao meu lado.

— Eu entendo você, por isso o deixarei em paz. Mas quero que saiba que também tenho meus motivos para não querer encontrar meu pai, eu não sei o que seria capaz de fazer com ele.

Tayrus não se atreveu a perguntar o porquê ela havia dito aquelas palavras, pois ouvira rumores de como Telbhus conseguiu o galeão. Ele a olhou nas costas e, de certa forma, não se sentia bem ao vê-la sair naquela chuva, àquela hora da noite.

Antes de partir, Heyra disse:

— Por mais que você não consiga olhar em meus olhos ou queira ver minha face, obrigado por ter me tirado daquele navio, você salvou a minha vida. Serei eternamente grata.

Heyra saiu sendo acompanhada por Cuatl.

— Por que os deixou ir nessa chuva? — perguntou Anelise. — Poderiam ir pela manhã.

Tayrus não respondeu, mas fechou os olhos sentindo o peso e os fantasmas do passado novamente ao seu lado.

Na vila de Ávila, no início da tarde daquele dia, muito antes que a tempestade alcançasse o continente, um grupo de padres havia chegado. Com eles, cerca de doze carregadores. Aaron identificou Skipp e Héctor e chamou-lhes a atenção. Com um gesto no olhar, Skipp pediu para que Aaron ficasse quieto. Eles eram os últimos da fila e mantinham certa distância dos demais.

Após terem entrado na vila, foram orientados a levar os animais com cargas até um estábulo. Evitando falar com os demais, mantendo distância e não olhando para eles, Héctor e Skipp conseguiram se isolar e seguiram Aaron até chegarem onde estavam Soren e Zaki.

— Graças ao Eterno vocês estão bem! — disse Aaron, abraçando Skipp.

— Vejo que sua fé não morreu totalmente — disse Skipp, ironizando.

— São minhas fraquezas diante das dificuldades que me fazem vacilar.

— Você sempre diz isso — disse Skipp

— Como vocês chegaram aqui? — perguntou Aaron.

— Isso não importa agora, nem como chegamos nem como vocês vieram parar nessa prisão.

— Quem é seu novo amigo? — perguntou Héctor.

— Esse é Zaki. Zaki, conheça Skipp, pai de Soren. Esse feioso é Héctor.

Eles apenas se olharam e desenharam uma face amistosa. Olhando pela janela, para a praça, Skipp perguntou:

— Por que Soren está preso no meio da praça?

Após Aaron explicar o que aconteceu, Héctor disse a Aaron:

— Você deve ter alguma ideia de como tirá-lo de lá.

— Batalhas, lutas, nunca foram o meu forte, meu negócio era apenas o comércio e a velha política da boa conversa.

Zaki respondeu:

— Eu já servi ao monarca da Escócia e conheço um pouco de estratégia e lutas, mas sozinho eu não teria chances contra tantos.

— Não acredito que dois ou três a mais iria fazer diferença — disse Skipp, se referindo à presença dele e de Héctor.

Olhando pela brecha da porta, Skipp viu Liv se aproximar de Soren.

— Liv... Eu tenho uma ideia! — disse Skipp.

Skipp pegou as roupas pretas do carregador que tinha imobilizado e providenciou um capuz com parte da roupa de Héctor. Ele parecia um padre. Depois de ter posto o capuz sobre a cabeça se dirigiu ao centro da praça. Liv dava água e pão para Soren, que reconheceu o pai se aproximar. Skipp fez sinal para que ele ficasse quieto e Liv também percebeu a sua presença.

Um dos vigias ao ver o suposto padre perto de Soren, foi interrogá-lo:

— O que faz aqui, padre? Não deveria estar lá dentro cuidando dos negócios? Afinal de contas Ávila quer mais escravos, pois os que mandaram para cá quase todos morreram afogados no naufrágio.

— Este moço não pode morrer sem a salvação! — disse Skipp.

— Ele não precisa de salvação, precisa de um milagre! — O vigia sorriu sendo acompanhado pelos demais que estavam chegando.

— Filhos, o inferno se enche a cada dia de pessoas que não se compadecem de outras, como este...

— Para esse aí não tem mais jeito, padre! Ele será executado à noite, após Ávila ensinar o que é o prazer a essa bela moça.

O capataz passou as mãos no queixo de Liv, que cuspiu em seu rosto. Ele segurou-a pelos ombros e falou, ameaçando:

— Eu não te darei uma boa surra agora porque esta noite você vai pertencer ao chefe, mas amanhã, você não me escapa...

Ele a empurrou e Skipp sentiu o quanto era vulnerável naquele momento. Enquanto os vigias se afastavam, Soren disse para seu pai:

— Vá embora! O que faz aqui? Será preso... Vá e leve a Liv... Tire-a desse lugar...

Soren estava exausto e sua boca sangrava. Seus olhos como que adormecidos pareciam lutar para permanecerem abertos. Liv se aproximou de Skipp, que fazia o sinal da cruz sobre Soren, encenando um suposto batismo com aspersão de água, e lhe disse:

— Ponha as mãos no meu bolso e pegue as chaves das cadeias. Salve Soren...

Skipp se aproximou de Liv e a abraçou como se estivesse lhe executando exorcismo. Liv o empurrou e foi o bastante para ele recolher as chaves do bolso dela.

— Me largue seu padre! — gritou ela. Os vigias e o capataz riram alto sem saber o que realmente estava acontecendo.

Skipp se afastou, mas antes de sair falou baixinho para Soren:

— Aguente mais um pouco... Vamos tirar você daqui!

— Você está se arriscando, pai! Eu já estou morto!

— Eu não batizei você à toa...

— Não me faça rir, pai... Nós somos druidas...

— É, mas eles não sabem disso!

Skipp, ao invés de voltar para a estalagem onde estavam Aaron, Héctor e Zaki, foi direto para a casa onde Ávila estava reunido com os demais padres. Ele entrou e procurou não ser percebido. Ao vê-lo, Liv se surpreendeu e perguntou:

— Por que não foi embora? Será morto se for encontrado aqui.

— Armas, onde eles guardam as armas?

— Ficam em um pequeno quarto atrás da casa...

— Já foi lá?

— Sim... Tem espadas e armas de fogo, além de escudos, lanças e outras armas de nativos...

— Quantas?

— Eu não sei... Umas cem...

— Está ótimo! — disse Skipp, confiante.

— O que pretende fazer? — perguntou Liv, preocupada.

— Eu não tenho a menor ideia!

Skipp tirou as vestes de padre e após imobilizar um dos capangas de Ávila, pôs suas vestes e escondeu a face com o sombreiro sobre os olhos. Amarrando um lenço no pescoço quase à altura do queixo, não era fácil identificá-lo. Do quarto de armas, ele pegou duas adagas e dois mosquetes e os escondeu sob as vestes e foi para a sala onde estava acontecendo a reunião entre Ávila e os padres. Ele chegou à porta e fez sinal para o que lá estava, como se o estivesse revezando. De lá, ele pôde ouvir a conversa.

— Como vocês pagam por selvagens nativos com as moedas que lhes dei para trazerem escravos?

O padre Juan se sentia acuado. O padre Pereira disse:

— As moedas que você nos deu certamente foram roubadas por seus homens. Elas sumiram! Tivemos que pagar àqueles mercenários com nosso próprio dinheiro.

— Eu não acredito que meus homens tenham feito isso sem os terem matado... Nenhum de vocês estaria vivo se fosse um de meus grupos de caça aos fugitivos. É claro que há mais sobreviventes na orla. Tolos, todos vocês!

Em um canto, o padre Mendes cochichava com o padre Ernesto:

— Não fale para ele das moedas de ouro.

Ávila estava irado e não percebeu que cochichavam entre si. Sua vontade era aniquilar os religiosos que estavam em sua casa, mas precisava deles. Ele havia se levantado e olhava pela janela. O céu estava ficando carrancudo e certamente grande tempestade se abateria sobre a vila.

— Diabos! Ainda por cima essa tempestade virá para cá — disse ele.

A noite estava chegando e junto com ela a presença das trevas que pareciam morar na selva. O som do vento podia ser ouvido nos assovios que ele deixava quando passava nas frestas das portas e janelas. Um grande redemoinho de vento se levantou próximo a onde estava Soren, deixando-o completamente sujo de terra.

— Soren! — gritou Liv.

Ávila foi ao corredor e a segurou pelo braço.

— Ei, aonde você vai? Deixe-o.

— Ele vai morrer sufocado — gritou ela.

Do outro lado do corredor, Skipp assistia tudo, mas ficou inerte, como uma sentinela de guarda. Ávila puxou Liv para dentro, dizendo:

— Vá para o quarto e fique lá! Vou mandar esses padres mercenários para seus aposentos e já volto.

Skipp fez sinal com a cabeça para que ela fizesse o que Ávila mandou.

— Ele voltará para me possuir...

Skipp lhe deu uma arma, dizendo:

— Feche a porta e não a abra por nada. Caso ele force a entrada, segure a arma firme, como lhe ensinei, se encoste em um canto do quarto e não o deixe se aproximar. Se ele insistir, atire sem hesitar.

— Aonde você vai, pai? — perguntou ela, assustada.

— Tentar salvar a todos nós! — Skipp saiu apressado deixando Liv aflita. Enquanto os padres corriam pelo pátio da vila em direção aos seus aposentos sob a chuva e o vento, os capangas e vigias procuravam abrigo. Ávila se aproximou do quarto onde estava Liv e gritou:

— Vamos, me deixe entrar... Seu irmão vai morrer do mesmo jeito. Eu nem precisarei derramar o sangue dele, a tempestade fará isso por mim.

O fulgor dos relâmpagos era seguido do barulho dos trovões misturado com os dos ventos. As folhas das árvores sacudidas umas contra as outras adicionava ao espetáculo sombrio uma coreografia sinistra de quem parecia estar se curvando ao mensageiro da morte.

No pátio, a água começava a se juntar torrencialmente e o corpo de Sorem não demoraria a ficar submerso. Alguns raios caíram atingindo árvores ao redor da vila, fazendo-as cair sobre alguns alojamentos.

O capataz de Ávila, responsável por manter os escravos presos, havia dado ordens para que os moradores dos abrigos fossem acorrentados em cadeias para que não fugissem se aproveitando do caos. Assim, os que moravam em lugares mais baixos, se afogaram pelo constante aumento das águas.

Ao chegar no alojamento de Aaron e Zaki, Skipp percebeu que eles estavam acorrentados em uma parede, mas Héctor não estava ali.

— Pelos deuses! — gritou Skipp. — Essa parte do mundo deve ser o inferno de águas e não de fogo, pregado pelos cristãos.

Aaron meneou a cabeça enquanto gritava:

— Skipp, você precisa salvar o Soren!

— Quebre nossas correntes! — gritou Zaki.

Skipp bateu com uma pedra nas correntes até enfraquecer as cadeias, soltando-os. A chuva forte e o vento causavam certo frenesi em quem estava dentro de um ambiente fechado.

— Onde está Héctor? — perguntou Skipp.

— Saiu quando os vigias chegaram para nos acorrentar — respondeu Aaron.

Zaki, sentindo que estava solto e que poderia se valer da ocasião, disse:

— Skipp, tente libertar seu filho...

— E você? — perguntou Aaron.

— Essa é a oportunidade que eu estava esperando de formar um grupo para uma rebelião.

Antes que Aaron dissesse alguma coisa a Zaki, eles pressentiram que a água se elevava até entrar no alojamento.

— Sorem! — disse Skipp, saindo às pressas na noite obscurecida pelo temporal.

Percebendo que as portas dos alojamentos estavam fechadas, ele correu até onde estava o filho de joelhos rente ao mastro ao qual estava acorrentado, já sentindo a água a lhe tocar o queixo. Tremendo de frio e sentindo as dores dos ferimentos, ele disse quase sem abrir a boca:

— Pai, é você mesmo ou os deuses vieram me buscar sob sua forma?

— Calma, sou eu!

Skipp não tinha tempo para reencontros, assim pegou as chaves que Liv lhe entregara e testou uma após outra, sem ver por causa da água, até que as cadeias das correntes se abriram.

— Vamos, você está livre, força! Vamos, ou a correnteza o arrastará.

— Liv! — disse ele, balbuciando recostado ao ombro do pai.

— Ela sabe se cuidar — respondeu Skipp. — Vamos sair daqui primeiro, depois a procuraremos.

Enquanto Skipp salvava Sorem da morte iminente, ouviu tiros em sua direção.

— Prisioneiros fugindo! — gritou um dos vigias, atirando cada vez mais para chamar a atenção da guarda.

Logo, as portas dos alojamentos foram sendo abertas e os guardas procuravam por algum movimento. Da janela da casa central, Ávila apareceu gritando:

— Seus imprestáveis, será que não conseguem lidar com escravos acorrentados?

Retornando às suas investidas contra Liv, ele a encontrou recostada no canto da parede conforme Skipp a havia orientado. Ela estava segurando um mosquete por debaixo da roupa. Ávila derrubou a porta e entrou com muita pressa.

— Eu não sei o que aconteceu lá fora, mas alguém libertou seu irmão, mas você não me escapará.

— Eu vou matar você! — disse ela.

— Quem dera fosse só você que sentisse esse desejo, cada escravo lá fora gostaria de ter meu pescoço preso entre suas mãos.

Ávila percebeu que além do barulho da tempestade também havia som de muitos tiros e barulho de combate.

— Mas o que está acontecendo lá fora? — disse ele, deixando Liv a sós. Ela saiu do quarto e fugiu pulando a janela.

Zaki havia ido de alojamento em alojamento, libertando homens fortes, capazes e destemidos para combaterem. Armados com paus e as próprias correntes que os prendiam, eles se lançavam contra a guarda de Ávila, matando-os e se apossando de suas armas. No entanto, como a chuva as deixava quase que inutilizáveis, as correntes ainda presas em seus braços se tornaram um apetrecho de guerra aterrorizante.

— Vamos, fujam! — gritava Zaki, levando um grupo de mais de cinquenta homens com ele que se lançavam contra seus algozes, degolando-os.

Ávila, ao ver que sua vila estava tomada pelos escravos, fugiu selva adentro rumo à orla. Antes dele, os padres e os carregadores já haviam deixado o lugar. Os homens liderados por Zaki abriram brechas nas cercas da vila permitindo que as águas da chuva escoassem, baixando o nível da enchente.

Após terem feito reconhecimento em todas as partes da vila, juntaram alguns vigias que ainda restavam. Eles os reuniram em praça pública e os colocaram de joelhos. Depois, sob os gritos alucinados de Zaki, os enforcaram.

Triunfante, Zaki se aproximou do lugar onde estavam Aaron e Héctor, que havia retornado após saquear o lugar.

— Vitória meu amigo, nossos inimigos estão mortos! — disse Zaki, orgulhoso.

— Eu não esperava que matássemos homens inocentes como se fossem animais! — disse Aaron.

— Inocentes? Esses homens vivem da desgraça dos outros, nenhum deles pensaria duas vezes antes de lhe atravessar com uma espada ou estourar sua cabeça com um tiro.

Aaron ouviu o que Zaki disse e percebeu que a alma daquele guerreiro estava viva novamente. Ele se impôs no meio dos quase cinquenta escravos que restaram. Os demais haviam sido mortos pelos homens de Ávila, que no momento não restava nenhum.

Skipp sentindo as gotas da chuva que pareciam não querer diminuir, se aproximou de Zaki, perguntando:

— O que pretende fazer?

Reerguer este lugar e transformá-lo em um refúgio para fugitivos de sistema de Encomienda. Esse tráfico de pessoas precisa acabar...

— Deixe isso com a coroa espanhola, há muita gente grande envolvida nisso e sabemos que tanto são do império quanto da igreja.

— Faça o que quiser Skipp, mas eu não tenho mais nada na vida e vou procurar usar o resto que tenho na libertação de tantos quantos eu possa. Há outras vilas como esta espalhadas por essas terras. Libertaremos o máximo de pessoas que pudermos.

Skipp olhou para Zaki que estava rodeado por homens e mulheres agrupados atrás dele, como um exército emergente de libertação. Ele deu as costas e voltou para o alojamento de Aaron onde Soren não estava nada bem. Liv cuidava dele e procurava baixar a febre.

— Ele está muito ferido — disse liv.

— Liv... Liv... — Delirando, Soren chamava por ela.

— Aqui, eu estou aqui...

— Não deixe ele tocar você... Eu amo você, Liv...

Liv sentiu seu corpo se arrepiar ao ouvir as palavras de Soren, embora ele não estivesse em sã consciência. Skipp olhou para ela e disse:

— Ao menos agora ele está tendo coragem para admitir o que sente por você.

Héctor, que estava chegando e ouvindo o que Soren disse, falou:

— O rapaz tomou coragem! — Ao ver que ele delirava, ironizou:

— Ah, entendi! A febril coragem que transforma qualquer covarde em um herói.

A tempestade não dava indícios que pararia naquela noite. Entre gritos e danças de alegria, sujos de lama, barro e o sangue dos homens de Ávila, estendidos em um monte postos um sobre o outro próximo às estacas onde eram executados os condenados, agora, supostamente livres, comemoravam a conquista da liberdade.

Skipp se aproximou de Aaron que olhava pela porta.

— Deixe-os... Estão livres agora!

— Não é isso o que me preocupa — respondeu Aaron. — É em que Zaki vai transformar essas pessoas.

— E o que importa nesse fim de mundo? O importante é permanecermos vivos.

Skipp falou e foi até a selva sentindo as gotas da chuva quase a lhe ferirem a face. Lutando contra o vento e os galhos que lhes surravam, ele voltou não muito tempo depois. Liv continuava a resfriar a testa de Soren com um pano umedecido em água. O jovem havia se calado e sua face estava enrubescida. Seu corpo quente deixou Liv desesperada.

— Ele está morrendo! — sussurrou ela.

Skipp entrou no momento em que ela falou. Ele foi até onde havia deixado água fervendo e mergulhou folhas dentro do vaso. Depois, tomou Sorem em seus braços e o deixou desnudo. Pegou aquelas águas e aos poucos foi banhando Soren pronunciando palavras que Liv não entendia.

— O que está fazendo? — perguntou Aaron. — Isso é bruxaria!

Liv, defendendo Skipp, disse a Aaron:

— É apenas um ritual druida que era realizado nas aldeias antigas, ele está tentando salvar o filho!

Aaron se afastou enquanto Héctor falava:

— Não é muito diferente dos ciganos, também fazemos rituais para curar nossos doentes. Mas não falamos essas palavras estranhas...

Héctor se pôs ao lado de Skipp e enquanto ele ritualizava o banho da cura sobre Soren, sendo ajudado por Liv, Héctor pôs as mãos sobre o jovem enfermo e pedia que as divindades da natureza liberassem suas energias curativas.

— Mas o que é isso? — perguntava Aaron para si mesmo. — Não é à toa que são condenados à fogueira — disse ele.

Olhando para os lados e vendo que todos dentro do alojamento estavam ocupados e interessados na cura de Soren, Aaron se sentou em um banco e se recostou na parede. Ali, após algum tempo que não orava, ele ousou fazer uma prece:

— Eterno, eu não sei se deveria falar contigo, pois na verdade não acredito que me escutas mais! Já tentei te encontrar na religião de meus ancestrais judeus e acho que sigo o que os anabatistas ensinam sobre Jesus, que dizem ser teu filho. Ah, eu não sei mais de nada, nem mesmo sei quem sou eu! Mas fico a pensar: Se esses pagãos acreditam que meu sobrinho pode ficar curado através de suas superstições, encantamentos ou até mesmo fé, eu também gostaria de me unir a eles nessa prece.

Aaron ouviu Soren gemer como se não estivesse melhorando. Então, ele continuou:

— Ignora minha falta de fé, oh Eterno, e manifesta tua graça sobre a vida daquele moço, não o deixes morrer pelo amor que tu tens ao teu próprio filho, mesmo o tendo mandado aqui para ser crucificado por pessoas indignas, como nós. Não permitas que Sorem encontre seu fim dessa maneira tão trágica.

Aaron suspirou e se atreveu a olhar para a face de Soren que continuava envolto entre as mãos de Skipp, Héctor e Liv.

— Amém! — disse ele.

Depois, se levantou e foi até à porta, e ficou olhando a comemoração que se desfazia aos poucos. Uma mão se colocou sobre seu ombro. Ele não precisou olhar para trás para saber que era Skipp.

— Obrigado por ter orado, meu amigo.

Aaron abaixou a cabeça e a balançou dizendo:

— Eu não fazia isso há muito tempo, não sei se o Eterno me ouviu.

— Acredite no seu Deus, pois eu acredito em meus rituais. Se você diz que ele é o criador de tudo, bem, se eu o seguisse, não titubearia na minha fé.

Skipp ia se afastar quando Aaron perguntou:

— Como ele está?

— A água resfriou o corpo e a febre baixou um pouco. Ele está dormindo, mas ainda precisamos ter cuidado.

Aaron olhou para Skipp e falou:

— Quero que me perdoe por não ter cuidado de seu filho com mais diligência, tudo isso é culpa minha... Desde a praia, quando estávamos acampados e...

— Calma, não se culpe por nada. O que você poderia fazer contra esses mercenários armados e prontos a matar por qualquer motivo? Se você, Liv e Soren ainda estão vivos, é porque você não fez nenhuma loucura querendo bancar o herói.

Héctor se aproximou de Aaron dizendo:

— Em outras palavras, você foi um covarde útil.

— Não diga isso! — disse Skipp, sorrindo. — Ele foi prudente.

A noite foi longa e a cruel tempestade a nada poupava. Bem alojados na antiga casa de Ávila, os escravos que restaram puderam sentir segurança.

No outro dia, ao raiar do sol, as pessoas estavam exaustas e foram acordando uma a uma. Se levantavam e foram para o centro da vila. A destruição era enorme e os corpos estavam amontoados no centro da praça. Sorem havia acordado e Liv cuidava dele. Zaki estava eufórico conversando com os homens e Skipp se aproximou de Aaron que olhava para a selva.

— Em que está pensando, meu amigo?

— Estou considerando a nossa vida. Precisamos sobreviver nesse lugar e por isso não podemos ficar aqui. Ávila voltará e Zaki formará um grupo de libertação de escravos, eu não quero participar disso.

— Sim, concordo com você! Deixemos Sorem se recuperar e vamos embora.

Após dois dias, Sorem havia se recuperado e estavam prestes a sair, depois de se despedirem de Zaki e dos demais, quando uma das mulheres gritou no centro da vila:

— Meu filho, meu filho...

Eles saíram da Casa Grande e viram os moradores se juntarem no centro da vila, em volta da mulher que segurava um jovem nos braços, com uma flecha no peito. Skipp olhou para a selva e falou:

— Selvagens... Estão em toda parte... Não podemos sair daqui!

Capítulo VIII

Culpados: Mãos sujas na consciência aflita

Cerca de quatro dias após ter se separado de Tayrus e Anelise, Heyra e Cuatl chegaram a uma antiga ocupação dos Mexicas. O nativo pensava estar desocupada, mas ao se aproximarem, foram recebidos por índios que faziam a sentinela do lugar. Ao verem Cuatl, eles o cercaram. O nativo se mostrou surpreso ao perceber que a antiga cidade velha que comportava três grandes pirâmides estava sendo reconstruída.

Eram escoltados por dois fortes guerreiros ornados com ossos nos lábios e tatuagens pelo corpo inteiro. Armados com arco e flechas, lanças e espadas serrilhadas, levaram Cuatl e Heyra até Sihuca, que era o único filho sobrevivente de uma família de líderes Mexicas. Ao chegarem em sua presença, Cuatl se abaixou, reverenciando-o.

— Cuatl, irmão de Naualli, aquele que não existe mais entre nós! — disse Sihuca, se erguendo do trono e mostrando supremacia. — Quase que você não me encontra aqui, por pouco não fui recuperar uma comunidade rebelde que pertence a um certo aliado.

De joelhos, Heyra não hesitou em levantar os olhos e percebeu o corpo musculoso do homem. Seus adereços no pescoço e a plumagem de cor azulada, amarela e vermelha que trazia sobre a cabeça e nas costas, lhe dava um aspecto majestoso. Ele tinha largas cicatrizes nos braços e pernas e em suas orelhas grandes argolas com pendentes semelhantes a pêndulos.

— Baixe a cabeça — sussurrou Cuatl para Heyra, que obedeceu.

— Levantem-se! — ordenou Sihuca.

Cuatl ficou de pé e perguntou quase pedindo licença:

— Como escaparam da matança da grande noite feita por homens maus?

Sihuca respondeu a Cuatl, mas olhando para Heyra, percebendo que era mulher branca:

— O deus Tezcatlipoca nos reuniu novamente, estávamos perdidos dentro da selva quando vi a sua luz a me mostrar o caminho...

Cuatl o olhava e sabia que Heyra não acreditava no que ele dizia. Ele falava na língua Mexica e Cuatl traduzia para Heyra.

— ...Então, depois de encontrar meu pai e meus irmãos mortos na beira do rio, percebi que eu tinha que guiar o que restou dos Mexicas desse lado da margem. Os demais que foram para a festa no templo não voltaram... Foi grande a mortandade feita naquela noite...

— Covarde! — disse Cuatl, baixinho, mas apenas Heyra entendeu o que ele falou.

— Por que o chama de covarde? — perguntou Heyra, olhando para o lado.

— Provavelmente ele se aproveitou da matança feita pelos homens maus na terrível noite no templo e matou o chefe de sua tribo, que era seu próprio pai, e também seus sete irmãos. Todos mais velhos que ele...

— O que conversam? — perguntou Sihuca, se sentindo incomodado.

— Eu dizia para ela como Tezcatlipoca, o grande deus que nos conforta, lhe poupou da morte e o fez líder desse grande número de irmãos Mexicas.

Desconfiando de que ele mentia, Sihuca o provocou:

— Fiquei sabendo como seu irmão Naualli foi morto pelos homens brancos, os mesmos que também mataram Montezuma...

— Não sei como ele foi recolhido aos nossos ancestrais, eu não estava com ele...

— Disseram-me que ele suplicou pela vida, chorando como uma mulher. Provavelmente os deuses não estavam com ele...

— Foi o que lhe contaram? — perguntou Cuatl.

— Sim, foi o que eu soube.

— E quem lhe disse tantos detalhes?

Sihuca percebeu que estava sendo interrogado e mudou o tom da conversa.

— As notícias correm, os guerreiros sabem do que houve...

— Faz poucos dias que meu irmão foi morto. Estávamos em festa e havia muitas danças e músicas e oferendas aos deuses...

Meu irmão Naualli era grande guerreiro e sei que não perderia a chance de morrer com grande triunfo diante de Tezcatlipoca. Isso, se realmente ele estiver morto.

— Acredite no que quiser, Cuatl, mas sabe que somos irmãos e será bem cuidado, aliás, muito providencial sua chegada aqui, com essa mulher tão formosa.

Sihuca riu alto e com ele os demais sacerdotes que estavam atrás dele. Cuatl e Heyra foram levados para o pátio onde havia mulheres que cuidavam da comida. Eles foram obrigados a se sentarem e se alimentarem.

— Ao menos estamos vivos — disse Heyra.

— Não por muito tempo — respondeu Cuatl.

Heyra o olhou desconfiada. Cuatl apontou para a pirâmide mais alta, e disse:

— Aquele é o lugar onde provavelmente arrancarão nossos corações e os comerão, depois jogarão nossos corpos para baixo e o povo irá dividir nossos braços e pernas e os cozinharão naqueles grandes vasos. Neles, haverá água quente e especiarias…

— Pare! — Heyra ficou de pé, quase vomitando. — O que pensa que está fazendo?

— Não quero que esteja confusa quando tudo for acontecer…

— Eu não quero saber o que irá acontecer… Eu o segui até aqui porque pensei que você estava me defendendo, mas onde quer que você me leve é sempre a mesma coisa, selvagens, sacrifícios, mortes…

— Eu não sabia que Sihuca estava aqui com um número tão grande de guerreiros, é certo que eles tentarão se levantar contra homens maus… Eu poderia me juntar a eles, mas percebi que foi ele mesmo que ordenou o ataque contra meu irmão, ele deve ter dado pedras amarelas para mercenários brancos… Sihuca não me matou ainda porque pretende me sacrificar para Tezcatlipoca.

Heyra estava cansada. Sua memória parecia ter aberto um grande arquivo e suas lembranças passavam frente aos seus olhos. Momentos felizes quando tinha a proteção de sua mãe fizeram seus lábios esboçarem um leve sorriso. Quanta falta ela fazia agora. Quem dera ter seu ombro e seu colo e sentir-se afagada como nas noites de tempestade, quando sentia medo dos trovões. Mas ali, sua realidade era outra. Estava rodeada pela brutalidade e o aroma que exalava em suas narinas era o cheiro da morte.

— Bela… — disse Cuatl, olhando para Heyra que estava envolvida em suas lembranças.

— O que disse? — perguntou ela, voltando à realidade.

— Sua face, seus cabelos, seus olhos… Você é bela, semelhante à lua em seu esplendor — respondeu Cuatl, com o rosto sereno.

Heyra ficou calada, pois não queria admitir pra si mesma que aquele nativo mexia com suas emoções. Ela balançou a cabeça de forma negativa e se levantou. Dando as costas para ele, disse:

— Não faça isso comigo! Não queira que eu acredite que minha vida ainda tem sentido.

— Por que fala assim? — perguntou ele indo atrás dela.

— Olhe para mim! — disse Heyra, zangada, mostrando suas vestes rasgadas e sua pele suja com barro e sangue. Ela pegou em seus cabelos amarelados que estavam embaraçados e puxando-os para cima falou alto:

— O que há de belo em uma mulher que se parece um porco do mato? Hã? Vamos, me responda!

Cuatl não lhe respondeu, mas ficou de pé. Ali, rodeado por tantos inimigos, ele se chegou a ela — que tinha atrás de si a grande pirâmide ao longe e ao redor a confusão de nativos que se atropelavam entre seus afazeres e preparativos para o sacrifício na noite da grande lua — e falou-lhe, pegando-a pelos ombros:

— Por vezes tenho a impressão que vejo Xail em seus olhos — disse ele, tocando a face dela.

Heyra deu um sorriso irônico e falou:

— É isso que você vê em mim? Ou que sou para você? Apenas lembrança de sua mulher morta? — Ela estava com ciúmes e sabia disso.

Os dias que passara junto daquele nativo foram o bastante para que seu coração nutrisse muito mais que simples afeições por ele. Ela esperava dele o mesmo sentimento.

— Por que se zanga quando falo dela? Xail sempre será lembrada em meus rituais pelos mortos, da mesma forma que faço por Ollin, meu filho.

Heyra percebeu que havia se descontrolado, então disse:

— Claro, me desculpe. Eu não tive a intenção de me intrometer em suas tradições e seus rituais.

Contrariada, ela se afastou sabendo que tinha em suas costas o olhar daquele nativo que não conseguia entender os conflitos daquela jovem mulher branca, oriunda de uma terra estranha e muito distante de seu próprio mundo.

Cuatl desistiu de ir atrás dela, assim, sentou-se em uma pedra e pela primeira vez percebeu o quanto era alta a pirâmide central com sua escadaria que parecia infinita. Ele observou como os nativos liderados por Sihuca davam os últimos retoques na imensa construção, pintando as paredes com cores fortes e ornando os utensílios que receberiam o sangue dos imolados. Abaixo, na base da pirâmide, as diversas bacias de metal já estavam dispostas sobre fogões feitos de pedras, onde os pedaços dos corpos dos sacrificados seriam cozidos para serem divididos entre os membros da tribo.

Voltando seu pensamento à Heyra, ele falou baixinho:

— Mulheres! Não sei o que mais me atemoriza: Se elas ou se o que me aguarda nessa pirâmide...

Enquanto isso, no porto clandestino próximo ao minúsculo vilarejo mantido pelos padres mercenários, o padre Juan tentava se explicar ao comandante de um galeão que aportara com poucos condenados.

— Não me venha com desculpas, Juan! — disse o comandante. — Acha que está fácil conseguir negociação com novos membros da inquisição?

Calado e cabisbaixo, o padre Juan apenas ouvia. Dado ao silêncio do comandante desde sua última fala, Juan comentou:

— Esses noviços se acham muito santos, mas com o tempo também se corromperão. Basta a necessidade lhes bater à porta que eles aceitarão as moedas para entregarem os condenados, por enquanto eles os queimam, achando que estão purificando suas almas infelizes, mas logo perceberão que estão lançando moedas vivas no fogo...

— Suas palavras não me servem de consolo. — O homem bateu com as mãos em punho sobre a mesa. Ele se levantou e disse:

— Aquele naufrágio foi um golpe duro nos negócios...

Juan olhava as costas do homem vestido com um sobretudo preto que lhe cobria as botas. Posta ao lado da cintura, sua longa espada acompanhava seus passos. O comandante voltou-se e Juan percebeu a garrucha em seu coldre, no cinto transversal em seu peito.

— ... Investi muito dinheiro em homens fortes e mulheres saudáveis e para quê? Para ir tudo por água abaixo, literalmente.

Enquanto o homem buscava consolo em sua própria respiração cansada, o padre Juan disse:

— Mas recuperamos parte deles, uns foram achados na praia, perambulando... E outros foram capturados pelos homens do nativo...

— E de que adiantou? — perguntou o comandante, desgostoso. — Se os que foram enviados para a vila de Ávila se rebelaram e fugiram? Não foi isso que você me disse? Que a vila está destruída?

Enquanto Juan se sentia cada vez mais inútil diante do comandante, um homem chegou rápido no porto. Ele desmontou do cavalo e seguiu até as acomodações do comandante.

— Senhor? — disse o homem à porta.

— Sim, entre. Novidades?

— Sim senhor! Tenho novas do nativo Sihuca.

O comandante ficou curioso. Ele olhou para Juan e perguntou ao recém-chegado:

— E que novas são essas?

— Ele mantém a vila de Ávila cercada, os rebeldes estão sendo mantidos presos, por enquanto.

O comandante sorriu pelo canto da boca e sentiu que o amargo em seu estômago havia aliviado.

— Você disse que a vila estava acabada, Juan. De que lado está?

O comandante se voltou para o mensageiro, perguntando:

— E o Ávila, aquele imprestável, o encontraram?

— Não, senhor! É provável que não tenha sobrevivido à tempestade.

— Tomara que não! — disse o comandante, cuspindo no chão, enquanto o padre Juan se benzia. — Maldito incompetente. Não consegue administrar uma vila de trabalhadores braçais!

O comandante chamou Remy, homem alto e forte, cerca de quarenta anos de idade e pele não tão escurecida. Seus cabelos negros e olhos castanhos lhes davam uma aparência agradável, no entanto, sua frieza era escondida pela aparente simpatia. Ele era o fiel imediato do comandante a quem prestava um trabalho além de qualquer suspeita.

— Pois não, senhor Telbhus — respondeu o homem com sotaque francês. Sua voz rouca e forte encheu o lugar.

— Remy, precisamos resolver um problema grave no meio dessas matas infestadas de selvagens. Reúna cerca de cem homens e partiremos amanhã de manhã com a carga.

— Bom, sendo assim, acho que me retirarei para perto de meus irmãos em nossa modesta vila no litoral — disse o padre Juan.

— O senhor vai conosco, padre! Eu não quero ir para o inferno, nesse purgatório, caso não receba a extrema-unção.

O padre Juan engoliu seco e deixou um sorriso sem expressão lhe ornar a face.

— Com medo, padre? — Telbhus havia se sentado em sua cadeira recoberta de couro. Com as mãos juntas e sobrepostas sobre a escrivaninha, ele olhava fixo para Juan, provocando-o.

— É cômico quando assisto aqueles julgamentos em que os juízes inquisidores todos cheios de si, bem-vestidos e protegidos pela guarda da igreja olham nos olhos petrificados pelo terror de pessoas que muitas vezes nem sabem a razão de estarem ali.

Telbhus ficou de pé e encenava o que falava. Ele queria ser visto como um magistrado em plena função de suas atribuições no Santo Ofício:

— Você é um herege! — Ele parecia sentenciar o padre Juan que estava à sua frente. Aproximou sua face à de Juan e falou quase jogando a saliva nos olhos do padre:

— Camponeses, aldeões, artesões e mulheres simples que querem apenas levar alimentos para suas famílias são presas e queimadas como cervos que são caçados nas florestas reais. E por quê? Porque discordam do que vocês dizem ser a verdade!

Juan queria falar, mas Telbhus não permitiu:

— Corajosos, vocês são muito corajosos! Rodeado por páreas e guardado pela Lei do Estado, claro, qualquer medida que tomarem, sendo do interesse da Igreja e do Estado, tudo ficará entre vocês, mas enfrentar silvícolas em sua habitação realmente mostra quem está por detrás dessas roupas que deveriam proteger homens santos.

Juan não suportou mais as afrontas de Telbhus e o enfrentou, embora de maneira modesta:

— Não sei por que nos acusa, pois se aproveita do mesmo sistema para juntar malditas moedas vendendo o sangue de pessoas inocentes.

— Pessoas que vocês iriam queimar sem a mínima compaixão!

— E você acha que é melhor do que nós, quando os adquire para trazer para esse inferno.

— Ao menos estão vivos e dando lucro! Mortos, para que serviriam a não ser aumentar vossa culpa diante de que há de julgá-los?

— Ao menos você tem ciência de um julgamento...

Telbhus interrompeu o padre Juan:

— Enquanto eu puder corromper inquisidores, eu serei o juiz! Escolho quem vive e quem queima, ainda sou eu quem separo o joio do trigo, ou... o que pode trabalhar e o que certamente não voltará para sua família.

Remy ouvia a discussão e sabia que Telbhus estava se divertindo. Ele fechou os olhos e parecia ouvir novamente os gritos de dor das pessoas que presenciou queimar. Enquanto queimavam, Telbhus negociava com os inquisidores. Quantas vezes ele, Remy, não entrou nas masmorras escuras e frias em busca de homens fortes e mulheres que seriam levados acorrentados durante a noite para certa abadia além do mar.

— Piedade! — Era o grito de socorro que ele mais ouvia nos corredores das masmorras.

Remy sentia sua consciência lhe sair do corpo a ponto de querer abandoná-lo pelos crimes e pelas ações que realizava. Sentia-se um monstro por servir a Telbhus, no entanto, sabia que sua esposa e filha só estariam seguras trabalhando na cozinha de um tal David, homem influente e rico que morava no centro da Itália, se ele não se insubordinasse.

Serena, sua esposa, mulher morena de cabelos negros e encaracolados, nascida em uma família cigana ao sul da Itália, havia sido presa na França, onde viviam. Certamente seria queimada por bruxaria por ter usado alguns unguentos feitos de cascas e folhas de árvores em sua filha Abele, que tinha doze anos. Remy apelou por sua liberdade, mas não foi ouvido.

No dia da execução de Serena, ele estava junto com ela, rente à cela, segurando a grade, quando Telbhus o viu. Seus músculos definidos e sua vivacidade ao falar e gesticular, chamaram a atenção do comandante que parou e o olhou, mas não disse nada.

Ele procurou saber quem era aquele homem e o que estava fazendo ali. Ao saber do caso de Remy, Telbhus o chamou e lhe propôs a liberdade de Serena em troca de seus serviços. A condição era que a esposa e a filha dele estivessem na casa de David, trabalhando na cozinha. Ele aceitou de imediato, mas não sabia que estava dando as mãos ao demônio do mar.

Depois de três anos e seis meses vendo o sangue de pessoas serem derramadas e outras sendo acusadas injustamente tão somente para servirem de negócio e, somando-se a esses fatos, a saudade de sua esposa e filha causada pelo tempo e pela distância, fez com que o sorriso que lhe era peculiar desaparecesse. Em seu lugar, ele se esforçava em conservar tão somente uma aparente simpatia.

Naquele trabalho, ele era obrigado a ouvir lamúrias de filhos e pais, esposas e esposos e não se importar. O sangue ou a fome que via no rosto das pessoas não poderia lhe tocar, mas as lembranças do sorriso de Abele não lhe saíam da memória. Assim, não era difícil encontrá-lo, vez ou outra, chorando em algum canto onde não pudesse ser percebida sua presença.

— Remy! — gritou Telbhus pela terceira vez. — O que está havendo com você?

— Desculpe-me, senhor! — respondeu o imediato. — Eu por um momento fiquei despercebido.

— Fique nesse estado quando estivermos no meio da selva e nunca mais verá a cigana, que certamente David deve estar cuidando muito bem…

Telbhus sorriu maliciosamente enquanto passava por ele.

— Vamos! Junte os homens que irão conosco.

Remy saiu jurando fugir do galeão quando passassem perto da França. Ele reuniria homens e invadiriam a propriedade de David. Mas em seu coração ele sabia que não seria tão fácil executar tal plano.

Depois do confronto com Heyra, Tayrus falava pouco. Passava o tempo pescando ou trabalhando em uma pequena habitação feita de varas e barros, coberta com folhas de palmeiras e feixes de capins amarrados uns aos outros. Anelise não se conteve com o silêncio dele há mais de três dias, então o provocou enquanto comiam o que ela chamava de refeição do meio-dia:

— Não quero me meter em sua vida, mas ficar calado o tempo todo não ajuda nem a mim nem a você.

Ele escutou sem nada dizer. Mordeu o peixe assado na brasa e bebeu água. Ela continuou a conversa:

— Bom, sendo assim, terei que procurar algum lugar para ir, já que não pretendo me sentir…

— E pra onde vai? — perguntou ele, quebrando o seu silêncio. — Sabe que se for para a selva os índios a pegarão, se ficar pela orla perambulando, será capturada.

— Ao menos eles falarão comigo! — respondeu ela.

— Meu silêncio é minha forma de me castigar.

— Castigar? — perguntou ela. — Castigar de quê?

— De ter quebrado o meu juramento de vingança!

Calma, sem aumentar o tom da voz, pausadamente, Anelise perguntou:

— Ficaria satisfeito em matar aquela moça? Acha que ela é culpada pelo que aconteceu com sua esposa?

— Ela é filha de Telbhus, isso já a condena!

Anelise sabia que o homem que estava à sua frente estava possuído por rancor e ao mesmo tempo decepção por não ter matado Heyra.

— Não acredito que Agnes ou Anne ficariam contentes em ver o sangue de uma moça inocente em suas mãos!

Tayrus se levantou e disse olhando as próprias mãos:

— Derramei muito sangue inocente para vê-las seguras... Não me importaria com mais um pouco, principalmente o da filha daquele demônio.

— Me preocupo com você Tayrus, salvou a minha vida e cuida de mim... Estava sempre alegre e...

— Não era alegria! É uma fuga de mim mesmo e das lembranças do mundo que tive um dia. Sorrir, brincar ou ser sarcástico é apenas uma maneira de me esconder dos fantasmas de ontem, mas eles voltam, toda noite estão comigo.

Ele passou a mão no pescoço quando disse:

— Sinto a corda novamente em meu pescoço e a voz me falando para pular do barril...

— Tentou se enforcar? — perguntou Anelise.

— Por duas ou três vezes... Mas não consegui! Eu sei que foi Alá que não permitiu, ele tirou a corda do meu pescoço para que eu pudesse colocar no pescoço do meu inimigo!

— Aquela moça não é sua inimiga — disse Anelise, tentando acalmar Tayrus, mas o deixou mais irritado ainda.

— Ela é semente do mal, provém dele e por isso não a deixarei viver.

Anelise percebeu que não estava tendo sucesso, então falou:

— Espero que também não odeie tanto assim os anabatistas, afinal de contas, cristãos católicos e mouros lutaram por tanto tempo na Europa...

— Não estou atrelado ao que acontece entre eles, sirvo a Alá porque ele me deu razões para viver novamente.

— Então estou segura! — Brincou Anelise.

Tayrus ficou quieto e fez sinal para que Anelise se calasse, pois ouviu passos. Eles saíram da cabana e viram um homem deitado de bruços na areia. Tayrus mandou Anelise ficar onde estava e foi até o estranho. Com cuidado, adaga na mão, ele se aproximou olhando para os lados. Tocou no homem com os pés e se certificou que ele estava desacordado.

Após ter tirando as pistolas e as adagas do homem, Tayrus o puxou até um coqueiro e o amarrou. Depois, pegou um pouco de água e jogou em seu rosto, acordando-o.

— Ah, não... Poupem-me... — dizia o estranho, um homem alto e forte, no entanto parecia um covarde.

— De quem está fugindo? — perguntou Tayrus, segurando uma das pistolas forçando-a contra o queixo do recém-chegado.

— Selvagens, centenas deles...

— Quem é você? E o que faz nessas terras?

O homem recém-chegado percebeu que tanto Tayrus quanto Anelise eram sobreviventes do galeão que havia naufragado. Assim, mentiu para eles:

— Eu sobrevivi ao naufrágio do galeão, meu Deus, foi horrível!

Tayrus olhou para Anelise e não precisou falar para dizer que não acreditava no que Ávila dizia.

— Se não falar a verdade, vou arrancar o que você tem de mais precioso e vou usar para pescar siris...

— Eu falo a verdade, *hombre*...

Tayrus sorriu consigo ao ouvir o sotaque castelhano do estranho.

— Por que está a me ironizar? — perguntou ele a Tayrus.

— Você me faz lembrar Héctor, um amigo que possivelmente perdi...

O homem deixou que um desenho estranho se desenhasse em sua face. Tayrus percebeu e pôs novamente a pistola debaixo do queixo dele, dizendo:

— Você o conhece... Sim, você conhece Héctor...!

— Há muita gente com esse nome — respondeu o homem.

— É verdade, mas e se eu dissesse que ele era cigano?

A respiração do homem se tornou um pouco mais acelerada, o bastante para Tayrus tirar suas dúvidas.

— Sim, *hombre,* você tem parte com o demônio... Sabe que um homem cigano, por nome Héctor, estaria naquele galeão.

— Não sei do que estais a falar.

— Mais uma mentira e eu lhe estouro os miolos! Quem é você?

— Eu não sou ninguém, sou apenas um trabalhador do galeão que naufragou...

— Os trabalhadores do galeão não se vestiam tão ornamentados com camisas coloridas e coletes finos, nem tampouco usavam duas pistolas e duas adagas. Eu sei quem era o responsável pelos prisioneiros daquele maldito navio e sei que não era você! Acha mesmo que fui parar naquele galeão por acaso? Acha que sou um condenado como os demais? A quem pensa que quer enganar?

Anelise assistia Tayrus aterrorizando o homem e por vezes pensou em lhe acalmar, mas achou por bem não dizer nada. Ela se afastou um pouco e a aparência do prisioneiro lhe pareceu familiar.

Ele parece com um homem que visitou nossa reunião dominical, procurando o meu pai... Ou foi na taverna com... Pensou ela. Ah, acho que estou confundindo.

Enquanto isso, Tayrus terminava de amarrar o pescoço do homem ao coqueiro, assim, ele estava assentado, amarrado com as mãos para trás e o pescoço também.

Tayrus foi até onde estava Anelise, perto da cabana.

— Cedo ou tarde ele falará! — disse Tayrus. Anelise perguntou:

— Precisa mesmo fazer isso? Não sabemos quem ele é! Talvez possa nos ajudar.

— Não seja ingênua, não é porque você dormiu com um padre que pode pensar que todo mundo seja bom! Ele é tão cruel quanto o seu amante de batina.

Tayrus falou e deu as costas para ela, indo para a cabana. Anelise se irritou e andou às pressas atrás dele, dizendo:

— Não precisa descarregar todo o seu desgosto em mim e naquele estranho. Achei que você estava se recompondo do encontro com aquela moça, mas parece que está mais furioso. Acaso não mereço um pouco mais de sua gentileza?

Tayrus parou ao chegar à porta da cabana e, respirando fundo, deixou o ar sair devagar. Depois, voltou seu olhar para Anelise, que atrás dele, não se ateve em esconder a lágrima que descia em um de seus olhos. Tayrus olhou para aquela moça à sua frente e percebeu que ela era bela. Além disso, também havia se tornado sua companheira naquele inferno rodeado por selvas e mar.

— Me desculpe — disse ele indo até ela e a abraçando. — Eu não estou sendo uma boa companhia esses dias.

Deixando que seu corpo ficasse envolvido pelo dele, ela respondeu, sentindo-se protegida:

— É verdade, não está sendo mesmo!

Ainda abraçando-a, ele respondeu:

— Não precisa concordar, sei quando estou sendo intolerável.

Ela saiu dos braços dele e abraçou a si mesma. Depois perguntou:

— O que fará com aquele homem?

— Vou privá-lo de comida e água. Ele está escondendo alguma coisa... Ele não estava no galeão e pode ter ligação com gente importante do reino de Espanha... Ou pode ser um caçador de fugitivos... Com certeza não está aqui para nos salvar.

— Você está sendo cruel com ele — disse ela.

— Você sabe bem o que é crueldade para falar assim. Crueldade foi terem queimado sua mãe na sua frente, isso sim foi crueldade.

Anelise sentiu as palavras de Tayrus como flechas agudas a lhes encravar o coração, lhe abrindo um buraco como uma porta ao passado.

— Ávila... O nome dele é Ávila! — Anelise falou com os olhos arregalados.

— O que...? Você o conhece? De onde?

— É o homem que foi com Heiko em uma das noites à taverna onde eu cantava.

Tayrus, ironizando, falou:

— Você só o viu uma vez na taverna e ainda lembra dele?

— Não menospreze a capacidade da memória de uma mulher! — disse ela.

— Tem certeza que o nome dele é Ávila?

— Sim, é ele mesmo!

— Então eu sei quem e o que ele é! — disse Tayrus.

— E que é ele?

— Eu nunca o havia visto, mas sei que é um dos homens que comandam o tráfico de condenados. O outro é Telbhus, pai de Heyra, mas sei que também há mais envolvidos.

— Então você vai matá-lo? — perguntou ela.

— Morto ele não vale nada! Esperarei ele falar, e não lhe diga que sabemos quem é.

— Mas eu não tenho certeza do que disse...

Tayrus olhou para Anelise e brincou:

— Eu não duvido da memória de uma mulher... Alá me defenda de vocês!

No dia em que a Vila foi cercada pelos Mexicas comandados por Sihuca, a tensão tomou conta de todos. Skipp e Zaki se colocaram como líderes e porta-vozes do grupo rebelado. Eles ainda estavam reunidos na praça, formando um grande círculo, e sabiam que estavam à mercê das flechas dos inimigos.

— Não podemos vencer os selvagens — disse Zaki ao grupo de cerca de cinquenta homens.

— Temo por nossas mulheres e crianças — disse um deles.

— Sim! — concordou Skipp.

— O que você sabe de nós, estranho? Chegou aqui apenas para salvar seu filho…

— Calma! — Zaki interveio protegendo Skipp, que falou:

— Meu filho está entre a vida e a morte… Não tão diferente dos vossos filhos, aliás, algum dos que estão aqui se interessaram pela vida de Soren enquanto ele agonizava nesse tronco? Claro que não! Eu estava observando lá de cima… Ninguém se importou!

— Era ele ou nós — respondeu outro homem.

— Se continuarem discutindo, eu mesmo vou me encarregar de sangrar um por um — disse Zaki.

Embora o grupo estivesse armado com facas ou pistolas, sabiam que o cerco era grande. A aparência dos selvagens metia medo. Com os corpos pintados e ossos pendurados nos lábios, no peito e nas orelhas, além das roupas cheias de adereços e penas, formavam um misto de temor e admiração ao mesmo tempo.

Eles se aproximavam cada vez mais da Vila com arcos em punho e com as espadas serrilhadas batendo em seus escudos.

Héctor se aproximou de Skipp e falou:

— Por Deus, homens, vocês estão mesmo dispostos a enfrentar esses selvagens?

Skipp olhou para Zaki, que disse:

— Poderíamos ao menos tentar conversar.

— Eles não conversam, só atiram flechas — disse outro homem do grupo.

— Vamos tentar… Eu vou até eles — disse Zaki.

— Eu vou com você! — Skipp falou e baixou a pistola. Pediu para que os outros continuassem em guarda.

Enquanto Zaki e Skipp, com as mãos erguidas, se aproximavam do muro da Vila, Aaron se aproximou de Héctor, falando:

— Eu queria ter a coragem deles!

— Eu não! — respondeu Héctor. — Isso é suicídio.

Zaki gritou para os Mexicas:

— Ei, algum de vocês me entende?

Ele estava próximo da cerca olhando por uma brecha quando de repente uma face pintada, com os lábios e queixos com ossos lhe apareceu:

— Abram o portão, ou vamos pôr fogo em tudo…

Zaki pulou para trás enquanto Skipp manteve-se calmo. Zaki então disse:

— Você me entende e isso é bom. O que pretendem fazer conosco?

— Onde está Ávila? — perguntou o Mexica.

— Ávila não está aqui, aliás, nenhum de seus homens sobreviveu…

— Então todos vocês serão levados para a Cidade onde os deuses nos ouvem, participarão da grande homenagem que faremos em breve, quando a lua encher os céus.

— E se não quisermos sair daqui? — perguntou Skipp.

— Vocês não têm escolha, Sou eu quem decide agora! Abram os portões ou mataremos todos.

Skipp e Zaki fizeram sinal para que os homens colocassem as armas no chão enquanto seguiam para o portão. Eles levantaram a barra de madeira e os portões foram abertos.

— O que estão fazendo? — perguntavam uns aos outros. Aaron pediu que se acalmassem.

— Certamente estão tentando negociar com os índios…

— Esses selvagens não negociam com ninguém, eles matam e comem corações. Já viu um coração pulsando e sangrando em suas mãos? — gritou um dos homens.

Aaron sentiu um arrepio na pele enquanto seus olhos pareciam petrificados. Héctor então falou, enquanto via a Vila sendo invadida pelos Mexicas.

— É, meu amigo, acho que nossos devoradores chegaram!

— O que você fez? — perguntavam os homens para Zaki. — Nos trocaram por suas liberdades? Sabem o que eles farão conosco?

— O pânico não ajuda em nada! — disse Zaki.

— Vocês não têm ideia do que fizeram, abrindo os portões — disseram.

Zaki já havia servido no exército do Rei da Escócia, portanto sabia que se resistissem, seriam arrancados dali à força, sob o fogo ou sob a fome e doenças. Os selvagens não teriam pressa em subjugá-los, assim, achou por bem negociar um termo onde poderiam ganhar tempo buscando uma forma de sobrevivência.

— Sei, sim! — disse Zaki. — Poupei que vocês morressem hoje para que possa ao menos planejar como se manterão vivos amanhã!

As pessoas na Vila estavam absortas. Havia nativos pintados das diversas maneiras com escudos e espadas serrilhadas, outros com arcos e flechas. A simples aparência deles causava timidez. O Mexica responsável pelo cerco falou:

— Meu nome é Tonali, Aprendemos sua língua com homens vindos de longe e que chegaram no galeão trazendo um falso deus, o mesmo que queimou nosso Templo Maior. Isso foi há algumas luas...

— Ele está falando de Cortez! — disse Héctor a Aaron. — Na Espanha, ouvimos muitas coisas que ele fez a esses selvagens. Tonali continuou:

— Levaremos conosco os homens e mulheres que ainda são jovens e fortes para o trabalho, os demais não serão levados.

Houve um grande ruído entre todos e os Mexicas lançaram mão dos homens e os amarraram uns aos outros. Os nativos entravam nas casas e matavam velhos e doentes. Ao chegarem no lugar onde estavam Soren e Liv, dois deles olharam para a jovem, enquanto Skipp gritava desesperado para Tonali:

— Meu filho e minha filha estão naquela habitação! Ei, me escute...

De repente, os dois Mexicas saíram empurrando Liv para fora. Um deles chegou ao ouvido de Tonali e lhe disse alguma coisa. Tonali pegou Skipp pelo braço e foi até onde Soren estava.

— É seu filho?

— Sim, ele é meu filho, está doente, mas se recuperando...

— Jovem e forte, porém doente! — disse Tonali. — Não nos serve.

— Eu o carrego, o levarei nos ombros... Mas não o mate! — clamou Skipp.

Tonali olhou para Soren ainda febril e falou para Skipp:

— É uma longa caminhada, se nos atrasarmos, eu matarei os dois no caminho!

Enquanto o clamor lamurioso enchia a Vila, a reclamação e a ira dos homens se acendiam contra Zaki e Skipp.

— Não será necessário que os selvagens os matem, nós mesmos faremos isso! — diziam.

Skipp pôs Soren sobre os ombros e sabia que não suportaria por muito tempo. Aaron se aproximou e disse:

— Eu o ajudarei.

Zaki também disse o mesmo para o druida.

Sendo mantida um pouco atrás de onde estavam os demais, Liv sentia que os nativos tinham uma atenção especial para ela. Alguns passavam por ela lhe tocando o corpo.

Não demorou para que estivessem selva adentro. Os nativos empurravam os prisioneiros para que apressassem a caminhada, no entanto, por estarem enfileirados e amarrados uns nos outros, tropeçavam e caíam. Machucados, sedentos e com fome, cinco deles foram deixados para trás com as marcas da espada serrilhada sobre o crânio ou no peito. O sangue que lhes escorria pelo corpo, certamente surtiria o cheiro necessário para que os abutres ou predadores logo se aproximassem para devorá-los.

— Não aguento mais! — disse Aaron, tendo Soren sobre os ombros, deixando-o cair no chão.

Eles já haviam caminhado até o meio do dia e Aaron havia pegado Soren de Zaki. Ao cair ao chão, Soren sentiu que sua consciência estava voltando. No entanto, essa não foi a impressão de Tonali que se aproximou decidido a lhe tirar a vida.

— Por favor! — interveio Skipp, enquanto Tonali erguia a lança para perfurar Soren que estava caído.

Soren ergueu a mão direita, falando:

— Água, por favor... Um pouco de água.

Tonali segurou a lança onde estava no alto e sinalizou para que um dos nativos desse água para Soren. Ele bebeu sendo socorrido por Skipp, que falou:

— Vamos, levante-se... Vamos, força! Sinta a presença dos deuses das selvas...

— Senhor, dê forças ao meu sobrinho, Soren... — Aaron orava aflito, mas em silêncio.

— Vamos menino, fique de pé! — Héctor quase gritou, esperando que Soren reagisse. Mas Sorem deitou a cabeça no chão com os olhos fechados.

Tonali olhou para Skipp e não precisou dizer que iria desferir o último golpe em Soren, quando Liv se lançou entre eles, falando:

— Vamos Soren... Levante-se!

Um dos nativos puxou Liv, tirando-a de cima de Soren e Tonali pôde ver que ele abrira os olhos. Depois, em um esforço descomunal, ele se levantou cambaleando. Skipp foi até ele e lhe segurou, mantendo-o de pé.

Os prisioneiros ficaram em silêncio, mas depois começaram a reclamar.

— Queremos comida, se esse doente pode ser cuidado, também queremos...

Tonali gesticulou e os guerreiros se lançaram sobre os presos que recuaram. Houve um princípio de tumulto, mas dois deles foram mortos e os demais se contiveram. Tonali então gritou para todos:

— Qualquer que tentar se libertar será morto, não mostrarei mais misericórdia para quem quer que seja.

O nativo falou e passou olhando para Skipp e Soren, que estavam abraçados.

— Vamos, reaja... Você precisa se manter de pé e andar... Consegue me entender?

— Sim... — respondeu Soren, com dificuldades.

Liv estava aflita e assustada. Hector se aproximou dela quando o cortejo retomou seu caminho.

— Vai ficar tudo bem — disse ele, tendo as mãos amarradas.

Liv e Soren eram os únicos que estavam desamarrados. Após começar a caminhar, Soren foi amarrado junto ao seu pai, Skipp.

— Acha que vão nos matar? — perguntou Liv a Hector.

— Nessa terra de ninguém não temos certeza de nada, mas não se assuste, afinal de contas, morrer ou viver nesse lugar parece ser a mesma coisa.

— Você fala muito em morte.

— Morri desde que Mazhyra foi tirada de mim, meu desejo era que meu corpo fosse retirado sem vida das masmorras onde você e sua família foram levados... Mas a garra de Skipp e as palavras de Sophie, vossa mãe, me trouxeram um pouco de ânimo.

Liv lembrou de Sophie e como ela a acolhera, órfã, nas ruas. Sentia falta de seus abraços. Uma dor pela saudade lhe apertou o peito, mas Héctor percebeu os olhos dela se molharem, então disse:

— Você é forte, uma jovem muito destemida! Continua firme mesmo depois de ter sido quase molestada na Vila ou morta por esses selvagens... Não vejo você blasfemar ou amaldiçoar a própria vida nem tampouco parece que todo esse sofrimento e percalços lhe atingem.

A jovem, por um momento, se ateve à realidade e percebeu o que estava acontecendo à sua volta. As palavras de Héctor soaram como um sino que desperta o povoado pela manhã. Ela tirou os cabelos amarelados de sobre o olho esquerdo e falou:

— Eu apenas tento viver, não sei até quando, mas espero que essa trilha não nos leve para o destino final...

Héctor sentiu a dor nas palavras dela e ficou quieto. Aquela jovem tão bela e formosa merecia mais do que ter sua pele macia rasgada pelos espinhos e estar vestida com roupas rústicas e sem nenhum adorno nas orelhas. Ele se lembrou novamente de Mazhyra e a lança da saudade lhe perfurou mais um pouco. O desgosto de ter tido sua vida com ela interrompida lhe atormentava todo o dia.

Sem perceber que os prisioneiros gritavam toda vez que eram açoitados, suas lembranças foram desfeitas quando Aaron, que estava amarrado atrás dele, falou:

— Estamos chegando...

— Como sabe disso? — perguntou ele.

— Olhe ali, após aquela colina... Além do vale...

— Uma cidade de pedras com pirâmides!

— Sim, Héctor, o lugar onde provavelmente Deus não estará!

Após o murmúrio provocado pelos prisioneiros, por terem sido tomados pelo mal presságio ao verem fumaça se elevar da cidade e o eco do barulho do estalar de chicotes e pedras quebrando, eles não demoraram a chegar ao local.

— Assombroso! — disse Zaki. — Nem mesmo em minha terra vi coisa semelhante.

O céu estava avermelhado no horizonte quando puseram os pés dentro da cidade. Aterrorizados por verem o tratamento que era dado aos escravos, prisioneiros de outras tribos, os recém-chegados preferiram ter morrido na Europa.

— Antes as balas de Ávila tivessem nos tirado as vidas!

Esse era o lamento que se ouvia dos lábios de homens, que mesmo fortes e destemidos, diziam ao sentirem os seus pés se apegarem ao sangue derramado no chão.

Empurrados pelos nativos, caminharam sob os olhares de vidas que definhavam com o ardor do trabalho e por causa dos maus tratos impostos por seus algozes.

— Não olhe para eles. — Skipp falava para Liv e Soren, que estava ao seu lado.

Tonali ordenou que os guerreiros mantivessem o grupo unido, enquanto ele entrava por uma porta que ficava atrás de uma coluna de pedras.

— Que horror! Como pode o Eterno permitir que haja tanta maldade entre aqueles que ele mesmo criou? — Aaron estava impressionado.

— Por que está falando em Deus agora, meu amigo? — Héctor ainda mantinha o bom humor. — Você mesmo disse que ele não estaria aqui.

— Foi apenas uma força de expressão, mas eu não esperava que fosse uma realidade.

— Então é melhor não dizer mais nada, se você falar alguma coisa, eu juro que lhe corto a língua. — Hector falou sentindo a boca seca pela sede.

Mesmo naquelas condições e naquele lugar, respirando a fumaça que se elevava junto com o cheiro insuportável dos mortos lançados em uma larga trincheira, Héctor se mantinha indiferente.

— Não sei como consegue ser tão frio! — disse Aaron.

— Eu não vivo mais, meu amigo, já roubaram a minha motivação de viver. — Ele se referia a Mazhyra, sua esposa.

Entrementes a todo o caos que os cercava, Soren havia se recuperado e podia ficar de pé, porém falava aos poucos.

— Não estou suportando as dores no corpo... Nem na garganta...

— Não precisa falar, apenas se mantenha vivo...

— Acha mesmo que sairemos vivos daqui? — perguntou Sorem.

— Não me force a responder o que não tenho certeza — falou Skipp.

Liv olhava para as nativas pintadas e seminuas. Outras, no entanto, portavam aparatos bem ornamentados e coloridos feitos com penas de aves. Essas estavam em um local separado por uma longa escada que as deixava um pouco distante do que parecia ser o pior local para se estar.

— Aqui não é muito diferente da sociedade europeia — disse Liv. — O que nos diferencia são apenas os costumes, mas a selvageria é a mesma, as roupas nos tornam mais apresentáveis, mas esse povo tem sua forma tão diferente...

— Está falando igual a Sophie — disse Skipp.

A porta por onde Tonali entrou se abriu e os prisioneiros foram lançados para dentro. Ao entrarem, ficaram de frente com duas escadas. Uma, era como um longo espiral que levava para baixo, de onde sussurros e gemidos provinham como de almas atormentadas pelo próprio demônio. Outra, ascendia e foi para lá que os nativos levaram os prisioneiros.

Já desamarrados um dos outros, mas ainda com as mãos presas, cerca de trinta homens subiram as escadas em espiral com suas centenas de degraus. Ao chegarem no topo, viram-se em um ambiente diferente de onde estavam, pois saíram em uma planície cujo acesso se dava pela selva. Todos ficaram admirados com as construções e as cinco pirâmides que deixava aquele lugar formidável.

— Mas onde estamos? — perguntou Zaki.

— Eu não tenho a menor ideia — disse Aaron. — É como sair do inferno para o paraíso subindo uma só escada.

— E que escada!!! — falou Héctor.

De cima da grande pirâmide, os prisioneiros observavam o panorama verde com uma ponta azul do mar ao longe. Skipp, tendo Liv e Soren ao seu lado, se aproximou de Aaron e Héctor, falando:

— Com certeza esse não é o paraíso! Olhe lá embaixo.

Todos olharam em direção à grande escada central, cujo topo terminava em uma espécie de plataforma onde havia um altar de pedras.

— Sinistro! — disse Héctor. — Um lugar que faria inveja a qualquer tribunal da inquisição!

Antes que qualquer um falasse mais alguma coisa, Tonali apareceu, dizendo:

— Em dois dias, quando Tezcatlipoca aparecer na forma da grande luz da noite, a grande lua, já saberemos se ele vos absolveu ou não da requisição de vosso sangue nessas pedras.

O silêncio imperou sobre a pirâmide. Alguns jovens prisioneiros não contiveram a própria urina ao imaginar serem estripados por aqueles nativos.

— Eu não quero morrer! — gritou um moço de dezoito anos, cabelos ruivos e encaracolados, face sardenta e olhos esverdeados. Ele tentou fugir, mas logo foi posto de joelhos e dominado.

— Espero que não tenha que matar a todos antes que Tezcatlipoca apareça no céu... Ou a quem vocês ainda pertencem.

Tonali apenas olhou para os cerca de trinta guerreiros armados com espadas serrilhadas, lanças e adagas, para que os mesmos levassem os prisioneiros para uma ala dentro da pirâmide. Lá, foram trancafiados num vasto espaço forrado com palha. No chão, havia comida: Frutas, carne quase crua, sementes.

As paredes de pedras das celas eram pintadas com imagens dos deuses aplicando a pena de morte aos acusados ou em sua excelência e majestade. Era como estar em uma grande exposição de obras de afresco em plena Europa.

— Eles são fantásticos no que fazem! — Héctor é quem mais admirava aquela gente.

— Você verá do que eles são capazes em duas noites! — disse Zaki.

Enquanto os homens formavam grupos e falavam, se desesperavam ou até mesmo chegavam para comentar algum plano de fuga com Zaki e Skipp, Liv conversava com Soren:

— Você está bem, isso é muito bom!

Após soprar o ar para fora, ele disse:

— Jamais imaginaria que nosso fim seria desse jeito.

— Eu não quero pensar sobre o que vai acontecer. Só me constrange a sensação de que me sinto como se a minha família estivesse comigo.

— Mas estamos! Eu e meu pai. Somos sua família.

— Não é de você e do pai Skipp que estou falando.

Sentada e recostada na parede, ela puxou os próprios joelhos para perto de si, abraçando-os e pondo o queixo sobre eles. Soren olhou para ela, que ao virar o rosto viu o olhar abobado do rapaz e, sorrindo, perguntou:

— O que foi?

— Você! — respondeu ele, admirando aquele sorriso dócil.

— O que tenho eu? — perguntou ela, provocando uma resposta que supostamente queria ouvir. Ele meneou a cabeça e disse:

— Você é tão corajosa, tão destemida. Sei que já falei isso diversas vezes, mas...

— Cala a boca! — disse ela. — Era isso que você queria me dizer? Já me falou isso diversas vezes. Ouvir isso do Hector tudo bem, mas de você...

Chateada, ela se deitou de costas para ele.

Olhando o corpo da jovem deitada e sentado ao seu lado, ele pensou, falando consigo:

— Até quando você vai ser esse frouxo, Soren, até quando?

Amanheceu e os prisioneiros estavam cansados. Poucos dormiram naquela noite, e a incerteza era o que menos se tinha, pois esperavam ser mortos a qualquer momento.

Naquela manhã, perto da orla marítima, Tayrus estava sentado olhando para Ávila que permanecia amarrado em um coqueiro.

— Dormiu bem? — perguntou Tayrus, enquanto Ávila abria os olhos devagar.

— Você é louco, sim, louco... Me deixou aqui para servir de comida para os animais.

— Não seja dramático, que animal iria quer lhe devorar?

— Por que não me mata logo? Nem sequer sinto mais meus braços.

— É, eu deveria mesmo! Começaria arrancando sua língua para que não gritasse, depois abriria seu bucho gordo e arrancaria suas entranhas e jogaria para os siris, ah, os braços e pernas deixaria na areia para que os abutres também se servissem.

— Acha que tenho medo de suas ameaças? — disse Ávila.

Tayrus pegou a adaga e colocou a ponta entre a sobrancelha e o olho direito de Ávila, dizendo:

— Se você continuar agindo como um idiota, eu juro por Alá que lhe arrancarei seu olho como se abre uma ostra.

Sentindo a ponta afiada da adaga a lhe ferir a pele, Ávila perguntou:

— O que você acha que está fazendo? Eu não quero o seu mal.

— Ainda continua mentindo. — Tayrus falou forçando a adaga. O sangue começou a descer pela lâmina e também a se alojar no olho de Ávila.

— Vá em frente — disse Ávila. — Termine logo com isso. Sei que me matará de qualquer forma.

— E como tem tanta certeza?

— Porque eu sei que sim, sei que faria muito pior.

Tayrus recuou a mão, perguntando:

— O que eu deveria saber e que você, Ávila, ainda não me contou?

— Por que me chamou por esse nome? Acho que está me confundindo.

— Não, ele não está! — Anelise saiu de detrás de uma árvore.

Ávila olhou para ela, indiferente.

— Quem é você, moça? Alguma meretriz com que esse tal de Ávila se divertiu?

Ávila sorriu mostrando os dentes grande e amarelados. Anelise respondeu:

— Não, eu sou a moça que você viu indo se encontrar com Heiko, na taverna do senhor Adam, junto ao Reno, lembra?

Ávila sorriu maliciosamente e debochado. Ele a olhava como se não acreditasse e depois falou:

— Aquele filho de rameira! Eu disse para que queimassem a todos e ficássemos com suas terras... Lembro de você, sim... Seria minha se Heiko não a visse primeiro!

Anelise cuspiu nele, falando:

— Porco sujo! Ninguém jamais havia me tocado. Eu só cantava e dançava naquela taverna...

Ávila sorriu novamente, dizendo:

— Não era isso que ele me falava quando vocês se encontravam.

Tayrus viu a expressão tímida de Anelise e bateu no rosto de Ávila. Esse, sentiu o sangue escorrer pelo canto da boca, enquanto dizia:

— Arrumou um novo amante? Foi bom mesmo ter encontrado outro, porque Heiko não está mais entre os mortais...

Anelise se sentiu abalada com o que Ávila disse, mesmo tendo na lembrança o momento em que Heiko lançou a tocha à lenha seca onde estava sua mãe amarrada em uma estaca ao centro da fogueira. Também lhe passava na mente que foram aquelas mãos que lhe acariciaram e lhe deram os momentos de prazer e felicidade.

Tayrus percebeu a aflição dela e lhe mandou ir para a cabana. Anelise não atendeu e cuspindo novamente em Ávila, falou:

— Tomara que ele tenha ido para o inferno e que você o siga!

Depois de ter esbravejado, ela saiu, indo para a cabana, chorar.

Ávila parecia se divertir.

— Ela é sua rameira? Deve estar se divertindo muito com ela. — Ele sorria. — Ela parece ser muito *caliente!*

Ignorando o que ele falou, Tayrus perguntou:

— Onde está Telbhus?

Ávila ficou sério de repente. Seu silêncio o denunciou. Depois respondeu:

— Ninguém nunca sabe onde aquele desgraçado está, você sabe bem disso.

Tayrus ficou intrigado.

— Como assim?

— Eu sei quem você é, Tayrus, foi praticamente a mão e os olhos de Telbhus... Mas as coisas mudam, não é?

— Por que fingiu que não me conhecia?

— Tenho minhas razões…

— Apenas o fato de ser amigo de Telbhus já lhe condena à morte.

— Essa razão é o bastante, eu sei, principalmente para quem já foi aliado dele.

— Nunca fui aliado de um demônio…

— Como não? Você matou e queimou pessoas para que sua esposa e sua filha vivessem. Acha mesmo que é melhor do que ele? Ou eu? Somos iguais… A diferença é que você sente remorsos, mas suas mãos são tão sanguinárias quanto as nossas!

Tayrus se encheu de ódio com as palavras de Ávila e bateu nele novamente a ponto do nariz sangrar. Ávila provocou:

— Isso mesmo! Tire toda sua ira em mim, mas não vai mudar nada.

Tayrus pôs a adaga no pescoço de Ávila, forçando.

— Não hesitarei se não me falar onde ele está.

— O que vai fazer? Ir nadando até a Escócia ou até a Espanha ou até mesmo à Bretanha? Ele pode estar em qualquer lugar desses mares.

Tayrus respondeu:

— Eu sei que ele virá para cá! Por isso não me afastei da região costeira. A perda foi grande com o naufrágio do galeão e ainda há fugitivos pela selva… Principalmente por uma, nem que seja por ela, ele voltará!

Ávila, sem saber do que Tayrus falava, perguntou provocando-o:

— Sentindo saudades da antiga ocupação, carrasco?

Tayrus ficou calado. Ávila percebeu como o poderia afetar. Ávila falou:

— Você não lembra de mim, não é? Nunca me viu…

Tayrus havia retirado a adaga do pescoço dele e apenas o encarava. Ele notou que o olhar de Ávila estava por cima de seus ombros e se virou de repente. Ao se virar, Tayrus percebeu que naqueles poucos momentos, Ávila havia lhe roubado a atenção. Quem ele viu, lhe deixou sem reação.

— Ora, ora… Meu antigo grupo se reunindo, novamente!

— Telbhus! — disse Tayrus, segurando a adaga e se preparando para o confronto.

— Não seja inconsequente, Tayrus. Largue a adaga, você não tem chance alguma — disse Telbhus, encarando-o.

Tayrus largou a adaga, pois viu diante de si Telbhus acompanhado com cerca de cem homens e Anelise, capturada, sendo escoltada por Remy, que já lhe tinha amarrado as mãos nas costas.

Telbhus se aproximou de Tayrus e disse:

— Então ela está viva e você a encontrou. — Tayrus não respondeu.

Telbhus entendeu o silêncio e suspirando, aliviado, repetiu olhando para o mar:

— Ela está viva!

Capítulo IX

Cara a cara:
O juízo final

De sua prisão, Cuatl podia ver os demais prisioneiros chegando. Eles foram separados em três grupos e colocados em ambientes diferentes, mas no mesmo corredor subterrâneo abaixo da pirâmide central. Da pequena abertura da porta, ele via o que se passava até que sentiu a mão de Heyra em seu ombro.

— O que está havendo? — perguntou ela.

— Prisioneiros... Muitos deles... E não são nativos, são homens vindos de terras longínquas.

— Deixe-me ver.

Cuatl se afastou e Heyra percebeu que eram europeus.

— São pessoas da Europa, há bretões, espanhóis, germânicos...

Cuatl ouvia, mas não entendia. Depois perguntou:

— Conhece alguém entre eles?

— Não! Ninguém me pareceu familiar. Nem mesmo no galeão eu vi essas pessoas.

Cuatl e Heyra ouviram os passos dos nativos voltando. De onde foram colocados, alguns prisioneiros começaram a gritar por socorro.

— Não adianta gritar — disse Skipp. — Estamos por conta.

— Não me entregarei tão facilmente — resmungou Zaki, que já planejava fugir com os demais prisioneiros.

No compartimento prisional que ficava na curva do corredor, Heyra falava com Cuatl.

— Não minta para mim... Seremos mortos, sim?

— Sacrificados como oferendas, será uma morte festiva.

— Eu não sei por que pergunto as coisas a você! Poderia ao menos mentir, me dizer que podemos fugir, sei lá...

— O destino quis assim e os deuses certamente estarão nos esperando do outro lado...

— ...Enquanto somos devorados como codornas nas tavernas por bêbados cheios de cerveja barata! — completou ela.

— Amanhã será o grande dia dos deuses.

— Você me irrita, sabia? Parece que está feliz porque será sacrificado e depois retalhado!

— É uma morte honrosa! Digna de um guerreiro... Vergonha seria ser morto como uma mulher, sem dignidade ou fugindo de uma batalha.

Heyra olhou para ele e sua vontade era pegar em seu pescoço e apertar. Por outro lado, sentia que seu coração se alegrava por ele estar ali com ela. Cuatl era para ela uma providência divina, mas quem era Deus para ela? Provavelmente aquele lhe havia desamparado desde que ela era uma jovem, dizia a si mesma.

— Não, Deus não pode estar nesse lugar e não usaria um selvagem para me proteger. Ele usa anjos e anjos não têm penas na cabeça e não fica esperando, com alegria, seu coração ser arrancado do peito.

— O que disse? — perguntou Cuatl.

— Nada, esquece... — respondeu ela, deixando um sorriso irônico se formar em seu rosto.

Cuatl a olhou e falou:

— Seus olhos brilharam como eu ainda não tinha visto. Você não tem medo da morte! — disse Cuatl, olhando para ela, orgulhoso.

— Não fale asneiras, estou tremendo.

Eles estavam a sós no compartimento. Heyra olhou novamente para aquele nativo e pensou: Eu não posso estar apaixonada por esse bruto. Ele é tão... Grosso, sem educação... Mas é forte e frágil ao mesmo tempo...

Cuatl havia se levantado e olhava pela pequena janela da porta. Sentindo que ela o olhava pelas costas, ele se virou devagar e, fitando os olhos dela, que estava sentada recostada na parede, disse de onde estava:

— Eu sinto que a brasa dentro de meu peito está acesa novamente, seus olhos me trouxeram a vida de novo.

Só faltava essa. Pensou ela. Ele está apaixonado por mim! Mas o que estou dizendo? Também estou, por ele...

Enquanto Cuatl declarava suas emoções por Heyra e ela se digladiava por dentro para não ceder aos seus sentimentos, no outro compartimento Aaron conversava com Skipp e Hector:

— Zaki tentará uma rebelião suicida quando formos levados lá pra cima.

— Ele já me falou — respondeu Skipp. — Eu não tenho muita força para lutar contra esses nativos, mas também não vou me entregar tão fácil.

— Terei o que queria — disse Hector. — Morrerei e me juntarei a Mazhyra, onde quer que ela esteja.

— Você é um péssimo aliado para essas horas, precisamos unir coragem e determinação! Preciso ao menos ver Liv e Sorem ficarem livres desse lugar.

— Não quero ter a cabeça naquilo que não possa ser possível, Skipp. E não será fácil para nenhum de nós sair com vida desse lugar.

— Eu sei, por isso seguirei com Zaki seja lá qual for seu plano de fuga.

Skipp demostrava que havia perdido as esperanças nele mesmo e que lutaria ao menos por seus filhos. Héctor falou:

— Eu também estarei com vocês nessa loucura... Vai ser divertido morrer lutando contra esses selvagens.

Todos se calaram, pois ouviram passos descendo as escadas. Era a escolta de guerreiros que chegou acompanhando Tonali e Sihuca.

— Estão todos aqui? — perguntou Sihuca.

— Sim, esses são o que restaram dos que foram capturados na Vila, os deixamos separados de Cuatl e a mulher.

Por falarem na língua Mexica, os prisioneiros não entendiam, a não ser Cuatl, que escutava de onde estava.

— O que eles conversam? — perguntou Heyra.

— Eles falam que aqueles prisioneiros que chegaram estavam em uma Vila, eu sei quem são eles!

— Como assim?

— Homens e mulheres que vivem acima das montanhas. Eles cavam riquezas, mas são escravos de homens maus. Muitos morrem de doenças, fome e até mesmo tentando fugir.

Cuatl fez sinal para que ela ficasse quieta enquanto ele ouvia a conversa dos outros dois nativos.

— Eles dizem que alguém importante está para chegar. Mas Sihuca disse que…

— Que… Quem? — Heyra estava curiosa.

— Não entendi o que disseram, pois eles falaram se afastando.

O dia passou como se não fosse acabar e os prisioneiros não falavam em outro assunto a não ser fugir. Zaki, Skipp e Aaron estavam cada vez mais preocupados com o que fariam. Héctor havia se sentado em um canto do cômodo e não falava nada. Soren não deixava de olhar para Liv que, perturbada, sentia seus olhos pesados e sabia que sua face apresentava um desenho frio e triste.

A noite chegou e com ela a presença de nativos que jogaram frutos e carne quase crua para que comessem.

— Eu não vou comer essa carne! — disse Aaron. — Deve ser porco… E o sangue ainda está nela!

Héctor, sem comer, disse:

— Não se preocupe, judeu… Isso deve ser carne de algum nativo que mataram e trouxeram para nós!

Alguns dos prisioneiros que estavam comendo cuspiram jogando a carne no chão. Skipp falou:

— Comam, não se preocupem. Isso é carne de cervo e javali. Conheço bem os animais da selva.

Enquanto comiam frutas, Skipp, Liv e Soren conversavam:

— Tentarei nos libertar quando estivermos lá fora…

— É perigoso, pai — disse Soren. — Não quero que morra tentando me salvar.

Antes que terminassem a frase, Tonali chegou com dez guerreiros. Dois deles entraram e pegaram Liv, levando-a.

— O que farão com ela? — perguntou Skipp. Tonali não respondeu.

Liv foi levada pelo corredor e quando passou em frente onde estava Heyra, que em sono profundo não havia acordado quando foram buscar sua irmã, começou a sonhar e se debater em seu pesadelo. Cuatl lhe tocou o ombro, despertando-a.

— Os espíritos lhe perturbam, o que eles lhe mostraram?

Heyra havia acordado e seus olhos estavam arregalados.

— Liv está por perto...

— O que você viu?

— Eu não sei o que eu vi, mas sei o que estou sentindo, ela está em amargura.

Aquela noite foi como a antessala do Hades. Quase todos os prisioneiros permaneceram acordados esperando serem levados para a morte a qualquer momento. Os gritos melancólicos que vez ou outra vinham das alas de prisioneiros nativos lhes incomodavam.

— Parece que estou em um cortiço de leprosos em estado terminal, quantas lamúrias e gritos de dor — disse Héctor, impaciente. — Nem mesmo Torquemada seria capaz de produzir tanto sofrimento.

Tão logo ele fechou a boca, Tonali chegou novamente. Ele foi até onde estavam os presos e levou consigo, auxiliado por vinte guerreiros bem armados, cerca de vinte homens escolhidos a esmo. Quando estava para sair, Skipp tentou se aproximar dele, perguntando:

— Ei, para onde levaram minha filha?

— Ela está bem — respondeu ele. — Será bem cuidada, afinal de contas amanhã estará nos braços de Tezcatlipoca.

Tonali saiu e Skipp ficou com a certeza que não gostaria de ter. Ele abaixou a cabeça enquanto Soren lhe perguntava:

— O que farão com ela?

Skipp não precisou responder, pois Zaki se adiantou a ele, dizendo com voz grave:

— Ela será sacrificada no alto da pirâmide central.

Ainda naquela noite, Ávila estava agitado dentro da tenda enquanto falava com Telbhus:

— Como assim? Está me dizendo que pretende reerguer a Vila que pertenceu a Rayner? Não acho que seja uma boa ideia!

— A inquisição queimou tudo e matou a muitos, quase ninguém escapou de lá — disse Telbhus.

— Por que tenho o pressentimento que você tem alguma coisa a ver com isso?

Telbhus não respondeu de imediato, mas fechou os olhos. Ávila olhou para a face daquele homem e notou que a culpa se desenhava em seu rosto.

— Você os matou, a todos! — disse Ávila.

— Sim, eu os matei!

Ávila respirou fundo, perguntando:

— E como fez isso?

— Eu juntei um grande número de homens que seriam queimados nas fogueiras e lhes prometi a liberdade se sobrevivessem a uma invasão quase que suicida a uma Vila de caçadores de hereges.

— E por que, Telbhus, por quê? Tayrus lhe ajudou a sobreviver...

— Ele me tirou das chamas da fogueira e me condenou às chamas do inferno em vida. Perdi tudo que construí por causa dele.

— Não foi por causa dele! — disse uma voz feminina, vindo da parte do dormitório da tenda.

— É melhor você ficar quieta e deixar nossa filha dormir — disse Telbhus à mulher, que atendeu, sem mais contestar.

— Não me diga que você a trouxe, também? — perguntou Ávila.

— Deixe-a! Ela sabe o seu lugar.

Ávila voltou ao assunto anterior.

— Você não me respondeu o porquê de ter atacado a vila de Rayner. O motivo que mencionou não me diz nada.

Telbhus, pegando um pedaço de pão, disse:

— Você acha mesmo que eu concordo com o que eu faço? Que o ouro que tenho ou a riqueza que consegui me deixam dormir à noite? São o sangue de pessoas que carrego nas mãos...

— Vejam só! Um algoz com consciência! — Ávila ironizou. Telbhus disse:

— Estou ficando velho!

— Fale a verdade — disse a voz feminina, novamente. — Diga-lhe na verdade o que tanto lhe incomoda.

— Já falei para ficar calada.

Telbhus entrou no compartimento onde estava a mulher e lhe bateu na face. Ela caiu e sua filha acordou:

— Mamãe?

Caída no chão e atordoada, tendo a figura daquele homem brutalizado pelo tempo, a mulher falou para a jovem:

— Está tudo bem! Volte a dormir.

Telbhus saiu deixando a tenda. Ávila o seguiu. A jovem se levantou e foi até sua mãe, ajudando-a a levantar.

— Já lhe disse para não o desafiar. Até quando aguentará ser surrada? Deixe-o conviver com sua culpa.

— A culpa não é só dele, eu o motivei para que aceitasse fazer o que faz até hoje.

A jovem ficou calada. Sentou sua mãe sobre a cama improvisada, dizendo:

— Como assim? A senhora nunca me falou sobre isso antes. De onde o conhecia? Eu estou confusa...

— Um dia você saberá, com certeza esse não é um bom momento para falarmos sobre esse assunto.

— Não me trate como uma criança, mãe! Já tenho mais de dezoito anos e já estaria casada caso ele...

— Não fale desse jeito. Quer goste ou não, ele é seu pai!

— Mesmo? Pois parece mais meu senhorio!

Enquanto a jovem voltava para seu lugar na cama deixando sua mãe entre lágrimas de um choro sufocado, Telbhus e Ávila chegavam próximo de onde Tayrus estava. Era uma clareira arejada e rodeada por arbustos. O prisioneiro estava acorrentado pelas mãos a uma árvore, tendo por vigias três homens que se revezavam de tempo em tempo.

— Esperei muito tempo por esse momento! — disse Tayrus para Telbhus, que se aproximava.

— Estar preso não é o anseio de muita gente que conheço — respondeu Telbhus, sentando-se ao seu lado. Ávila estava com ele.

— Eu vou matar você bem devagar, quero olhar dentro de seus olhos e ver o medo se misturar com seu pavor ao estar chegando no inferno!

Sem dar importância para o que Tayrus falava, com um galho da árvore onde estava recostado, riscando o chão sob a luz da fogueira, Telbhus falou sem olhar para Tayrus:

— Até hoje não encontrei ninguém tão eficiente quanto você! Nem mesmo Remy consegue ser tão perspicaz e atuante.

— Com certeza ele deve ter vendido a alma para ter seu favor.

— Da mesma maneira que você fez um dia — disse Ávila.

Tayrus olhou para ele por baixo dos olhos. Depois falou para Telbhus:

— Você não precisava ter matado minha esposa e minha filha. Poderia ter me caçado e me esfolado até a morte, mas elas... Elas não tinham culpa de nada...

— Matá-las não foi ideia minha! — disse Telbhus. — Eu mandei apenas que colocassem fogo na propriedade, mas aqueles idiotas fizeram mais do que eu mandei!

— Mataram as duas inocentes... — Tayrus não se esforçou em esconder a lágrima que rolou em seu rosto.

— Mas você teve sua vingança quase completa, já que apenas Ávila escapou naquela noite.

— Como assim? — perguntou Tayrus. — Você estava lá?

Ávila se recolheu com um sorriso tímido tentando desmentir Telbhus, que perguntou a Tayrus:

— Ele não lhe contou que estava lá naquela noite como meu imediato? Não disse o que fizeram com as duas antes de matá-las e tocar fogo em tudo?

— O que está dizendo? — Tayrus estava sentindo o sangue ferver em suas veias.

— O que vocês fizeram com elas? — perguntou ele para Ávila.

— Telbhus está tentando confundir você! Não fizemos nada...

Enquanto a saliva escorria pelo canto da boca de Tayrus, por estar com ódio, ele próprio ouvia sua respiração ofegante, como a de um cão pronto a alcançar sua caça. Telbhus, tendo a oportunidade em deixar Ávila em apuros, por conta de ter perdido os escravos em sua Vila, disse aproximando o rosto da face de Tayrus:

— Ele falou que sua mulher era bela e tinha e pele sedosa e sua filha, bem, era pura, pois não tinha conhecido nenhum homem ainda.

Telbhus se levantou enquanto Tayrus deixava a face cair no chão. Ele agonizou de dor e ira a ponto de morder um graveto que estava na areia, cortando-o com os dentes. Distante dele, Ávila perguntou para Telbhus:

— Por que fez aquilo? Por que disse que abusei de sua esposa e filha? Ele não precisava saber!

— Agora você está com medo? Deveria ter pensando antes de ter feito o que fez. Aliás, você poderia voltar lá e pedir perdão para ele... Enquanto ele está amarrado e não pode fazer nada.

— Você é um monstro! — disse Ávila.

— Pode até ser, mas só que agora ele odeia mais você do que a esse monstro!

— Você me usou para desviar a ira que ele sente por você! — disse Ávila, segurando-o pelo braço.

— Eu não preciso disso, Ávila! Eu já sou quem eu sou, mas você sentirá, caso ele se liberte, a fúria de um homem que vive tão somente por causa da busca por vingança. Eu era o alvo de sua fúria, mas agora, eu sou o que lhe pôs nas veias, motivo para viver e não se enforcar com as próprias correntes que o prendem. Quanto a você, recrute uns vinte homens e vá procurar fugitivos pela orla. Depois siga para o ponto de encontro.

Ávila não demorou a recrutar homens e sair cedo, seguindo pela orla, supostamente em busca de sobreviventes do naufrágio ou de fugitivos da Vila. Para ele, quanto mais longe estivesse de Tayrus mais seguro se sentiria. No entanto, ele não era homem em quem se devia confiar.

Por sua vez, Telbhus ordenou que desarmassem o acampamento e seguiu para a cidade dos Mexicas, levando consigo Tayrus e Anelise como prisioneiros. Com ele, iam mais setenta homens bem armados, além da mercadoria para a troca com os selvagens.

Seguindo pela trilha no meio da selva, em uma carroça puxada por burros, Tayrus permanecia na gaiola enquanto Anelise estava sobre um cavalo, tendo um homem esperando.

Em dado momento, Remy passou próximo da carroça. Tayrus, então, falou-lhe:

— Ei, é você que Telbhus empregou em meu lugar? Trabalha para ele espontaneamente ou ele te mantém preso em alguma aliança de morte?

— Seria melhor você ficar calado! — disse Remy.

Tayrus percebeu que o homem tinha dívidas com Telbhus, então insistiu:

— Eu sei como é ser refém desse demônio! Ele também armou para mim subornando médicos e assistentes de hospitais, fazendo-me acreditar que minha filha tinha uma doença degenerativa. Trabalhei para ele por dois longos anos. Nesse tempo, matei e transportei pessoas inocentes.

— Já disse para se calar — insistiu Remy, mas Tayrus continuou:

— Quando eu descobri a trama dele, fui atrás dos envolvidos, matei parte deles, mas Telbhus ordenou que queimassem minha propriedade. Minha mulher e minha filha foram abusadas e depois queimadas covardemente!

Remy olhou para aquele homem e viu a ira e o desgosto no rosto dele. Pensou no que ouviu e considerou que o mesmo poderia acontecer com ele e sua família.

— Não precisa me dizer que sua situação não é muito diferente da minha. Seus olhos já confessaram — disse Tayrus.

Remy ficou calado enquanto Tayrus insistia:

— Há quanto tempo você trabalha pra ele? Há, deixe-me ver, cerca de três anos?

— Três anos e meio! — respondeu Remy, que conversava sem olhar para Tayrus.

— É, ele não demorou a arrumar outra pessoa. Quem ele mantém refém para que você esteja aqui nesse fim de mundo e começo do inferno?

— Minha filha e minha esposa. — Remy falou saudoso.

— E onde estão? Em suas terras?

— Não! Foram enviadas para a casa de um comerciante que se diz judeu.

Tayrus sorriu e falou:

— David, aquele desgraçado de merda!

— Sabe quem é? — Remy olhou para ele.

— Sim, aquele infame! Capaz de matar a própria cunhada à procura da esposa que o largou. Foi horrível ver a Ilha da Madeira ser saqueada por aqueles homens sedentos de ouro e com sangue nos olhos, roubaram judeus, mouros... Forçaram mulheres, jovens! Lançaram no fogo algumas pessoas para justificarem seu saque dizendo estarem a serviço da inquisição, em nome do Deus deles.

— Como sabe disso? — perguntou Remy.

— Porque eu fui um dos que desembarquei naquele lugar. Ainda sinto o calor do sangue de pessoas que clamaram por suas vidas enquanto eu as matava para que minha família vivesse. Eu vi a cunhada dele clamar pela vida do marido e ambos serem mortos por Telbhus e as chamas os consumir, enquanto sua propriedade era saqueada.

Tayrus sentiu que lágrimas de arrependimento e remorso desciam em seu rosto. Ele olhou para suas mãos e sentiu nojo de si mesmo. Os gritos dos clamores por misericórdia lhes tiniram nos ouvidos. Ele deixou o pranto lançar de seu peito como uma pedra que lhe obstruía a respiração. Ele segurou as barras de ferro da gaiola e gritou:

— E no fim não deu em nada, ele matou minha esposa e minha filha do mesmo jeito!

Telbhus, que estava acompanhando a parte da guarnição que protegia sua atual mulher e filha, apressou o galope e chegou até eles.

— O que está havendo aqui? O antigo carrasco está tendo um surto de consciência? Não acha que agora é tarde demais para arrependimentos?

Depois de falar com Tayrus, que não respondeu, Telbhus disse a Remy:

— É melhor você se afastar desse fracassado e ir para a frente da tropa. Não seria bom que ele lhe contaminasse com suas conversas e mentiras.

Remy seguiu para a frente da tropa, enquanto Telbhus, que ficara ao lado de Tayrus, falou:

— O que está pensando em fazer? Ganhar a simpatia dele? Ele tem muita coisa a perder, enquanto você, já perdeu o que tinha. E não me culpe pelo que aconteceu, a culpa é sua! Era difícil apenas cumprir ordens? Mas você teve que complicar tudo.

Tayrus ouviu e não deixou se intimidar por ele. Sentado, com fome e sujo, falou entre os dentes:

— Eu vou matar você!

— Eu não temo a morte, Tayrus, eu temo é a vida!

Na cidade dos Mexicas, Liv continuava a ser cuidada e preservada para o sacrifício. No interior das prisões, o tédio tomava conta dos prisioneiros. No compartimento onde estavam Heyra e Cuatl, pouco conversa havia e apenas a certeza da morte se podia ler em suas faces. Telbhus aos poucos, se aproximava da região.

A noite daquele dia caiu como uma cortina que breve se abriria ao nascer do sol, onde se encontraria com todos em um ambiente que lhes seria como o julgamento final.

Pela manhã a movimentação dos nativos era imensa. O barulho de tambores e instrumentos musicais começou a ser ouvido. Tonali foi até a prisão e levou vinte dos prisioneiros nativos. O pânico se fez presente quando ouviram gritos de horror e medo vindo do lado de fora.

— Eles os mataram! — disse Zaki.

Não demorou para que o cheiro de carne humana queimada enchesse o ambiente. De onde estava, Heyra começou a vomitar. Do cômodo de onde estava, Soren sentiu que suas mãos tremiam e Aaron se ajoelhou para orar. Skipp se aproximou de Héctor, que parecia indiferente, dizendo:

— Há algo estranho em tudo isso!

— Como assim? — disse o cigano espanhol. — Eu queria ter ido com eles.

— Não é isso! Notou que não mexem comigo, com Soren, você e Zaki?

— Sim, já notei! Mas por que levaram a Liv?

— Porque vão sacrificá-la em nosso lugar! — disse Zaki, decepcionado. O plano de fuga havia sido desfeito com a morte de quase todos os homens.

— Isso não é nenhum conforto — disse Skipp.

— É apenas uma constatação! — respondeu Zaki.

Com eles ainda havia outros dez homens, que foram levados à tarde. O destino deles foi o mesmo dos seus antecessores. Dessa forma, na cela, restaram apenas os quatro.

Heyra também teve o mesmo pressentimento.

— Por que já não nos levaram? — perguntou ela para Cuatl.

— Estão esperando a lua se encher nos céus. Os que foram mortos, foram dedicados a deuses diversos, mas há sacrifícios que são específicos para Quetzacoat, o deus estrela da manhã e da noite.

Heyra olhou para ele e ironizou:

— É tão engraçado ver você falar. Parece que está esperando a hora de morrer...

— Que motivos tenho eu para estar vivo? Você nega que eu possa ver em seus olhos, Xail, minha mulher que homens brancos mataram.

Cuatl estava de costas para Heyra. Ela foi até ele e ficou em sua frente.

— Olhe em meus olhos, o que vê? Ainda vê Xail, sua antiga mulher?

Cuatl olhou nos olhos de Heyra e viu a docilidade que eles transmitiam. Aos poucos, ele sentiu que ela lhe puxava para perto de si. Aquele guerreiro Jaguar, alto, forte e sisudo, não foi páreo para seu próprio coração que estava envolvido com a mulher branca que, aos poucos, lhe enredou no maior de todos os sentimentos: O Amor.

Ela o beijou forte e ele não contrapôs. Ao ouvir a respiração dela e sentir o calor de seu corpo, ele a segurou, levantando-a. Depois, deitou-a sobre a palha que forrava a cela e, mesmo estando presos, sentiram-se livres para amar. Depois, após o momento em que se entregaram sem reservas, ele disse:

— Xail não estava aqui! Ela se foi...

— Sim, Cuatl, ela se foi! Eu sinto muito, mas você precisa viver esse momento, eu amo você! Viva por mim, por favor!

Eles estavam deitados e olhavam para o teto de pedra. Ele sentou-se e disse:

— Heyra ser minha mulher agora! Ser minha vida de agora em diante... Mesmo que eu seja sacrificado hoje, ou pereça depois, você terá um motivo para não me esquecer.

Ela não compreendeu o que ele disse, mas o puxou para o chão e deitou-se em seu peito, ouvindo o coração daquele guerreiro que em seus braços, parecia um menino carente de cuidados.

Enquanto os dois se amavam em sua cela e os outros quatro se moviam na incerteza, Telbhus chegava. A comitiva com apenas seis pessoas foi poupada de atravessar o centro daquela cidade em estrondoso barulho, onde pessoas eram mortas no topo da pirâmide e seus corpos lançados para o povo que esperava abaixo, repartindo as partes, lançando-os no fogo para queimar direto na brasa ou nas grandes bacias para serem cozidos.

Telbhus seguiu acompanhado de Remy e de sua mulher e filha. Com eles, Tayrus e Anelise foram levados, amarrados e sob constante vigilância de dois homens. Ao chegar no salão onde Sihuca estava, Tonali anunciou sua presença.

— Meu senhor Sihuca, Telbhus chegou à nossa cidade.

Sihuca não se levantou de seu trono que ficava em um salão retangular, comprido, ornado com pinturas e muitas plumagens coloridas. Para chegar até ele, era necessário passar por um corredor de guerreiros vestidos com roupas de muitas cores, no entanto, deixando à amostra seus corpos musculosos e com desenhos em homenagens às suas divindades. A mulher de Telbhus, sua filha e Anelise estavam maravilhadas e amedrontadas.

Telbhus seguiu sozinho e chegando frente a Sihuca, falou:

— Eu espero que elas não estejam estranguladas lá fora.

— Eu dei minha palavra que guardaria aquelas pessoas que você pediu, mas não sei até onde poderei cumprir minha aliança — disse Sihuca.

— Como assim? — perguntou Telbhus. — Trouxe sua mercadoria, mas só as darei depois de reaver as pessoas que capturou.

Sihuca ficou de pé e não respondeu para Telbhus. Depois, fez sinal para que os demais se aproximassem. Tendo as mãos amarradas, Anelise e Tayrus foram empurrados por Remy. A mulher de Telbhus e a filha seguiam logo atrás. Telbhus ainda confuso do porquê Sihuca não lhe respondeu, falou:

— Por sua lealdade, trouxe dois presentes para seus deuses. Que sejam oferecidos em meu nome.

Tayrus abriu a boca sem perceber e Anelise sentiu seu estômago se mexer. Sihuca se aproximou deles e falou, se referindo a Tayrus:

— Forte e saudável, certamente agradará Quetzacoat. E essa, ainda é pura?

— Eu não sei! — respondeu Telbhus.

Anelise ficou calada pelo mal-estar que lhe sobreveio.

Sihuca andou em volta de Anelise e ordenou que a levassem. Dois guerreiros com colares e pinturas no corpo a puxaram pelos braços. Tayrus ficou calado, mas estava indignado. Ele foi levado para a cela onde estavam Skipp, Aaron, Soren e Zaki.

— Ei, você está vivo! — disse Skipp correndo para o erguer, pois foi lançado pelos guerreiros.

Tayrus os olhou e os reconheceu, menos Zaki, que foi apresentado a ele.

— Achei que tinham morrido no naufrágio, bom rever a cara feia de vocês, principalmente de Héctor que está mais feio ainda.

Héctor sorriu e disse:

— Bom te ver também, "Alá"!

— Encontrou mais alguém que estava conosco no galeão? — perguntou Skipp.

— Sim, infelizmente, uma, mas por outro lado, encontrei outra que não fazia parte do mosteiro onde estávamos.

— Por que disse infelizmente? — Quis saber Aaron.

Sentado ao chão, sobre a palha, tendo a camisa rasgada, ele falou:

— Eu descobri que a mulher que dividia a corrente comigo, no porão do galeão e que acabei salvando, é a filha de Telbhus, o demônio dos mares!

— O traficante de pessoas! — disse Zaki. — Aquele miserável. Por favor, me diga que você tirou a vida dela...

— Não, estranho, eu não tirei. Minha vontade era ter feito isso, mas não sei se serei capaz de cumprir minha promessa em acabar com ela.

— E por quê? — Quis saber Aaron.

— Parece que o que o pai dela lhe fez, lhe corrói mais o coração do que o que ele fez conosco. Temos nossos motivos, mas ela é filha dele. Não é tão simples, assim, ser filha do demônio.

Depois de ter falado, Tayrus olhou para Soren e perguntou:

— Onde está sua pretendente? Espero que já tenha se declarado para ela.

— Você não tem jeito mesmo! — disse Héctor. — Nem na hora da morte perde o seu humor.

— Meu coração não está alegre... Sinto-me totalmente inútil.

Soren olhou para Tayrus e falou com voz baixa e preocupada:

— A levaram, provavelmente a sacrificarão para seus deuses...

— Não fique pensando nisso o tempo todo, pode ser que a estejam protegendo...

Aaron foi interrompido por Soren, que gritou:

— Protegendo? De quem? De nós? Somos sua família!

Enquanto Skipp tentava acalmar seu filho, Soren, Heyra ouvia de longe o barulho que eles faziam. Ela falou para Cuatl:

— Eles estão tensos. A morte realmente assusta.

Cuatl, que estava sentado, disse:

— A noite já chegou e posso ver a lua, não irá demorar a que nos venham buscar.

Não muito depois, passos foram ouvidos pelo corredor nas galerias do calabouço subterrâneo. Enquanto um grupo de guerreiros levava a jovem e o nativo, outro grupo, por outro lado das escadarias, subia com os cinco homens. Eles estavam com as mãos amarradas às costas quando passo a passo subiam os degraus. Cada momento que passava parecia uma eternidade e o barulho das canções indecifráveis era como um convite da morte por suas vidas.

— Sinto o cheiro do perfume do Hades! — disse Héctor querendo esconder seu medo. — Em breve esquecerei o que passei nesse mundo de cão.

Ao chegarem no topo da pirâmide, perceberam que o lugar estava iluminado por tochas e o fogo era visto em toda parte em pequenas ou grandes fogueiras. Havia danças, folguedos e histeria entre os nativos que se alegravam vendo suas vítimas serem degoladas. Eram nativos de sua própria tribo ou prisioneiros capturados na selva.

Ainda alguns dos cativos da aldeia de Ávila estavam vivos, mas foram guardados para aquele momento. Tão logo os últimos prisioneiros se deram conta de onde estavam, puderam ver as vidas daqueles serem ceifadas.

— Já chegamos no inferno! — disse Héctor. — Achei que era para baixo, mas ele fica para cima.

— Fique calado — disse Aaron.

Estando separados dos outros presos pelo altar que ficava no meio do alto da pirâmide, Heyra e Cuatl aos poucos foram levados para o centro, acontecendo o mesmo com Skipp e os demais. Tayrus viu Heyra e percebeu que sua ira não era tão intensa.

Sihuca surgiu por uma abertura por trás do altar. Ornamentado como uma divindade, ele estava acompanhado do sacerdote principal de sua tribo. Ele ergueu os braços e se fez um silêncio sepulcral. Depois de um breve momento, ele discursou:

— Hoje nossos deuses fazem festa conosco, pois estamos oferecendo grande oferendas! A fartura habitará novamente com os Mexicas e nossos inimigos serão destruídos. Homens maus serão derrotados e teremos nossa Grande Cidade de volta, ela será reerguida.

Enquanto os nativos deliravam ao ouvirem o discurso de Sihuca, Telbhus estava chegando ao seu lado. Sihuca apontou para ele e falou:

— Este é o homem que nosso deus da guerra, Huitzilopochtli, juntamente com Tezcatlipoca, o deus da noite e da morte, nos enviou para trazer armas iguais às dos homens maus... E elas já estão conosco. Assim, nossos deuses requerem o seu sangue para si.

Telbhus sentiu seu estômago revirar quando viu cerca de cinquenta nativos entrarem com caixotes cheios de armas de fogo.

— O que está fazendo? — perguntou ele a Sihuca, que respondeu olhando para trás:

— Achou mesmo que eu confiaria em você? De quem acha que são esses corpos que eles estão comendo agora? São de vinte dos homens que trouxemos da sua Vila. Ah, e sua tripulação, também estão todos mortos.

Telbhus ficou calado e sabia que Sihuca não cumpriria sua palavra. Ele não reagiu quando dois guerreiros se puseram ao seu lado. Após ter sido puxado para trás e amarrado em um tronco, percebeu que outras pessoas eram colocadas à sua frente, presas umas às outras.

Ele olhou todos os rostos até que seus olhos encontraram os de Heyra. Ela estava com a face como um espelho de gelo e seus sentimentos afloraram de uma só vez. Tayrus olhava para ela para ver sua reação, mas ela continuava estática.

— Sabe quem é ele? — perguntou Tayrus, que estava ao lado dela.

Heyra não respondeu, mas ouviu Telbhus lhe dizer:

— Não era para ser assim!

Angustiada, Heyra olhava para cima a fim de não ver seu pai diante dela. Enquanto de um lado estavam lado a lado, Zaki,

Aaron, Héctor, Cuatl, Heyra, Tayrus e Skipp, do outro, Telbhus estava com Remy ao seu lado.

— Onde está sua mulher e sua filha? — perguntou Remy, sem demonstrar medo.

— Eu não sei — respondeu Telbhus, olhando para Heyra.

— Por que não para de olhar para aquela moça? — Quis saber Remy.

— Não é de sua conta, se prepare para...

Antes que Telbhus terminasse a frase, guerreiros entraram com quatro mulheres seminuas, porém, bem ornadas com enfeites de penas de pássaros na cabeça. Tinham sobre o ombro uma pequena veste colorida e bem ornada. Desde o ventre até os pés, vestiam uma longa saia vermelha com grande decote em um dos lados, porém a barriga estava à amostra. Elas estavam caracterizadas como a deusa Mexica, Xochiquetzal, deusa da prostituição e da fertilidade humana.

Um a um, os homens falaram:

— Anelise! — disse Tayrus.

— Liv! — exclamou Soren e Skipp.

— Singrid! — disse Telbhus, enquanto boquiaberto, Hector exclamou totalmente extasiado:

— Mazhyra!

As mulheres foram levadas por Tonali até onde estava Sihuca. Enquanto ele as apresentava ao povo e as encomendava para o sacerdote, os prisioneiros confabulavam entre si, atônitos.

— Mazhyra! — gritava Hector.

— Como assim? — perguntou Skipp. — Você disse que sua mulher havia morrido.

— Eu disse que provavelmente ele havia morrido, mas está viva... Por enquanto.

Heyra, junto a Cuatl, falou:

— Aquela jovem é Liv, minha irmã!

Cuatl ouviu, mas sabia que não adiantaria se esforçar para saber a qual delas Heyra se referia.

Soren e Skipp apenas se olhavam, enquanto Zaki falava com Aaron:

— Isso tudo é loucura! Eu não acredito que está acontecendo.

Aaron sentia náuseas ao ver novamente o capitão do galeão em que ele e sua mãe estiveram. Assim, não respondeu ao comentário de Zaki.

Enquanto as mulheres eram amarradas no altar, próximas às escadas que ligavam a plataforma mais alta à base da pirâmide, Telbhus disse para Remy:

— Não tenha medo, não vai demorar!

A festa se tornou frenética, e os gritos de Hector foram abafados pelo barulho. Ele estava em lágrimas e seus pulsos já sangravam por conta de seu esforço para se libertar. A presença de Mazhyra o deixou incontrolável.

Heyra sentia a cabeça girar por tantas novidades que presenciara. Mazhyra e Singrid, vivas, lhe deu certo alívio, já que achava que elas haviam sido mortas pela inquisição, mas dúvidas lhes permeavam a mente já que as mesmas surgiram com a presença de seu pai.

Em meio ao conflito de emoções que acometia os prisioneiros, Sihuca mandou que levassem os prisioneiros até próximo ao altar, onde as mulheres já estavam deitadas e amarradas. Hector olhou para Mazhyra, falando:

— Mazhyra, meu amor... Como...? Você está viva! Achei que jamais a encontraria novamente...

Enquanto Mazhyra apenas o olhou sentindo lágrimas descerem por sua face, Singrid, ao seu lado perguntou:

— De onde o conhece, mamãe?

Mazhyra não respondeu, mas foi tomada por um pranto descontrolado. Todos perceberam, mas estavam mais reocupados com as armas que viram nas mãos de nativos à sua frente, apontando para eles.

Sihuca falou ao povo que fez silêncio:

— Assim como homens maus mataram nosso povo na Grande Cidade de Tenóchtilán, onde ficava nosso Grande Templo, com essas armas que cospem fogo, dedicamos aos nossos deuses sangue europeu e suas mulheres, da mesma forma que o sangue Mexica foi derramado. As mulheres serão degoladas e os homens tombarão pelo fogo das armas.

Sihuca apontou o arcabuz junto com seus guerreiros jaguares, que estavam ornados com pinturas e vestes semelhantes ao animal que traziam seu nome. Com a arma na cabeça de Telbhus e pronto para atirar, ele ouviu a voz de Heyra gritando para Telbhus:

— Nem nesse momento consegue se arrepender do que fez comigo e Liv? Olhe para nós! Foi isso que planejou desde quando éramos crianças?

Telbhus expirou devagar, fechando os olhos, enquanto ouviu apenas o click da arma. Uma vez, outra vez e nada de estourar a cabeça dele.

Ele continuava calmo e seu maior temor era a filha quase à sua frente. Sihuca pegou outra arma e mais outra e nenhuma funcionava.

— Ele realmente é um demônio! — disseram os nativos.

— Ele é um homem! — respondeu Sihuca, visivelmente transtornado.

Telbhus olhou para Sihuca, que estava sem entender o que estava acontecendo e disse:

— Achou mesmo que eu iria deixar essas armas carregadas?

O povo havia se calado e estava confuso. O sacerdote, em meio àquele silêncio que invadiu a cidade e o cume da pirâmide que estava iluminada pelas tochas e pelo brilho de uma lua formosa no centro do céu, pegou sua adaga e ordenou que os guerreiros jaguares tomassem suas espadas serrilhas e decapitassem a todos, mas tão logo ele falou, uma flecha flamejante lhe atingiu o peito.

Ao verem o sacerdote rolar escada abaixo com o corpo em chamas, houve grande rebuliço entre todos.

— Mate-os! — gritou Sihuca, mas havia uma chuva de flechas afogueadas invadindo o lugar.

Após as flechas, barulho de tiros de arcabuzes eram ouvidos por toda a parte. Tonali havia descido para enfrentar os invasores, enquanto Sihuca observava de cima da pirâmide o que estava acontecendo.

— Eles chegaram bem a tempo! — disse Telbhus a Remy.

— O que está havendo? — perguntava Skipp e os demais, mas eram perguntas a esmo.

Os homens de Telbhus subiram as escadas enfrentando os guerreiros, matando-os a tiros e também com as armas dos nativos mortos. Tayrus, que sabia que Telbhus havia deixado cerca de setenta homens no meio da selva com ordens para atacar caso ele não enviasse Remy para buscá-los, disse para Heyra:

— Seu pai acabou de nos salvar! Mas claro, isso não ficará apenas no âmbito da misericórdia.

— Você sabia o que ele planejava?

— Sim, só não contava que pudesse dar certo, assim, não quis dar esperança a vocês... E que graça teria não ver o pânico em sua cara?

— Vá pro inferno! — disse Heyra.

— Eu já lhe tirei uma vez de lá, esqueceu? — disse Tayrus.

Enquanto Sihuca fugia com o restante dos Mexicas que sobreviveram, as chamas consumiam a cidade. Os prisioneiros foram salvos, mas não libertos. Apenas Mazhyra e Singrid estavam desamarradas.

— Leve-os para o galeão, pois Sihuca nos armará emboscada no caminho de volta — gritou Telbhus para Remy, que ao chegar próximo de Cuatl, para lhe tirar a vida com uma das espadas serrilhadas dos Mexicas, Heyra gritou:

— NÃO!

Telbhus se aproximou de Remy, puxando-o:

— Traga-o com os demais.

Pouco tempo depois e já na clareira com várias tendas preparadas pelos homens de Telbhus, enquanto muitos olhavam na direção da Cidade que estava sob o ardor do fogo e cuja fumaça subia aos céus, Heyra falava com Liv, sentadas em um tronco de uma árvore que estava ao chão.

— Eu sempre soube que você estava viva, embora minha mente me dissesse que poderia estar morta.

Segurando as mãos de Heyra, cujo aspecto facial estava deplorável pelo sofrimento e pelos maus tratos desde que chegara àquele lugar, falou:

— Eu te vi no galeão e quantas vezes sonhei com você!

— Eu também! — respondeu Heyra, abraçando a irmã com muita força e carinho.

Ainda abraçadas, Heyra perguntou:

— Você sabe quem praticamente nos salvou hoje?

— Eu desconfio quem ele seja, mas espero estar enganada.

— Você não está... É ele sim, é nosso pai!

Sentindo o corpo de Liv tremer em suas mãos, ela procurou mudar de assunto, mas não pareceu ser feliz na pergunta:

— E nossa mãe?

— Bom, para te responder a essa pergunta, terei que te contar o que aconteceu no último dia em que nos vimos.

Enquanto Liv narrava o que houve com ela e Mayla, sua mãe, em outro canto da clareira Héctor estava angustiado. Aaron, preso ao seu lado, disse:

— Não sei o que é pior! Se a inquisição, os nativos que iam nos devorar, se o demônio dos mares ou você com essa inquietação.

Héctor olhou para ele, perguntando:

— Por que ela não veio me ver? Está lá na tenda desde que chegamos, junto com as moças...

— Elas estão abaladas com o que aconteceu. Dê um tempo a ela.

— Você não a conhece como eu? Ela não estava tão assustada assim! Parecia estar esperando algum tipo de intervenção e foi exatamente o que houve.

— Você está imaginando coisas. Deveria estar contente por ela estar viva.

— É isso que preciso saber Aaron, se preferiria realmente que ela estivesse viva.

Skipp ouvia o que Zaki dizia. Ele lhe contava como foi que conheceu Telbhus e ficou lhe devendo muito dinheiro e como sua esposa e filha foram tiradas dele e enviadas para algum lugar da Irlanda. Skipp se interessou por seu problema e fez menção em lhe ajudar, caso saíssem dali com vida.

Telbhus, depois que retornou de uma patrulha pelos arredores, foi para sua tenda. Remy, que estava com ele, se dirigia para a sua quando Tayrus, sentado e preso com os demais na mesma corrente, lhe disse:

— Pensou no que eu lhe disse?

— Não sei do que você está falando — respondeu Remy.

— Eu lhe fiz uma proposta.

— Não, não fez! — disse Remy, como se esperasse alguma.

— Dê um jeito de me soltar e te levo até a casa onde estão sua esposa e sua filha.

— Não acredito que seja possível! Você está mentindo.

— Eu conheço cada propriedade de David.

Ao falar o nome de David, Aaron que estava do outro lado das correntes percebeu e começou a prestar atenção na conversa. Pelo que os homens falavam, ele não teve dúvidas que era seu pai, assim, se levantou e puxando as correntes nos pés, mesmo tendo as mãos presas, se esforçou até chegar onde eles estavam.

— Estão falando de David, o grande comerciante do centro europeu? Aquele que se diz judeu?

— Ele é judeu! — disse Tayrus, estranhando a atitude de Aaron.

— Não, ele não é! — respondeu Aaron com veemência.

— Como pode ter tanta certeza? — perguntou Tayrus.

— Porque sou filho dele — respondeu Aaron.

— Todo o tempo que passamos presos nos porões, nos mosteiros e você nunca me disse nada.

— Nunca chegamos a conversar sobre isso — respondeu Aaron.

Remy estava confuso e ia sair por medo de ser avistado por Telbhus, ali, conversando com os prisioneiros.

— Espere! — disse Tayrus. — Esse filho deserdado também pode ajudar.

Remy olhou para Aaron, que com os olhos fundos, lhe devolveu com segurança.

— Eu não prometo nada! — disse Remy. — Farei o possível, mas não me façam me arrepender depois.

Não muito tempo depois que Remy os deixou, Anelise, Mazhyra e Singrid saíram da tenda. Anelise foi levada e acorrentada ao lado de Tayrus, que brincou:

— Achei que você tinha encontrado algum padre naquela tenda e havia me deixado.

— Eu sei que Jesus nos acudiu, ele ouviu minhas preces — disse ela, chorando. — Serei fiel a ele, me dedicarei ao seu serviço de hoje em diante.

— Não faça esse tipo de promessa, moça, olhe suas mãos... Você está acorrentada junto com um mulçumano... Se sairmos daqui é porque Alá assim o quis.

De certa forma, Anelise se sentia segura com Tayrus, embora parecesse que ele não levava a sério o que estava acontecendo. Já Mazhyra, ainda olhando de longe para Héctor, que não a viu, foi até onde estavam Heyra e Liv. Heyra cessou a conversa com Liv e falou friamente para Mazhyra:

— Me diga como você ainda está viva.

Antes que Mazhyra dissesse alguma coisa, Heyra falou:

— Você sempre esteve com ele, não é? Tudo o que aconteceu na minha vida ele sabia tudo através de você... Não minta para mim.

— Quem é ela, mãe? — perguntou Singrid.

— Não a reconhece? Claro que não! Ela estava muito diferente no vilarejo de Rayner... Ela é Heyra, a sua irmã! E essa é Liv, também sua irmã.

Liv estranhou que aquela mulher soubesse quem ela era e porque dizia que a moça era sua irmã.

— De onde me conhece? — perguntou Liv.

— Não queira saber — respondeu Heyra, sentindo o olhar afável de Singrid, que disse:

— Você cuidava de mim e juntas caminhávamos pela praia, catando conchas e pegando mariscos. — Singrid tornou-se uma bela jovem com olhos claros e cabelos amarelados, encaracolados até o meio das costas.

— Você se tornou uma bela moça! — disse Heyra, tentando ser gentil com ela, mas a amargura estava presente em sua garganta, soando através de sua voz.

— Eu posso explicar tudo, Heyra — falou Mazhyra.

Antes de qualquer outra palavra, a voz de Telbhus foi ouvida:

— Deixe! Eu mesmo explicarei.

Telbhus se aproximou e tanto Heyra quanto Liv perceberam que aquele homem era como um estranho para elas. Mesmo que as lembranças da velha casa e dos dias em que a família se reunia para comerem pão ou saíam para as pedras junto da baía de onde podiam ver os barcos passarem de um lado para o outro, não fazia mais sentido. Eram cenas de um passado que parecia não terem vivido.

— Você tem muita coragem em olhar para nós! — disse Heyra, ficando de pé junto com Liv. A irmã mais nova se recolheu atrás de Heyra, como se procurasse abrigo, como fazia quando eram crianças.

— Não tenham medo... Minhas filhas! — disse Telbhus, em pé, frente a elas.

— O senhor Lars tinha razão — disse Liv, se referindo ao homem que seu pai certo dia espancou, quando ela tinha nove anos. — O senhor se transformou em um monstro! — Liv terminou de falar o que pensava.

— Tudo o que eu fiz foi para tentar salvar sua mãe, ela nunca disse nada a vocês, mas estava com uma doença grave e seus dias seriam poucos.

— Isso não justifica o sangue em suas mãos... Nem minha pureza que foi tirada de forma tão cruel, nem tampouco nossas vidas! Eu não quero nada de você, a não ser distância... Você só terá de mim o desprezo! — Heyra estava irada. — Depois concluiu: — Eu tinha doze anos quando o meu pai disse que voltaria para mim, mas ele nunca voltou, e agora sei que nunca voltará!

Telbhus, aos poucos, tentou se justificar perante suas filhas, contando como se enredou naquela vida. Falou da doença de Mayla e como foi preso pela inquisição. Tentou amenizar suas ações dizendo que fez o que fez para salvar vidas do fogo, no entanto não conseguia convencer as filhas. Cansada dos argumentos do pai, Heyra disse:

— Você me deixou em casa para ser levada para a Vila de Rayner em troca de um galeão! Você não imagina o que aquele homem fez comigo! — disse ela, com os olhos cheios de lágrimas.

— Eu voltei para buscar você, mas Rayner já tinha lhe vendido para uma família europeia. Fiz de tudo para encontrá-la, mas não consegui. Daí levei um grupo de condenados pela inquisição e invadimos a Vila e acabamos com tudo, matei quase todos e vendi o restante, mas Rayner parece ter escapado. Ainda não o encontrarei, mas quando o encontrar, ele pagará pelo que fez!

— Ele tinha o direito de fazer o que fez, não tinha? Eu fui apenas uma moeda de troca para você... Um objeto de negócio, um penhor humano!

Heyra cuspiu no chão em direção aos pés de Telbhus, enquanto ele mantinha a face rústica e os olhos petrificados. Mazhyra tentou falar, mas ele não deixou. Então, disse:

— Tão logo eu soube que você estava no Reino Unido, na casa de um homem chamado Anderson, tomei providências para encontrá-la. Assim, enviei Mazhyra para lá e planejei com os inquisidores uma forma de lhe prender. A julgariam, condenariam, porém sem levantar suspeitas.

— Você é cúmplice dele em toda essa história? — Heyra olhou para Mazhyra e parecia que de seus olhos saíam fogo.

— Sim — confessou Mazhyra. — Quando a encontrei, contratei aquele grupo de Românis para ficarmos perto de onde você passaria, lhes disse para entoarem a canção que você sempre cantava nas noites em volta da fogueira. Por isso não foi difícil vê-la se aproximar de nós.

— Você é tão infame quanto ele, se merecem! — disse Heyra. Mazhyra continuou:

— Quando você me viu cantando com Singrid, era para ter se aproximado e seríamos todos presos ali mesmo, mas você dificultou o processo. Você fugiu e os homens saíram à sua procura, lhe aprisionando no porto. Depois retornaram e nos prenderam também. Fomos separadas e pretensamente julgadas. Telbhus mandou que a seus ouvidos chegasse a notícia de que eu e Singrid havíamos sido condenadas à fogueira. Já você, foi condenada para essas terras.

Heyra olhou para Singrid que estava enojada, mas Telbhus falou:

— Ela nunca soube de nada até agora!

Telbhus olhou para Liv e disse:

— Com você foi a mesma coisa. Fique sabendo que havia sido acolhida por um homem de posses, na Irlanda, e lhe procurei. Não foi difícil te encontrar, pois um tal de David, pai da judia que se casou com quem lhe adotou me disse onde você estava. O preço pela informação foi trazer Skipp e seu filho juntos para essas terras como castigo pelo que ele fez com Sophie, a filha dele.

Liv, sentindo a lágrima lhe chegar no canto da boca, disse:

— Eles eram felizes, Skipp sempre foi um bom homem! Sophie também foi presa e morreu na prisão, doente...

— Eu lamento, de verdade — respondeu ele, secamente.

— Skipp, sim, é o meu pai! Mas eu não sei quem é o senhor!

— Você era muito nova quando me viu pela última vez...

Liv ficou calada sem querer dizer mais nada, enquanto deitava a testa nas costas de Heyra, soluçando.

— Mazhyra deu um passo à frente e com as mãos estendidas para Heyra, disse:

— Você pode me perdoar?

Heyra, sentindo o vento frio a lhe balançar os cabelos negros, encaracolados, descidos até as costas, falou:

— Eu quero sair daqui! Não quero ver mais nenhum de vocês dois.

Enquanto Telbhus puxava Mazhyra para perto de si, Singrid, chorando, havia corrido de volta para a tenda. Mazhyra a acompanhou depois.

Heyra, abraçando o próprio corpo por causa da brisa fria, perguntou apontando para os prisioneiros do outro lado da clareira:

— O que fará com eles?

— Libertarei Skipp, Soren e Aaron, o filho de David. — Telbhus quase sorriu ao lembrar que conheceu Aaron dentro de seu próprio galeão, quando fugia com sua mãe Ariela.

Ao ouvir o que Telbhus disse, Liv, ainda soluçando, sentiu certo alívio.

— E os outros? — perguntou Heyra.

— Tayrus e Zaki ficarão comigo, têm uma dívida a pagar. O nativo, bem, eu...

Heyra interferiu:

— Cuatl! O nome dele é Cuatl, ele salvou a minha vida e cuida de mim desde que cheguei aqui nesse inferno. Acho que não será difícil para você libertá-lo!

De onde estavam, os demais prisioneiros sabiam que estava havendo grande impasse entre as filhas e o pai, mas não podiam ouvir. Heyra, olhando para eles, disse:

— Liberte o Tayrus também! Ele me tirou do porão do galeão que o senhor me enviou para trazer para cá! E pelo que eu sei, ele não lhe deve nada!

Ao ouvir Heyra, que já lhe dava as costas para se recolher, Telbhus falou:

— Era para ser tudo tão simples, mas a tempestade desorganizou meus planos. Vocês duas desembarcariam no porto clandestino do padre Juan e lá ficariam. Os demais, bem, seriam levados para os campos de plantações.

— Então ainda tem planos maléficos para suas filhas? — Heyra quase se lançou sobre o pai para o esmurrar. Telbhus, após segurar os punhos dela, falou:

— Seriam enviadas para servirem nas casas dos nobres europeus, que já estão se instalando ao Norte dessas terras. Viveriam como princesas.

Enquanto Telbhus estava distraído com as filhas, não percebeu que Ávila, juntamente com os trinta homens que escolhera, os melhores de todo o contingente, havia cercado o lugar e abatido os homens de Telbhus um a um, pois estavam cansados pela luta que haviam enfrentado contra os Mexicas. Com Ávila, estava Sihuca e Tonali com mais de cinquenta guerreiros que haviam sobrevivido no enfrentamento. Aos poucos, tomaram conta do lugar e quando Telbhus se deu conta do que estava acontecendo, era tarde demais.

— O que está havendo aqui? — disse ele ao ver Ávila, Sihuca e Tonali se aproximado. Tonali o acertou com um soco, deixando-o desacordado.

Epílogo

Velhos céus em novas terras: Há restauração no purgatório?

O piar das aves noturnas diminuía e a pluralidade dos cantos dos pássaros ao nascer do sol parecia anunciar que um novo tempo estava para se descortinar sobre a vida de todos, mas era puro engano pensar assim.

Telbhus estava preso e ninguém de sua confiança estava com ele. Remy havia sido poupado pelos nativos a pedido de Tayrus. Os prisioneiros não estavam mais amarrados, no entanto tinham ao redor de si muitos guerreiros Mexicas com rostos nada amistosos.

Ávila, que estava no comando, disse para todos:

— A Vila, o campo da Encomienda e as minas serão restauradas. Todos seguirão para lá. Agora, são meus prisioneiros e Telbhus não tem mais o controle da navegação mercantil de condenados.

Havia muito murmúrio entre todos os prisioneiros. Aaron não se conformava, Anelise sentia sua fé desfalecer, enquanto Zaki estava prestes a tirar sua própria vida na primeira oportunidade que tivesse. Skipp pressentia estar debaixo da ira dos deuses e Soren ficava cada vez mais perturbado com o que estavam sofrendo.

Heyra e Liv se sentiam, de certa forma, apaziguadas, por estrem juntas e poderem esclarecer entre elas o que até então havia acontecido com as duas. Por outro lado, Mazhyra se esforçava em não se aproximar de Héctor, mas não conseguiu. Ao serem acorrentados, foram postos lado a lado. Na trilha, dentro da selva, quando caminhavam para a Vila, ele falou:

— Não teve um só dia em que eu não pensasse em você! Todos esses anos eu lutei com a morte e com a vida sem saber a qual escolher para fugir da solidão.

— Não diga nada! — disse ela. — Eu não sou a mulher que você pensava que eu fosse.

Enquanto Mazhyra sentia as lágrimas molharem seu rosto, via à sua frente, Telbhus e Singrid dividirem as mesmas correntes. Sem mais querer enganar Héctor, ela falou:

— Olhe para a frente e veja meu marido e minha filha! Eles são minha família.

Héctor sentiu a pulsação de seu pescoço acelerar e o peito se encher de uma dor insuportável, mesmo assim, ele continuou firme com o olhar na paisagem.

— Alguma vez signifiquei alguma coisa para você? — perguntou ele.

— Sim, mas sabemos que já faz muito tempo...

— Por que, Mazhyra, por que...?

— Eu fui obrigada, Héctor, eu fui obrigada. Ou eu aceitava fazer o que ele quisesse ou queimaria na fogueira. Ademais, esse homem...

— Seu marido! — disse Héctor, lançando no rosto dela.

— Sim, meu marido! — disse ela. — Ele ameaçou enviar uma guarnição de mercenários e assassinos para a Ibéria espanhola e junto com a inquisição, perseguir os Românis de cada vila, de cada cidade, de cada floresta... No início eu recusei, então presenciei a morte de cinco jovens ciganos sendo garroteados. Até hoje vejo a cor do sangue deles dentro de minhas pálpebras quando fecho os olhos. Ele sempre sabia onde você estava preso e mandou te transferir de um lugar para outro tantas vezes que eu não sabia mais onde você estava.

— Desgraçado! — disse ele. — Você não deveria ter cedido às ameaças. Os ciganos sabem se defender!

— Você sabe que não é tão simples! Nós lemos mãos e falamos do futuro das pessoas...

— E não conseguimos prever o nosso próprio, que infortúnio, não acha?

Ele a olhou e ela percebeu que mesmo em meio a tudo o que aconteceu, ele ainda a amava.

— Não me olhe assim. — disse ela.

— O azul de seus olhos não brilha mais, você está infeliz! — disse ele.

Mazhyra chorou a ponto de Singrid olhar para trás. Telbhus, então disse a ela:

— Deixe sua mãe acertar as contas com seu antigo marido. Ela também precisa confessar e purgar seus pecados.

— Héctor? Aquele homem é de quem tanto minha mãe me falava?

— Ela falava dele, é? Maldita cigana! — resmungou Telbhus, enquanto Héctor dizia para Mazhyra:

— Se sobrevivermos, te levarei comigo...

— Não, Héctor, não me prometa mais nada. Para mim, continuar viva será o maior dos castigos.

— Você foi vítima desse demônio. — Ele gritou quando falou. Telbhus ouviu, mas não falou nada. — Mas será libertada pelo amor!

Mazhyra ia falar quando gritaram na frente do comboio:

— Emboscada! Protejam-se!

Os prisioneiros se lançaram por terra e se protegeram entre raízes de árvores que estavam expostas, na beira de um barranco. Os presos em dupla, se agruparam tendo alguns homens lhes guardando.

Acima deles, na estreita estrada no meio da mata, eles viam caírem nativos e homens de Ávila, mortos por flechas e bastante ensanguentados. A agonia dos gritos era cada vez mais forte e frequente, até que o silêncio imperou. Por fim, os últimos homens foram mortos. Eles se ergueram aos poucos e viram outros Mexicas de outra tribo em pés, acima deles. Cuatl falou:

— Naualli! Eu sabia que você não estava morto.

Depois que foram libertos das correntes e enquanto caminhavam em direção ao litoral, onde a Cidade de Naualli ficava, ele contou a Cuatl o que ocorrera. Como fugira de Tonali e dos Mexicas de Sihuca até chegar na orla. Lá, junto com os sobreviventes, seguiram até a região central onde recrutaram nativos mercenários a troca de ouro. Voltaram e reconquistaram a Cidade antiga, depois, os encontraram ali.

Ao chegarem na Cidade, os europeus foram tratados como amigos, menos Telbhus, que foi feito prisioneiro. Na calada da noite, enquanto todos dormiam, Telbhus soltou das amarras e se levantou. Desarmou um dos vigias nativos e quando ia fugir, deu de cara com Tayrus, Zaki e Remy.

— Então é assim que nós vamos resolver as coisas? — perguntou ele, cinicamente.

— Você tem uma dívida conosco, e é uma dívida de sangue — disse Tayrus como se falasse em nome dos demais.

— Foi Ávila quem abusou de sua filha e matou sua esposa.

— Ávila foi morto junto com todos os outros, mas você, parece que não morre!

Zaki pegou no pescoço de Telbhus e começou a apertar.

— Não é tão bravo agora, não é? — disse o homem de Uganda.

— Não me importa o que me façam... Não tenho medo.

— Onde estão minha esposa e minha filha? — perguntou Remy tocando com a ponta de uma faca na barriga de Telbhus.

— Enviei para a casa de David, você sabe. Mas o que ele decidiu fazer com elas, isso eu não tenho a menor ideia.

O barulho da conversa deles acordou os demais que saíram do cômodo onde estavam e quase os rodearam. Entre eles, estavam Heyra e Liv.

Telbhus, olhando por cima dos ombros de Zaki, fitou os olhos de Heyra que o encarava como o maior de todos os seus inimigos.

— Por que não acabam logo com isso? — perguntou ele.

No meio daquela agitação, os nativos foram se aglomerando até que chegaram Cuatl e Naualli, que ia desfazer a intriga, mas Cuatl disse ao irmão:

— Deixe-os resolver os seus problemas.

Com um gesto, Naualli ordenou que nenhum Mexica intervisse no que estava acontecendo. Telbhus, que até então nunca havia sentido o terror da morte, pressentiu que estava só.

— Vai deixar que me matem nesse lugar distante de Deus? Nesse lugar amaldiçoado? Ao menos me levem para a Irlanda e lá me tirem a vida.

Heyra, que estava próxima ao pai, falou:

— Você não sabe quem é Deus e acredito que Deus não sabe quem é você! Vocês são dois estranhos. Então, por que está preocupado em ser morto em terras pagãs?

Ela deu as costas para ele, enquanto ele perguntava:

— Vai mesmo deixar que matem seu pai?

Sem voltar o rosto para ele, ela disse:

— Meu pai morreu já faz muitos anos, e quando ele morreu também me matou, e também matou minha irmãzinha... E matou minha mãe!

Ela se virou para ele e exclamou friamente:

— Meu pai já está morto! Eu não sei quem é você.

Heyra se afastou e entrou no cômodo de pedras, sendo acompanhada por Liv. Enquanto elas choravam abraçadas, soluçando, ouviram o grito de horror que foi dado por Telbhus. Ele foi enforcado pelos três homens em uma grande árvore, onde Heyra costumava ficar sentada, quando esteve ali pela primeira vez.

— Meu pai, Heyra, ele era meu pai... Nosso pai! — Liv gemia, enquanto falava.

Seu soluço e suas lágrimas quentes encharcaram o ombro de Heyra que sentiu como que uma pedra fosse arrancada de seu interior. Assim, ela também chorou, mas não só pela tristeza de o pai ter morrido, mas por tudo que acontecera com ele. Sim, no que ele havia permitido se transformar por causa das constantes situações contrárias à sua vida.

O choro das duas se transformou em pranto e a elas se juntaram Mazhyra e Singrid, que as abraçaram e perceberam que todas foram vítimas da crueldade do mesmo homem.

O outro dia trouxe consigo uma mescla de esperança e alívio. A morte de Telbhus parecia ter sido o ápice da vingança daquelas pessoas que estavam, de certa forma, ligadas pelas ações desumanas que ele lhes preparou. A recepção amistosa dos Mexicas permitiu que todos colocassem suas diferenças de lado.

Héctor e Mazhyra reataram o casamento e Singrid foi aceita por ele como filha. Por sua vez, Heyra não guardou mágoa de Mazhyra e Tayrus não teve mágoas das filhas de Telbhus, pois tinha alcançado o que ele chamava de julgamento de Alá.

Uma semana após todo o ocorrido, Eles se dirigiam para o antigo galeão de Telbhus, que agora era de Heyra e Liv, e viram na orla, ao passarem pela vila dos padres, as cabeças dos mesmos pendurados em estacas, fincadas na areia, como que olhando para o mar.

— Quem fez isso? — perguntou Skipp. Cuatl respondeu:

— Mexicas ou outras tribos, é um sinal que haverá retaliação contra homens maus.

— Isso é ruim — disse Héctor. — A Espanha certamente já deve ter enviado muitos navios para cá. Seu povo será esmagado!

— Estamos sendo mortos todos os dias. Esses navios de que você falou já chegaram e são muitos. Trazem bestas e armas que cospem fogo. Muitos mortos... Não sobreviveremos a tantos ataques.

Naualli falou olhando para eles como se estivesse dizendo que em breve sua vida seria ceifada pelos europeus. Eles caminharam e por fim chegaram onde estava um barco que os levaria até o galeão. Ao embarcarem, na última leva, Heyra não queria ir, mas Tayrus insistiu com ela.

— Eles não terão chance! Se você ficar vai morrer também, por que não o leva consigo?

Cuatl respondeu:

— Eu não posso ir, não posso abandonar meu povo. Meu sangue se misturará com o sangue de bravos guerreiros que já caíram em batalha. É o meu destino!

Ainda na praia, Heyra abraçou Cuatl, beijando-o. Depois ela falou:

— Você disse que eu ser sua mulher e que você me protegeria. Então eu não posso ir.

— Deixar Heyra ir é estar protegendo Heyra, se ficar comigo, vai morrer junto com nosso filho.

— Filho? — perguntou Tayrus. — Vocês não perdem tempo!

— Eu não tenho certeza, ele está dizendo que ficarei grávida...

Ela sorriu e percebeu que há muito tempo não sorria. Mas seu coração estava dividido. Ela queria ficar. Cuatl a pegou nos braços e a colocou dentro do pequeno barco.

— Heyra ir agora! Heyra cuidar de nosso pequeno ou pequena... Que já está a se formar em seu ventre!

Ao ver Heyra dentro do barco, Tayrus o empurrou nas águas entrando em seguida. Ele remou com força para vencer as ondas, sobrepondo-as. De costas para a terra, ele via nos olhos daquela mulher à sua frente o sofrimento e o quanto a vida lhe parecia ser cruel. Ela olhava além dos ombros dele, vendo as figuras de Naualli e Cuatl ficando cada vez mais distantes e menores.

Ela sentiu seu coração ficar apertado e parecia que estaria desprotegida longe daquele nativo que lhe havia roubado os sentimentos, assim, de repente, ela falou sorrindo, mas quase chorando, como se quisesse extrapolar aquele momento:

— Ele queria comer o meu coração, sabia?

Tayrus ouviu e não perdeu a oportunidade de ironizar:

— Isso é que é amor, não basta conquistar o coração da mulher amada: é preciso comê-lo também! Muito romântico, muito mesmo.

— Não, não estou falando do Cuatl. Estou falando do Naualli.

— O seu cunhado? Puxa, vocês seriam uma família e tanto!

Heyra sorriu sentindo o aperto no peito misturado com o ardor do amor que ela sentia por Cuatl. Ouvindo o som do vento que vinha do alto mar e tendo a sensação de que nunca mais veria seu amado, ela se levantou e se jogou nas águas.

— Ei, o que está fazendo? — gritou Tayrus.

Heyra, em nado rápido, aproveitando a força das águas que levavam para a praia, gritou:

— Não venha atrás de mim. Diga a Liv que a amo!

Atordoado, Tayrus sabia que se voltasse para tentar buscá-la seria um esforço em vão. Ela estava determinada e nada a faria mudar de opinião. As águas estavam fortes em direção à terra, assim, em pouco tempo ela chegou na areia. Cuatl, que ainda estava onde a viu embarcar, correu ao seu encontro dentro da água, levando-a para a segurança:

— Por que voltou? Não deveria ter...

Ela a beijou não o deixando falar mais nada.

— Eu não podia ir sem você! Meu mundo é aqui, enquanto vivermos... Seremos sempre um do outro.

Enquanto ela era recebida na terra, Tayrus chegava ao galeão. Ele foi recebido a bordo e explicou o que havia acontecido.

— Nós vimos quando ela se jogou nas águas — disse Liv, saudosa.

Mazhyra se aproximou dela, que estava na proa do navio, falando:

— Não pense que ela fez uma escolha, ela está onde acha que deve estar.

— Eu compreendo! — disse Liv. — Ela precisa saber que felicidade existe, em qualquer lugar com quem quer que seja, e eu acho que ela encontrou o seu lugar.

Skipp, que estava ao lado delas, falou:

— Mas receio que não dure por muito tempo.

Ele apontou para o horizonte, e ao longe, muito distante, semelhante a pontos minúsculos, avistaram inúmeros navios espanhóis em direção à terra.

— É uma frota e tanto — disse Héctor, tendo o braço de Singrid em volta do seu.

— Sim! — disse Zaki. — Temo que não reste ninguém dos nativos.

Após alguns dias, o galeão ancorou em um porto clandestino nos arredores do Norte da Espanha que faz fronteira com a França. Eles subornaram os homens com ouro e entraram na Europa como se nunca tivessem saído ou chegado.

Enquanto Héctor, Mazhyra e Singrid foram para a Escócia, por saberem que o rei havia dado salvo conduto para ciganos viverem livremente, Zaki voltou para Uganda após ter sido informado que sua esposa e filha não haviam sobrevivido ao ataque de Telbhus à Vila de Rayner.

Tayrus, Remy e Aaron foram em busca de David. Eles o encontraram na Hungria, sua terra natal. Ele havia transferido toda sua riqueza para lá e ficou surpreso com a chegada de seu filho, Aaron:

— O que você faz aqui? Achei que tinha morrido com sua mãe! Essa casa não é sua, seu anabatista!

Aaron não respondeu o que não considerou ser uma ofensa e também ficou calado quando Remy entrou na casa acompanhado de Tayrus, portando adagas.

— Vocês dois...! Aqui? Saiam de minha casa seus condenados...

A fala de David foi interrompida pelo golpe fatal que Remy lhe desferiu no abdômen. Sangrando e ainda respirando, ele ouviu a voz de Tayrus, dizendo:

— Receba a morte como cortesia de seu amigo Telbhus!

David deu seus últimos suspiros enquanto ouvia a alegria de Remy junto de Serena, sua esposa e Abele, sua filha.

— Ele machucou vocês? Está tudo bem?

— Isso não importa agora! — disse a esposa de Remy, enquanto sua filha com quase dezessete anos foi até o corpo inerte de David e depois de o ter chutado, cuspiu nele, dizendo:

— E agora, nojento, ainda vai me tocar? Ainda me quer? Ainda vai para minha cama essa noite?

Remy foi até ela e a tirou de lá. Chorando, Abele falou:

— Se você não o tivesse matado, eu mesmo o teria feito.

Enquanto Remy saía com a esposa e a filha, levando consigo uma boa quantia em ouro dado por Aaron, Tayrus jogava fogo em toda a propriedade fazendária.

— Tem certeza que é isso mesmo que quer fazer?

— Sim, Tayrus, isso mesmo! Não pretendo viver às custas de uma riqueza maldita, erguida com o sangue de muita gente.

Enquanto a propriedade de David queimava, Tayrus e Aaron foram até o estábulo e soltaram os cavalos. Ordenando que os serviçais fossem embora e deixassem o fogo consumir tudo, eles seguiram até onde Aaron se despediu dele.

— Para onde vai? — perguntou Tayrus.

— Vou para a Irlanda ficar perto do que posso chamar de família. Não tenho ninguém a não ser eles.

— Mas eles são druidas e você um apóstata do judaísmo e inimigo da igreja católica.

— Sou anabatista, igual sua amada!

— Anelise? Ela não é nada minha, somos apenas amigos — disse ele.

— Não seja teimoso — disse Aaron, dando as costas e partindo.

Tayrus sorriu e depois que viu Aaron entrar na carruagem e seguir viagem para o Norte, de onde embarcaria em um navio até seu destino, açoitou seu cavalo e cavalgou por alguns dias até chegar próximo à Germânia. Estando lá, foi até o rio Reno e procurou informação onde ficava a taverna do senhor Adam.

Após ter encontrado o lugar, ele alugou um quarto e se hospedou. Durante a noite, desceu depois que a cantoria havia começado. Ele se recostou no balcão e pediu um copo com água. Enquanto bebia, olhava para Anelise que já o havia visto. Depois de ter terminado a música, ela se aproximou dele, falando:

— Não me diga que você é um padre.

— Eu posso ser, se você quiser!

Anelise pôs seus braços em volta do pescoço de Tayrus e o puxou para si, beijando-o fortemente. Ele olhou para ela, falando:

— Eu tenho até dó daquele coitado que você matou…

— Eu não matei ninguém! — disse ela, sorrindo.

— Com um abraço tão forte assim? Tenho minhas dúvidas que tenha sido o Ávila que tenha feito o que disse ter feito.

Ele a segurou nos braços e levou para o seu quarto, Após se amarem, ela aceitou o pedido de casamento.

— Mas eu sou anabatista e você mulçumano! Dará certo? — perguntou ela.

— Por mim, tudo bem. Não tendo um padre entre nós…

Ele sorriu. Depois pegou nas mãos dela e falou:

— O que me importa é que sejamos os mesmos que nos encontramos e nos salvamos naquele purgatório, lugar que jamais quero voltar novamente.

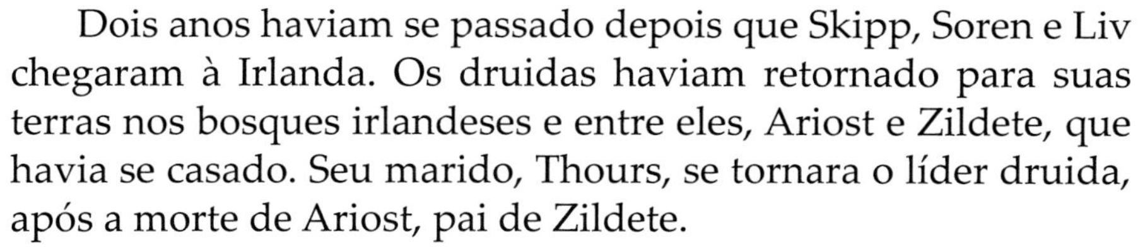

Dois anos haviam se passado depois que Skipp, Soren e Liv chegaram à Irlanda. Os druidas haviam retornado para suas terras nos bosques irlandeses e entre eles, Ariost e Zildete, que havia se casado. Seu marido, Thours, se tornara o líder druida, após a morte de Ariost, pai de Zildete.

Skipp declinou de requerer a liderança, assim, vivia seus dias aconselhando os mais novos e não deixava de falar sobre as experiências que passara nas terras dos nativos canibais no Novo Mundo.

Certo dia, ele conversava com Aaron que vivia na cidade e havia se tornado sócio de um comércio de navegação, investindo, nesse negócio, parte do ouro que ganhara dos Mexicas.

Ele pastoreava uma comunidade cristã emergente da Reforma que se alastrava pela Europa e que vez ou outra era perseguida pelos inquisidores. A outra parte do ouro que Aaron guardou era para acalmar o ânimo de seus perseguidores.

— Acha mesmo que mercenários da igreja católica se deixarão corromper pelo valor que você lhes der para deixarem seu rebanho em paz? — perguntou Skipp.

— Farei o que puder, além disso o comércio vai bem. A cada dia mais empreendimentos necessitam de navios para fazerem negócios com outras terras.

Skipp sorriu ouvindo Aaron quando percebeu que Soren e Liv chegavam, de mãos dadas.

— Então, amanhã à noite esse lugar estará em puro festejo? — Aaron falou sorrindo.

— Sim! — respondeu Soren, feliz. — Amanhã nos uniremos em casamento debaixo do Grande Carvalho.

Na noite daquele dia Aaron estava administrando o culto em sua igreja que ficava nos fundos de sua residência. Com ele, havia cerca de trinta pessoas. Enquanto ele falava sobre a Graça do Eterno e do sacrifício de seu filho Jesus por amor à humanidade, percebeu que o homem que guardava a entrada da propriedade havia permitido a entrada de uma estranha.

O lugar onde estavam era iluminada por algumas velas em castiçais e por algumas lamparinas. As pessoas estavam sentadas em bancos de madeira, sem recosto, mas sentiam-se confortáveis em poder celebrar, com certa liberdade, sua fé.

Depois da homilia e de cantarem uma canção que falava de comunhão e perdão, ele percebeu que a estranha visitante enxugava as lágrimas. Ela permaneceu quase toda a liturgia de cabeça baixa e apenas se mexia para acalmar um filho com pouco mais de um ano. A reunião religiosa chegou ao fim e enquanto ele guardava os utensílios em uma gaveta de um armário, ouviu uma voz a lhe chamar.

— Aaron? Você é o Aaron, tio da Liv?

Ele se virou e aos poucos foi reconhecendo a face da mulher à sua frente.

— Heyra! É você mesma?

— Sim, sou eu...

Ela chorava enquanto o menino brincava aos seus pés. Com os cabelos negros e lisos, a criança trouxe à lembrança de Aaron um rosto conhecido.

— Cuatl, ele se parece com aquele Mexica.

— Sim, ele é nosso filho!

Aaron percebeu as lágrimas dela e perguntou:

— Está tudo bem? Por que as lágrimas?

Ela respirou e disse:

— Eu nunca fui religiosa, mas minha mãe me levava à igreja quando eu era criança. O tempo me fez desacreditar em tudo, até mesmo em Deus, mas o que ouvi você falar esta noite, me fez recordar de mim mesma.

Por fim ela olhou na face dele e perguntou:

— Você acha que Deus é capaz de me perdoar porque odiei meu pai?

— Com certeza, Heyra! Mas a pergunta que devia fazer é: Você é capaz de perdoá-lo pelo que ele te fez?

— Eu não sei... Ele parece me perseguir todos os dias, é como se o seu fantasma estivesse me perseguindo.

Após algum tempo conversando, Aaron orou por ela que, em lágrimas abundantes, deixou a expressão de perdão a seu pai sair de seus lábios. Ele a abraçou e perguntou:

— Mas o que realmente a traz aqui?

Aaron estava enxugando as próprias lágrimas, pois sabia que algo maravilhoso havia acontecido naquele lugar humilde, mas acolhedor, quando Heyra então lhe disse:

— Eu queria que você me levasse até Liv, minha irmã. Sei que sabe onde ela está.

— Bom, ainda é cedo e a noite está clara. Podemos ir em minha carruagem.

Após ter fechado o lugar e deixar a casa aos cuidados dos criados, ele seguiu com ela para o bosque druida. Ao ouvir o cavalgar dos cavalos se aproximando, Skipp foi para a entrada da Vila e percebeu que era Aaron.

— O que faz aqui a essas horas?

— Você não vai acreditar... Chame a Liv, diga-lhe que sua irmã está aqui!

Não para que Heyra estive em casa à volta da mesa. Diante dela estavam Liv, Skipp, Soren e Aaron.

— Achei que não a veria mais — disse Liv, após ter recepcionado a irmã com lágrimas e forte e demorado abraço.

Heyra, ainda com seus cabelos cacheados e longos até a cintura, negros como a noite sem luar, disse, após Skipp ter perguntado o que aconteceu depois que saíram de lá:

— Aconteceu conforme vocês disseram! Os espanhóis invadiram as terras e os Mexicas e as outras tribos se reuniram, mas não puderam combater contra as armas de fogo. Os nativos só tinham vantagem em época de chuvas, pois a pólvora molhada não tinha grande utilidade.

Todos ouviam atentos sob a luz da clareira e de um candeeiro posto sobre a mesa. Heyra continuou:

— Por um tempo, Cuatl se afastou dos combates para cuidar de mim, principalmente depois que Yolotl nasceu.

— Yolotl! Por que esse nome? — perguntou Liv.

— Porque ele tem um coração de um Asteca! — disse ela, olhando para onde o pequeno estava dormindo. Ela voltou seu olhar para as chamas do candeeiro sobre a mesa e falou:

— Não demorou para que os espanhóis nos encontrassem no meio da selva. Era um dia em que o sol combatia com a chuva para ver quem prevalecia. As mulheres faziam o seu trabalho de costume e as crianças brincavam no centro da cidade e nos arredores das casas. Boa parte dos homens haviam ido caçar e os demais estavam guardando o povo. Eu estava com nosso filho dentro de casa e Cuatl fabricava armas e treinava os jovens guerreiros quando tudo aconteceu.

Heyra pôs as mãos no rosto ao falar. Abriu os olhos novamente e viu as chamas como testemunhou no dia em que foram atacados.

— Eles cercaram a cidade por todo um dia, prenderam os homens que voltavam da caça e os mataram na selva. Nos mostraram suas cabeças e disseram que fariam o mesmo conosco caso todo o ouro não fosse entregue. Mas não havia ouro conosco.

Ela respirou antes de continuar:

— Naualli tentou negociar, mas não foi ouvido. A noite chegou e com ela a escuridão da morte. Não foram apenas disparos de arcabuzes que eram ouvidos, mas de canhões também. Enquanto os nativos atiravam com arcos artesanais, os espanhóis tinham balestras, mas rápidas e certeiras. Foi um massacre toda aquela noite.

Heyra chorou ao lembrar. Ela se inclinou um pouco para trás e após soprar o ar dos pulmões, disse:

— Os gritos de dor das mulheres e os choros das crianças sem mãe ainda me atormentam à noite.

— Como você sobreviveu? — perguntou Skipp.

— Eu lutei ao lado de Cuatl todo o tempo. Vestida como uma Mexica, os espanhóis não me reconheceram imediatamente, mas fomos cercados por cerca de dez deles e Cuatl se colocou na minha frente. Ele foi alvejado por vários tiros no peito e caiu aos meus pés. Me deitei sobre ele e pedi para que atirassem em mim, então, eles perceberam que eu não era uma Mexica pelo meu modo de falar. Me levaram para o capitão que me enviou para servir na casa de um nobre europeu. Eles estão se instalando ao Norte daquelas terras, como disse nosso pai, antes de ser morto.

— E depois? — perguntou Liv.

— Passei cerca de seis meses com eles e percebi que nem todos estão ali para matarem índios ou para enriquecerem às suas custas. Fiquei na casa de um tenente da guarda cuja esposa era muito simpática. Ela intercedeu a ele por mim para que pudesse ser enviada novamente para a Europa, já que eu não tinha mais motivos para estar naquele lugar. Ele concordou e me permitiu voltar. Vim em um navio até a Espanha e de lá naveguei direto para cá.

— Deve estar cansada — falou Liv.

— Sim, muito. Acho que um lugar para dormir me confortaria.

Naquela noite enquanto estava deitada ao lado do pequeno Yolotl, passando a mão levemente em seus cabelos, Heyra olhava para o telhado da casa. A saudade que tinha de Cuatl não lhe deixava e ela chorou calada.

— Como sinto sua falta! — disse ela, baixinho, sentindo o calor do filho.

Antes de fechar os olhos, ela percebeu a presença de Liv entrando no quarto em que estava.

— O que faz aqui? — perguntou ela para a irmã mais nova.

— Faz muito tempo que dormimos juntas! — disse Liv, se deitando ao lado da irmã. — Da última vez que isso aconteceu eu tinha nove anos e você, treze.

— Sim, e o outro dia foi o início de um verdadeiro inferno.

— Mas dessa vez vai ser diferente, amanhã será meu casamento com Soren e que bom que você está aqui.

Ambas relembraram detalhes de quando eram crianças e, por fim, dormiram.

A manhã seguinte estava ensolarada com pássaros anunciando a primavera. Todo aquele dia foi de preparação e ao cair da tarde, em um grande ritual, Soren se unia com Liv. Heyra estava próxima a Aaron que parecia feliz.

Liv, com um longo vestido branco, trazia ornamentos ricamente detalhados e coloridos nas longas mangas que lhes chegavam às mãos. Com os cabelos soltos, mas enfeitados com flores brancas em um dos lados da cabeça, a jovem estava esplendorosa.

Soren, por sua vez, também vestia um longo traje acinzentado com um cinto de linho dourado e uma capa mais escura sobre os ombros. Eles se aproximaram de Zildete e Thours, que fariam a cerimônia.

Debaixo do Grande Carvalho, Liv e Soren estenderam as mãos para o ritual do *handfasting*. Os oficiantes as amarraram com uma fita colorida, unindo-as. Depois, os noivos trocaram votos de fidelidade e amor, recebendo da comunidade uma pedra como símbolo que ganhariam uma casa.

Enquanto os noivos se beijavam e os cantores com seus instrumentos invadiam a clareira, danças foram iniciadas por diversos casais. A festa adentrou pela noite e aos poucos foi terminando, assim como começou.

No dia seguinte, o casal partiu para uma viagem a sós, para as montanhas, após se despedirem da comunidade, dos pais e amigos.

— Sejam felizes, o máximo que puderem — disse Heyra para Liv.

— Serei, eu serei.

Após aqueles dias, Heyra voltou para a antiga casa à beira da orla onde morou quando era criança, mas a encontrou ocupada. Eles haviam perdido tudo.

Sendo amparada por Aaron, ela consentiu em morar em uma pequena habitação aos fundos ao lado de onde os cultos eram realizados e dos quais, ela participava.

Menos de um ano depois, ela estava com seu filho Yolotl no comércio comprando legumes. Aaron estava conversando com Margareth, uma mulher ainda jovem, provável pretendente a um futuro casamento, dona de um estabelecimento de tecidos que ficava no mesmo lugar onde Heyra estava.

De repente, Heyra se mostrou assustada e deixou cair o que trazia em suas mãos. Segurou Yolotl nos braços e com os olhos pasmos apontava em direção a um homem cercado de mercenários e supostos inquisidores.

Aaron se chegou a ela para saber o que estava acontecendo.

— É ele! — disse ela.

— Ele quem? — perguntou Aaron.

— Rayner... Ele não está morto, nunca estaremos seguros aqui!

Deixando o que estavam fazendo, eles avisaram os demais na Vila druida, que não temeram, mas disseram estar prontos para o enfretamento, caso fosse necessário.

Sentindo-se responsável por seu rebanho, Aaron tomou a decisão em fugir. Assim, mesmo que o continente europeu estivesse passando por profundas reformas quer seja na arte, política ou na religião, tudo aquilo parecia não importar enquanto o inimigo comum estivesse lá fora, às espreitas, vivendo do derramamento do sangue alheio.

Enquanto fugiam, Heyra lembrava de tudo o que havia passado até aquele momento. Ela não queria, principalmente agora, por ter seu filho Yolotl, voltar ao tribunal da inquisição. Por declarar-se anabatista, certamente a condenariam a ser queimada no fogo ou Rayner a chantagearia usando a vida de seu filho, para que ela o servisse, como fazia o seu pai.

— Vamos para a Alemanha — disse Aaron. — Tayrus e Anelise nos dará abrigo.

— Como tem tanta certeza? — perguntou ela, segurando Yolotl próximo ao peito.

— Porque eu sei que sim! — Aaron falou sorrindo, passando esperança para todos. — Ficaremos bem!

Heyra abraçou Yolotl mais forte. Mesmo com as palavras de Aaron, tudo era incerteza para ela. À sua frente, dentro da carroça, estavam quinze cristãos em fuga, assustados.

— Tenha fé! — disse uma senhora idosa.

— Eu tenho! — disse ela.

Heyra sorriu levemente e percebeu que mesmo estando à sombra da perseguição religiosa e ela não tivesse certeza do que aconteceria no amanhã, sentia paz.

Assim, em plena fuga, ela começou a cantar uma canção que ouvia sua mãe entoar para que ela e Liv dormissem. Seu espanto foi tamanho quando ouviu todos cantarem junto com ela.

Aaron olhou para trás e falou para Heyra, que havia se recostado perto de onde ele estava sentado, conduzindo os cavalos:

— Não tenha medo, não seremos presos ou tampouco voltaremos para aquele lugar novamente.

Ela suspirou e olhando os olhos de Yolotl, disse:

— Eu não tenho medo de voltar para o purgatório dos condenados.

Ela sorriu gentilmente olhando para Aaron e concluiu:

— Pois foi naquele lugar que dizem que habita a selvageria e a barbárie, onde encontrei o amor e a razão para viver. Aqui... Aqui não há nada a não ser agarrar-se à esperança e a fé, pois quando não se está no purgatório, pode-se estar no céu ou no inferno, e certamente onde estamos não é o céu!

Para saber mais sobre os títulos e autores da
SKULL E DI TORA , visite nosso site
WWW. SKULLEDITORA .COM.BR
e curta as nossas redes sociais.

FB.COM/EDITORASKUL

SKULLEDITORA@GMAIL.COM

ADQUIRA NOSSOS LIVROS:
WWW.LOJAEDITORASKULL.COM.BR

ENVIE SEU ORIGINAL PARA:
ORIGINAIS.EDITORASKULL˜GMAIL.COM